BASTEI
LÜBBE

Mit *Mord am Rondell* liegt der vierte Band der zwölfteiligen Krimi-Serie des renommierten dänischen Autors Dan Turèll auf Deutsch vor. Seine Romane gelten zu Recht als »Klassiker der Kriminalliteratur«. Bisher sind bei *Bastei Lübbe Taschenbücher* erschienen: MORD IM DUNKELN (14959) und MORD AUF MALTA (15106).

Über den Autor:

Dan Turèll, geboren 1946, war Schriftsteller und Journalist. Er hat sich in Dänemark zur Kultfigur entwickelt. »Onkel Danny« hat ein riesiges Œuvre aufzuweisen. Die Krimi-Serie über den namenlosen Journalisten brachte ihm den Durchbruch. Mit viel Ironie, schwarzem Humor und Gespür für die dänische Seele hat er dem Land seinen ersten klassischen »Privatschnüffler« geschenkt und die amerikanische Tradition des Genres kongenial ins Dänische verpflanzt.

»Dan Turèll ist:
der Lou Reed des Kriminalromans,
der Charlie Parker des Kriminalromans,
der Baudelaire des Kriminalromans.«
Kvällsposten

Dan Turèll

MORD AM RONDELL

Ins Deutsche übertragen von
Christel Hildebrandt

BASTEI
LÜBBE

BASTEI LÜBBE TASCHENBUCH
Band 15177

Erste Auflage: August 2004

Vollständige Taschenbuchausgabe

Bastei Lübbe Taschenbücher ist ein Imprint
der Verlagsgruppe Lübbe

Die dänische Originalausgabe erschien 1983
unter dem Titel *Mord ved Runddelen*
im Borgens Forlag, Kopenhagen.

Umschlaggestaltung: Bianca Sebastian
Titelbild: Alamy-Images
Satz: hanseatenSatz-bremen, Bremen
Druck und Verarbeitung: Nørhaven Paperback, Viborg
Printed in Denmark
ISBN 3-404-15177-1

Anmerkung:

Der Autor dieser zweifelhaften Geschichte war schamlos genug, das Rondell aus dem wirklichen Stadtteil Nørrebro zu stehlen und es (ähnlich wie bei früheren Gelegenheiten) sorgfältig in ein Gewebe raffinierter Lügen einzuweben. Autoren sind nämlich notorische Schwindler (bitte, glauben Sie mir), und Kriminalautoren ganz besonders: Sie sind paranoid wie die Bullen und sehen immer überall das Schlimmste, selbst in den friedlichsten und sympathischsten Gegenden. Nicht einmal ein normales Rondell können sie sich ansehen, ohne …

Erster Teil

1

Es war ein verfluchter Abend, einer dieser Abende, an denen man unwillkürlich erwartet, dass die schlimmsten und verkehrtesten Dinge geschehen. Dabei weiß natürlich jeder, dass sie sowieso zu jeder Zeit überall auf der Welt (und vermutlich auch auf möglichen anderen bewohnten Planeten) geschehen können, aber es gibt gewisse Tage, an denen ist die Stimmung, der Ton einfach so, als wären sie (genau wie bestimmte Menschen, denen man begegnet) von Anfang an verloren, hätten nie eine wirklich faire Chance gehabt, würden unwiderruflich auf einen Abgrund zutreiben.

Es war ein kalter, windiger, regnerischer Abend. Es war ein Montag, und es war Anfang Januar. Die Menschen auf den Kopenhagener Straßen versteckten sich hinter ihren Regenschirmen, oder sie gingen vornüber gebeugt, die Köpfe wie wütende Stiere vorgereckt, während sie sich ihren Weg durch den Regen bahnten. Die meisten sahen aus, als dächten sie an ihre Steuererklärung oder daran, wie sie die nächste Miete bezahlen sollten. In den Straßen stand das Wasser, und das jetzt schon am dritten Abend hintereinander.

Es war ein Abend, an dem jeder, der noch einen Funken Verstand besaß, sich in den gemütlichsten Sessel setzen würde, den er auftreiben konnte, um ein gutes Buch zu lesen, mit seinem Lieblingsdrink in Reichweite.

Und natürlich war es der Abend, ausgerechnet dieser Abend, an dem *ich* eines dieser fünfundzwanzig bis dreißig verrückten Individuen war, die sich auf den Straßen der Stadt herumtrieben.

Ich lief nachdenklich herum. Ich hatte so einiges, worüber ich nachdenken musste. Ich hatte Probleme genug, um mindestens drei Spalten im Zeitungskummerkasten zu füllen.

Ich hatte eine Frau geschwängert. Eine alte Geschichte, und glaubt bloß nicht, dass ich stolz darauf bin: Das hätte jeder erstbeste Fahrradbote fertig bringen können, und vielleicht besser als ich. Aber nun war *ich* es. Hatte es nun einmal fertig gebracht, und damit war es auch mein Problem.

Aber im Hinblick auf die Naturgesetze war es natürlich noch mehr ihr Problem als meines.

Und sie – Gitte Bristol, die schwarz funkelnde Rechtsanwältin, mit der ich »ging«, seit wir uns vor einem halben Jahr im Flugzeug nach Rodby kennen gelernt hatten, ohne ihr eigentlich in dieser ganzen Zeit sehr viel näher gekommen zu sein – sie hatte so ihre Zweifel. Sie wusste nicht, ob sie ein Kind mit mir haben wollte. Sie wusste überhaupt nicht so recht, ob sie mit mir zusammen sein wollte.

Schwierige Aussichten.

Folglich empfand sie ihre Situation als bedrückend und war zeitweise auf dem besten Weg in die Depression, dann wieder war sie wütend und aggressiv, oft auf die ganze Welt, meistens besonders auf mich, da ich ein ziemlich aufdringlicher Teil dieser Welt war. Sicher, ich war nur das zweitaufdringlichste Wesen, aber dabei einfacher anzugreifen als das unbekannte Wesen, das zusammengekauert in ihrem Körper abwartete.

Im Abstand von nur wenigen Tagen wechselte sie immer wieder ihre Meinung, wie eine Art menstrueller Zyklus. Mal wollte sie »ihr« Kind haben, dann wollte sie versuchen »unser« Kind zu bekommen, und dann wollte sie es wieder abtreiben.

Die Wut einer Frau, die Hysterie einer Frau ist in der Regel – wie die Amerikaner sagen – *right as rain*.

Aber ihre Arbeit verrichtete sie wie immer: zuverlässig, effektiv, genau und mit dieser unmenschlich hohen Arbeitsmoral, die fast nur äußerst selbstbewusste Frauen aufbringen können.

An diesem Abend war sie außergewöhnlich schwachsinnig gewesen, natürlich. Ich konnte ihr das in ihrer Situation nicht vorwerfen. Und als sie »gern allein sein wollte«, wie sich eine Frau mit ihrer Erziehung so selbstverständlich ausdrückt, machte ich mich auf in den Regen, mehr oder weniger automatisch auf den Weg »nach Hause«, zu dem »Zuhause«, das ich noch mein eigen nannte, während ich bereits halbwegs bei ihr wohnte, oder zumindest übernachtete. Ich ging also und »dachte«, wenn das kein zu großes Wort dafür ist.

Ich dachte an den Moment, als ich sie das erste Mal sah, bei meinem chinesischen Freund Ho Ling Fung, in seinem Restaurant, wo sie allein aß und so eine Wirkung auf mich ausübte, wie ich sie noch nie erlebt hatte. Ich dachte an damals, als ich auf dem Flughafen von Rodby das erste Mal mit ihr sprach, dem beklagenswerten Mangel an Mietwagen auf diesem provinziellen Flugplatz sei Dank. Ich dachte – leicht zitternd vom Regen und den Erinnerungen –

an die Nacht, als sie mich im Hotel Rodby »hereinließ«.

Ich dachte an ihr Leben, die französische Schule, ihre Kindheit im Richterhaus, an ihren pompösen Amtsrichter-Vater und den unterdrückten Schatten einer ewig mit den Kaffeetassen klappernden Mutter, um die Chesterfield Garnitur voller Zigarrenrauch herumhuschend. Ich dachte an ihre missglückte erste Ehe, und als ich daran als ihre »erste« dachte, sah ich mich gleichzeitig als Kandidaten für die zweite.

Wirklich, ich liebte sie, mehr als ich jemals jemanden geliebt habe.

Es ist gelogen, was die meisten trivialen Festredner behaupten, dass Liebe blind macht. Die Wahrheit ist genau das Gegenteil: Liebe macht sehend. Leute, die lieben, sehen Dinge, für die sonst niemand Augen hat, und oft handeln sie klarer und konsequenter als die so genannten »coolen Typen«.

Deshalb war ich auch nicht blind gegenüber der einleuchtenden Tatsache, nicht gerade eine gute Partie für sie zu sein. Wenn es stimmt, dass gleich und gleich sich gern gesellt, dann hätten wir nicht einmal zusammen Fangen spielen können.

Und trotzdem hatten wir das, und die Ergebnisse waren jetzt offensichtlich.

Es gab also genug Stoff zum Nachdenken, und die Gedanken liefen in ihren planmäßigen, gewohnten, sinnlosen, vogelpfeifenartigen, bewährten Bahnen, während ich straßauf, straßab in dem strömenden Regen wanderte, der an diesem späten Abend langsam alle Mauern und Häuser der Stadt sauber zu waschen schien und sie mit seinen Tropfen märchenhaft zum Glänzen brachte.

Plötzlich erwachte ich wie aus einem Traum und

stellte fest, dass meine dienstwilligen Beine mich die altvertrauten Kopenhagener Straßen entlanggeführt hatten: die Istedgade hinunter, über den Vorplatz des Hauptbahnhofs, über die Strøget und die Købmagergade nach Nørreport und bis auf die Nørrebrogade – eine Route, die meine Beine in den letzten zwanzig Jahren mehrere tausend Mal gegangen oder gefahren waren. Kein Wunder, dass sie sie kannten, wie ein Pferd, das seinen Weg kennt.

Aber sie kommen eigentlich selten so weit in diese Richtung.

An diesem Abend waren sie bis zum Nørrebro Rondell gekommen, dort, wo der Jagtvej und die Nørrebrogade sich kreuzen mit Straßen nach Norden, Süden, Osten und Westen oder besser gesagt: in die Innenstadt, nach Bispebjerg, nach Lyngby oder nach Frederiksberg.

Das war eine Gegend, die ich kannte, oder genauer gesagt: eine, die ich gekannt hatte. Ein Teil meiner Familie lag hinter den grauen Mauern des Assistens Friedhofs zusammen mit Hans Christian Andersen und Søren Kierkegaard, ein Teil von ihnen hatte seit Generationen in den großen Mietskasernen von Nørrebro gelebt.

Ich blieb einen Moment lang direkt am Rondell stehen, um die Atmosphäre in mich aufzusaugen. Einen Augenblick lang war ich ein Fremder, der in ein unbekanntes Land eingedrungen war, aber dann tauchte nach und nach die Erinnerung wieder auf. Rechts stand wie immer die Zigeuner-Halle, der alte, volkstümliche Tanzsaal mit Blasmusik, Witwenball, Ein-Liter-Bier-Humpen und Tanz auf den Bänken zu gemeinsamen Liedern. Links, auf der anderen Seite des Jagtvej, lag immer noch das Colloseum, das Kino für die Jugend, als ich jung war. Allein der Anblick des Reklameschilds ließ die Erinnerung an die Zeiten mit Elvis Presley, James Dean und den inzwischen nicht mehr erhältlichen Marken von Lederjacken und Motorrädern wieder aufleben.

Und mittendrin lag heute wie früher das Central-Café, das Central-Café mit seinen abgewetzten Plüschsesseln und den heruntergekommenen gelblichen Bordelllampenschirmen hinter den alten Goldschildern zur Straße hin.

Das alles war unverändert, und die melancholische steinerne Trostlosigkeit der Friedhofsmauer sah auch aus wie eh und je.

Das war eine Gegend, die man in anderen Gegenden, in solchen, aus denen Gitte Bristol stammte, als »ein hartes Pflaster« bezeichnen würde. Ich glaube zwar nicht besonders an eine spezielle Härte, jede Gegend hat ihre eigene, aber es ist zumindest eine armselige Ecke, und niemand kommt von hier, ohne das erfahren zu haben. Es ist eine Gegend, die ihre Identität aus tausenden gleichförmiger Wohnungen schöpft, die alle gleich eingerichtet sind, weil sie gar nicht anders eingerichtet werden können, wenn ihre Bewohner darin schlafen, essen und scheißen sollen. Das ist eine Gegend, in der Kinder nur selten Stipendien oder Zuschüsse für die so genannte Weiterbildung bekommen. Das ist eine Gegend, in der es schon eine Herausforderung bedeuten kann, lange genug zu überleben, um überhaupt in die Schule zu kommen und gerade mal genug zu lernen, um seine Sozialhilfe quittieren und seinen Lottoschein ohne Hilfe anderer ausfüllen zu können.

Aber das ist auch eine Gegend mit äußerst akkuraten Topfpflanzen auf den Fensterbänken, mit Schifferklaviermusik, mit schwachem Essensduft aus den Hinterhofküchen, mit Gemüse, das im wahrsten Sinne des Wortes auf den Bürgersteig hinausquillt (so wie die Kopenhagener es so gern in den exotischen südeuropäischen Städten sehen), mit vielen Menschen, die alt und faltig geworden sind und trotzdem oft eine Art geheimnisvolles, wissendes Lächeln zeigen, während sie gebückt mit einem Einkaufsnetz in der Hand die gleichen engen Gassen hinuntertrotten, in denen sie ihr ganzes Leben verbracht haben.

Ein Ort, will ich damit sagen. Ein Ort, an dem man ein wenig stehen bleiben und ins Nachdenken kommen kann, sich umschaut, während man sich vielleicht einen Moment lang einbildet, etwas zu begreifen, nur einen Funken von dem Ganzen.

Wenn es einem überhaupt erlaubt sein sollte, an so einem verfluchten Abend irgendwo stehen zu bleiben und nachzudenken.

Das war es mir nicht. Eine Frau begann irgendwo in der Nähe zu schreien, laut zu schreien, durchdringend und wahnsinnig. Voller Angst, wie in einem Horrorfilm.

Ich verlor den Faden. Aber der war sicher auch nichts mehr wert.

2

Die Schreie klangen, als würden sie – vom Wind verstärkt – gegen die Friedhofsmauer geworfen. Also mussten sie von der anderen Seite des Jagtvej kommen, gegenüber dem Colosseum.

Nicht, dass ich darüber nachdachte – wir Kopenhagener kennen die Akustik unserer Straßen. Ich lief einfach hinüber wie ein dressierter Hund, der weiß, wann er loslaufen soll.

Ich lief hin, und das Gleiche taten zwei dunkle Gestalten, die in der Nacht auftauchten. Ich sah einen von ihnen vor einer Neonreklame, er trug eine Lederjacke mit Nieten. Beide Silhouetten liefen genau wie ich dem Schrei nach, der inzwischen bereits verstummt war.

Ein Taxi hupte aus Leibeskräften, und mit dem Instinkt eines Insekts sprang ich zurück und rettete mein so genanntes Leben für ein weiteres Vierteljahr.

Ich folgte den Gestalten auf der anderen Seite. Kam an einem Tätowierer vorbei, einem Zahntechniker, dem ehemaligen Kino, in das ich kurz schaute und dutzende von Videospiel- und Jackpotautomaten mit verschiedenen Früchten und Figuren verlockend in grellem Licht blinken sah. Viele von ihnen waren in Betrieb. Keiner der Spieler – falls man sie so nennen kann – hatte offensichtlich mitten in ihrem mechanischen Elektroniklärm etwas gehört.

Hinter dem Kino bogen die beiden Gestalten nach rechts ab, und ich folgte ihnen. Sie hatten kaum eine halbe Minute Vorsprung.

Eine lange, schmale Passage führte in einen Hinterhof. Auf der linken Seite waren Fahrräder an der Mauer aufgereiht, auf der rechten überfüllte Müllcontainer. Es herrschte ein schwerer, ekliger Geruch. Der Hinterhof sah aus, als führte er in einen weiteren Hinterhof.

Ein gelbliches Licht fiel von einer Hintertreppe, und dort standen die beiden Gestalten über etwas gebeugt.

Ich hatte schon so meine Ahnungen. Entweder man wird in meiner Branche paranoid, oder man entscheidet sich für die Branche, weil man es bereits ist.

Ich war bis auf die Haut durchnässt. Ich muss wie eine Parodie auf Boris Karloff geklungen haben, als ich keuchend mit gepresster, unfreiwillig in der Gasse widerhallender Stimme fragte: »Was ist passiert?«

»Guck doch selbst!«, antwortete einer der Typen und zog sich aus dem Hintertreppenlicht zurück.

Das gab mir Gelegenheit, seine Jacke erneut zu betrachten, das Funkeln der Nieten, aber nicht sein Gesicht, denn genau in dem Augenblick, haargenau in dem Moment, als ich auf die Treppe schaute und dort auf den Treppenstufen eine Frau liegen sah – da ging das Licht aus, und ich bekam einen Tritt, der mich auf die Treppe und direkt über die Frau warf.

Ich hörte, wie schnelle Schritte sich entfernten.

Ich erhob mich von dem Körper, auf den sie mich geworfen hatten – gut für mich, unfreundlich der Dame gegenüber. Sie war mindestens bewusstlos, hatte überhaupt nicht darauf reagiert, meine achtzig Kilo auf sich geworfen zu bekommen.

Ich schaltete die Treppenbeleuchtung wieder ein. Zündete außerdem noch mein Feuerzeug an und hockte mich hin, um die Frau richtig zu betrachten.

Sie war nicht ohnmächtig, sie war schlicht und ergreifend tot. Wenn jemand so tot ist, dann muss man kein Arzt sein, um das festzustellen.

Sie lag so still und friedlich da, mit dem Kopf nach hinten gegen eine Treppenstufe gelehnt, als hätte sie darauf gewartet, dass jemand mit dem Schlüssel käme, und wäre mittlerweile eingeschlafen. Sie lag regungslos da, in einem beigefarbenen Mantel. Sie hatte blonde Haare, blaue Augen und war ziemlich mager. Ihre Augen waren immer noch geöffnet, und gerade als ich sie betrachtete – groß, aufgerissen, voller Angst – ging erneut das Licht aus, und die Augen verfolgten mich, funkelnd in der Dunkelheit, wie in einem Trickfilm.

Die nächste Phase des Treppenlichts zeigte, dass sie keine sichtbaren Wunden aufwies. Sie lag einfach da und war anscheinend ganz friedlich zu Tode gekommen, aber mit einem Ausdruck in den Augen wie der eines Schlachtopfers, das das Messer auf sich zukommen sieht.

Sie sah nicht vermögend aus, aber auch nicht billig, nicht mehr ganz jung, noch nicht völlig durch. Sie konnte nicht viel älter als fünfundzwanzig sein.

Ein verfluchter Abend. Ein Abend dieser Sorte, an dem man sich plötzlich einer Frauenleiche gegenübersieht, auf die man in einem Winkel von Nørrebro aus lauter Hilfsbereitschaft geworfen wird.

Und dann auch noch eine Frauenleiche, die ganz unschuldig aussah. Um keinen Irrtum aufkommen zu lassen: Ich habe schon vorher tote Frauen gesehen, und einige von ihnen sahen aus, als hätten sie nichts anderes erwartet – da gibt es weder Angst noch Überraschung in ihrem Blick.

Aber diese hier, die sah so überrumpelt aus. Jemand war von hinten gekommen. Sie hatte nicht begriffen, warum es passierte, das sagte ihr Gesicht ganz deutlich.

Ich angelte eine Zigarette hervor und ließ das Licht wieder ausgehen.

Ich konnte nichts für sie tun. Ich konnte nur die Polizei anrufen – und zusehen, dass ich wegkam, bevor jemand vorbeilief und auf die prima Idee kam, dass es sich hier um *mein* gesegnetes Werk handelte.

Vielleicht hatten die beiden, die vor mir weggelaufen waren, exakt das Gleiche gedacht.

Draußen fuhr ein Wagen mit unanständig laut kreischenden Bremsen vorbei.

Niemand kam in die Gasse hinein, niemand ging hinaus. Fahrräder und Container standen ruhig und abwartend da. Das Mädchen lag tot da und erwartete nichts mehr.

Ich ließ sie liegen. Ich schlich mich an den Containern entlang hinaus, trat dabei hier und da nach einer infektiösen Slum-Ratte, mit dem verfluchten Gefühl, jeden Augenblick ein Messer zwischen die Rippen kriegen zu können.

Aber es kam kein Messer. Ich lief den Jagtvej entlang zur Telefonzelle am Rondell. Der Regen prasselte immer noch mit derselben Beharrlichkeit herab, als könnte er nicht mehr aufhören, wo er jetzt schon einmal so weit gegangen war, oder als wollte er einen neuen Guinness-Rekord eher in Ausdauer als in Tempo aufstellen.

Während meiner eiligen Wanderung zur Telefonzelle hin wurde ich an der Schulter gepackt. Ich drehte mich um und schaute auf ein Messer.

Hinter dem Messer standen zwei Rocker in schwarzem Leder mit schwarzen Gürteln und schwarzen Stiefeln. Sie musterten mich von oben bis unten, wie es seit meinem früheren Chef niemand mehr getan hatte.

»Hei. Gefällt dir mein Messer?«, fragte der eine.

»Oder magst du meins lieber?«, fragte der andere und zog auch sein Messer.

Die Messer waren gleich. Und die Typen offensichtlich auch. Ausdruckslos, glatt rasiert. Und nicht älter als zwanzig.

»Hei«, erwiderte ich. »Ich weiß verdammt wenig über Messer, aber da hinten in der Passage am Colosseum, da liegt eine Leiche, und ich will grade die Bullen anrufen, damit sie sie abholen, also lasst uns ein andermal weiterspielen, ja?«

»Eine Leiche?«, fragte der eine.

»Bullen?«, fragte der andere.

»Ja«, nickte ich müde. »Eine tote Lady. Darf ich jetzt also bitte telefonieren?«

Der Zweite war schneller als der Erste. Er sah aus, als wäre ihm eine Idee gekommen.

»Hör mal«, sagte er. »Woher sollen wir denn wissen, dass du sie nicht abgemurkst hast und jetzt einfach abhauen willst?«

»Ach, halt's Maul. Ihr könnt ja mitkommen«, antwortete ich müde. »Und dann den Bullen das erzählen, was ihr mir sagen wolltet.«

»Wir gehen mit«, erklärte der eine.

Ich gab mir Mühe, nicht erleichtert Luft zu holen. Solche Typen wie diese hier, die bringen zwar niemanden mutwillig um, aber es gefällt ihnen ungemein, in Fleisch zu schneiden, und es ist viel Wahres dran an der Großwildjägerweisheit, dass das Blöken des Kitzes den Tiger reizt. So kaltblütig wie möglich, das ist die empfohlene Methode in so einer Situation.

Dennoch war mein Weg zur Telefonzelle zwischen zwei Rockern mit gezückten Messern bei weitem nicht so entspannt, wie ein erfahrener Musical-Choreograf es empfohlen hätte.

Messer sind widerliche, spitze Instrumente.

Vielleicht war an dem Gerücht von dem »harten Pflaster« doch etwas dran.

Die Telefonzelle funktionierte nicht. Telefonzellen funktionieren nie in Kopenhagen. Jedes Mal, wenn man alle Jubeljahre eine für eine wirklich lebenswichtige Nachricht braucht, hat irgend so ein versoffener Teenager im ersten Vollrausch seines Lebens es als Höhepunkt kosmischer Komik angesehen, das Kabel in der nächstgelegenen Zelle aus dem Apparat zu ziehen.

»Durchgeschnitten«, sagte der eine lakonisch.

»Ärgerlich, was? Oder?«, meinte der andere freundlich verständnisvoll.

Es sah aus, als wollten sie zum Tanz aufspielen, als wollten sie ihre kleine rituelle Late-Night-Gewaltshow zeigen.

Es war keine Menschenseele auf dem ganzen Rondell zu sehen. Nicht einmal ein vorbeifahrendes Taxi, kein einziger Gast, der aus dem Central-Café trottelte, nicht ein einziger spät heimkehrender Bewohner einer der tausenden von Wohnungen, die uns von allen Seiten umgaben.

Ärgerlich, oh ja. Sehr, sehr ärgerlich.

Aber was konnte man von so einem verfluchten Abend auch anderes erwarten.

Der eine, der unbegabtere von beiden, hob langsam sein Messer. Entweder glaubte er, ich wäre ein begnadeter Lügner, oder aber er glaubte, ich wäre der Mörder, und in beiden Fällen war ihm das scheißegal.

Ich bereitete mich darauf vor, die Beine in die Hand zu nehmen – ohne größere Chancen bei meinem Alter und meiner Kondition.

Aber irgendein Gott (vermutlich der Gott, der sich

um die kümmert, die keinen Gott verdient haben) kam mir – wie die Kavallerie in einem Western – zu Hilfe. Eine Polizeisirene heulte in der Dunkelheit auf, sie kam näher und näher, Meter um Meter ertönte sie unbeherrschter, mit diesem Jaulen, das die dänische Polizei aus den amerikanischen Fernsehserien übernommen hat.

Und innerhalb einer Sekunde waren die Typen die Nørrebrogade hinunter verschwunden. Die beiden hatten offensichtlich auch zu viele amerikanische Fernsehfilme geguckt.

3

Der Polizeiwagen hatte es gar nicht eilig anzuhalten, er hatte wichtigere Dinge vor, als sich um mich und meine verhältnismäßig lächerlichen Kleinigkeiten zu kümmern. Ich musste auf die Straße springen und wie im Theater herumwedeln, damit ich sie endlich an die Seite des Rondells kriegte.

Drinnen saßen vier Mann mit Helmen auf. Der Fahrer beugte sich hinaus, einer dieser kräftigen, vierschrötigen Männer, deren Körper und Kopfform allein schon sagen: Mach hier keinen Quatsch, Kleiner!

»Was soll denn der Quatsch?«, fragte er.

»Ich mache keinen Quatsch«, antwortete ich, irritiert über sein voraussehbares Verhalten. »Es handelt sich um eine Leiche.«

»Haben *Sie* eine Leiche bei sich?«

»Nein, und jetzt sind Sie derjenige, der Quatsch

redet. Ich habe eine Leiche gefunden, ich habe versucht, die Polizei von der Telefonzelle aus anzurufen, aber die ist kaputt, ich bin von zwei Kerlen mit Messern bedroht worden, die es plötzlich ganz eilig hatten, als sie Ihre Sirene gehört haben, und jetzt kann ich Ihnen endlich mitteilen, dass in der langen Passage neben dem Colosseum eine Leiche liegt. Es wäre mir ein Vergnügen, Sie hinzuführen. Eintritt gratis für Studenten, Pensionäre und Frauen mit Vollbart, und bitte am Eingang nicht drängeln. Wollen Sie sich nun die Leiche angucken oder nicht ...?«

Sicher, ich wurde etwas hitzig. Wie meine Mutter früher schon sagte, ich bin nun einmal ein empfindlicher Typ.

Der Fahrer sah aus, als würde er mir am liebsten eins über den Schädel geben, ärgerte sich aber nur im Stillen, dass er seinen Totschläger vergessen hatte.

Er betrachtete mich ausgiebig. Suchte nach Zeichen, dass ich betrunken, high, blau, manisch oder schwachsinnig wäre.

Er konnte nichts finden. Ich hatte einigermaßen ordentliche Kleidung an, sogar einen Hut, und hatte mich mit doppelt routierenden Klingen rasiert.

Nachdenklich kratzte er sich im Nacken, stellte fest, dass er einen fürs Kratzen unbequemen Helm trug und nahm die Finger wieder herunter.

»Hm«, sagte er. »Verflucht.«

»Da haben Sie Recht«, erwiderte ich. »Das ist ein verfluchter Abend, ich habe vor kurzem gerade das Gleiche gedacht. Wollen wir das Ganze einfach vergessen? Von mir aus gern. Es ich nicht meine Schuld, ich bin nur ein braver Bürger, der den Fund einer Leiche meldet. Ich bin mir sicher, dass es einen Paragrafen gibt, in dem steht, dass ich das muss. Und ich bin mir sicher, dass es auch einen gibt, in dem steht, dass Sie sich darum kümmern müssen. Aber wenn Sie keine Zeit haben, dann verabschiede ich mich, und wenn ich das nächste Mal auf der Straße über eine Leiche stolpere, dann verspreche ich Ihnen, Sie nicht damit zu belästigen.«

»Augenblick«, sagte eine Stimme auf dem Rücksitz. Ein Mann stieg auf der anderen Seite aus und lief hinten um den Wagen herum auf mich zu.

Polizeiinspektor Ehlers von der Wache Halmtorvet.

Genau was der Arzt verschreiben würde: der kluge, ausgewogene, wohl gesonnene und dennoch professionelle Polizist, den ich darüber hinaus auch noch kannte.

Aber kaum wieder erkannte. Ehlers' Helm war, im Gegensatz zu denen der anderen, gar kein Helm, sondern ein Verband, und seine rechte Wange entlang verlief eine lange, eingetrocknete Schnittwunde.

Er war freundlich genug, mir die Hand zu geben.

»Das hat eine Weile gedauert, bis ich die Stimme wieder erkannt habe«, sagte er. »Johs., ich kenne den Mann.«

Johs., der offenbar der Fahrer war, brummte irgendetwas und wartete einfach ab.

»Was ist da denn passiert?«, fragte ich und zeigte dumm auf seinen Verband und den langen Riss in der Wange.

»Bagatellen«, sagte er kurz. »Hausbesetzungen. Unten in Firkanten. Da gibt es keine Wohnungen für junge Leute, also stürmen die Jungen die Abrisshäuser, der Oberbürgermeister und der Polizeidirektor verlangen, dass die Leute rausgeschmissen werden, wir Bullen sollen das machen, und dabei kriegen wir ab und zu ein paar Ziegelsteine auf den Kopf oder einen Molotowcocktail in den Nacken, während die Leute in den Treppenaufgängen herumhängen und auf die Kameras glotzen, und am nächsten Tag steht in der Zeitung nur was über *unsere* Gewalt und Brutalität. Dabei waren wir nur auf dem Heimweg von der Arbeit. Also, was ist los mit dir?«

»Eine Leiche«, sagte ich. »Eine Frau.«

Und geduldig wiederholte ich meine Geschichte. Noch einmal – für Ehlers.

»Geh hin«, sagte er. »Wir fahren langsam nebenher.«

Er stieg wieder ins Auto, und während sie fuhren, den Jagtvej mit zwanzig Stundenkilometern hinunter, dachte ich daran, was für ein Schaf ich doch war. Nein, nicht nur ein Schaf, was für ein lallender, analphabetischer, imbeziler Thalodomididiot ich doch war.

Jeder vernünftige Mensch, der eine Leiche findet, würde einfach weitergehen und so tun, als wenn nichts wäre. Wäre ich einfach weitergegangen und hätte so getan, als wenn nichts wäre, hätte ich inzwischen in einem Sessel sitzen und ein gutes Buch lesen können.

Stattdessen musste ich ja unbedingt die Polizei alarmieren, wie so ein verantwortungsvoller Krimiheld.

Wenn das ein Kriminalroman hier wäre, dachte ich, dann wäre die Leiche zweifelsohne verschwunden, wenn wir hinkämen, und keine Spur würde darauf hindeuten, dass sie jemals existiert hätte. So würde es sein. So war es in allen Krimis, die ich bisher gelesen hatte.

Der Albtraum schnürte mir den Hals zusammen, während die Regentropfen in ihrem eintönigen Rhythmus auf die Hutkrempe klopften.

Aber die Wirklichkeit ist eben kein Kriminalroman, noch nicht. Die Leiche lag immer noch da. Sie lag so da, wie ich sie verlassen hatte. Und sie sah genauso aus, wie sie vor einer Viertelstunde ausgesehen hatte.

Vier von dankbaren Steuerzahlern finanzierte Polizeitaschenlampen erweckten den Eindruck einer fast obszönen Filmszene, als befände sich die Frau im Rampenlicht aller Scheinwerfer Hollywoods, wie sie da allein auf der Treppe lag.

Einer der Polizisten fluchte. Ein anderer seufzte.

Menschen sind so unterschiedlich.

»Macht eure Lampen aus«, sagte Ehlers.

Mit seiner eigenen in der Hand ging er zu der Frau. Seine Hände glitten über sie, als wollte er ein Lebenszeichen erspüren. Er knöpfte ihren Mantel auf. Er ließ sein Lampenlicht über den Körper streifen, auf und ab, um schließlich auf dem Gesicht zu verharren, das mit denselben Augen, die ich vorher schon gesehen hatte, uns für ein paar Minuten über seine gebeugte Schulter hinweg anstarrte.

Dann drehte er sich wieder um.

»Erwürgt«, sagte er müde. »Deutliche Spuren am Hals. Einfaches Erwürgen. Das kann noch nicht lange her sein.«

Einen Moment lang sah er aus, als würde er gleich umkippen, in sich zusammenfallen wie einer, der genug aufgebürdet bekommen hatte und jetzt nicht mehr konnte, sodass unser lieber Herrgott für ein paar Stunden bitte schön jemand anderen finden musste, um den Job zu übernehmen.

Dann erhob er sich und gab Befehle, während sein wie immer ungezähmter, surrealistischer Bart in alle Richtungen abstand, als wäre er unter dem Verband hervorgekrochen.

»Johs.: Arzt, Krankenwagen, Spurendienst, Fotografen, Spezialisten, du kennst den Rummel. Und schnell!«

Johs. ging brummend von dannen. Sein letzter Blick war auf mich gerichtet und ließ keinen Zweifel daran, dass das hier alles nur meine Schuld war. Wenn ich mich wie ein ehrenwerter Gewerbetreibender um meine Sachen gekümmert hätte, dann wäre die Leiche erst am nächsten Morgen gefunden worden, und dann hätte *er* keinen Dienst gehabt!

Ehlers hockte sich auf die Knie und inspizierte erneut die Frau. Sein Gesicht war leer, als er aufstand und uns drei starr wartende Salzsäulen ansah.

»Sie hat eine Busfahrkarte in der Tasche«, sagte er. »Aber das ist auch alles. Sie muss eine Handtasche gehabt haben. Seht mal her, sie trägt Lippenstift, und sie hatte ihn garantiert dabei. Sie muss auch Schlüssel gehabt haben, und auf jeden Fall etwas Kleingeld, einen Kamm, sonst irgendwelchen Kram. Guckt euch schon mal die Container an!«

Die beiden Beamten begannen methodisch mit Hilfe ihrer Taschenlampen in dem zusammengedrückten, rattenzerfressenen Abfall zu wühlen. Der Gestank war nichts für so empfindsame Gestalten wie den Sohn meiner Mutter.

Ich zog mich ein Stück Richtung Straße hin zurück. Ehlers folgte mir, im Laternenschein schwebte sein Verband wie ein matter Glorienschein über seinem Kopf.

»Du observierst zu viele Morde«, sagte er.

»Ich *observiere* sie nicht«, widersprach ich.

»Dann lass uns sagen, du findest zu viele Leichen.«

»Ganz meine Meinung. Die Leichen verfolgen mich. Sie lieben mich. Ich bin derjenige, den sie haben wollen. Wenn das so weitergeht, dann dauert es nicht mehr lange, und ich gebe den Journalistenberuf auf und eröffne stattdessen ein Beerdigungsinstitut.«

»Hm«, sagte Ehlers. »Hattest du die Journalistik nicht schon vor einer ganzen Weile aufgegeben?«

»Doch, ja«, bestätigte ich. »Aber das hat meinen Hausbesitzer nicht dazu gebracht, seine Mietforderungen aufzugeben.«

Und somit waren wir wieder auf vertrautem Fuße.

»Gleich fängt hier wieder alles von vorne an«, sagte er. Seine Stimmung veränderte sich, wie eine Maschine, die auf eine neue Funktion eingestellt wird. »In zwei Minuten ist der ganze Trupp hier, und die Gesellschaft erwartet, dass jeder Spezialist seine Pflicht tut, um das arme Mädchen da hinten zu rächen. Währenddessen solltest du unter Aufsicht sein, eigentlich solltest du irgendwo in einer kleinen Zelle hocken, während wir fotografieren, messen, mikroskopieren, stenografieren und Berichte verfassen, aber zum einen sind alle Ausnüchterungsräume und Untersuchungszellen heute Abend voll gestopft mit Hausbesetzern, und zum anderen kenne ich dich.« (Er verzog viel sagend sein Gesicht.) »Also, du kriegst all die üblichen Warnungen, du schreibst nichts ...«

»Nichts käme mir mehr entgegen.«

»Quatsch, ich kenne dich doch. Du schreibst nichts, für deine Zeitung, meine ich, bevor wir nicht abgesprochen haben, was geschrieben werden darf. Und ich brauche deine Zustimmung schriftlich.«

»Okay«, sagte ich. »Wie lange bleibst du hier?«

Ehlers schaute auf die Uhr.

Sie zeigte 0.52 Uhr.

»Mindestens drei Stunden«, sagte er kopfschüttelnd, wie aus alter Gewohnheit, bis er bemerkte, wie sehr der Verband die Bewegung veränderte und mittendrin innehielt. Genau wie Johs., als er sich im Nacken gekratzt hatte, während er den Helm auf dem Kopf hatte.

»Ich gehe ins Central-Café«, erklärte ich »Ich schreibe dort meine Erklärung auf, und dann komme ich zurück und schaue mir alles an.«

Ehlers schaute mich mit scharfem Blick an. »Solange wir uns über die Spielregeln einig sind«, sagte er.

»Selbstverständlich«, sagte ich. »Zwei Durchgänge, fünf Würfel im Becher, die Einsen sind die Joker, eine Serie macht sechs, und wenn es nötig ist, gehen wir nach Viborg.«

Ich schlug ihm aufmunternd auf die Schulter und ging zum zweiten Mal an diesem Abend aus der Passage hinaus und den Jagtvej entlang zum Rondell.

4

Es gibt viele Dinge, auf die man sich in diesem Leben nicht verlassen kann. Die Liebe beispielsweise; die Gerechtigkeit, seine Mitmenschen und so weiter.

Und es gibt auch einzelne Dinge, auf die man sich verlassen kann. Auf den Tod beispielsweise.

Und den Regen. Der machte munter weiter, aber ansonsten überfiel mich niemand auf meinem Weg zum Central-Café. So langsam bekam ich das Gefühl, als wäre der Ruf dieses Viertels maßlos übertrieben.

Auch auf das Central-Café konnte man sich verlassen: Es sah immer noch so aus wie beim letzten Mal, als ich dort war, vor knapp zwanzig Jahren. Vielleicht waren die Stuhlsitze noch ein bisschen stärker abgescheuert, die kleinen, kränkelnden Palmen an den Fenstern noch etwas kränklicher geworden, die verrauchten Gardinen um einige Nuancen grauer – ansonsten war alles wie immer.

»Hör mal, du hast ja keine Ahnung, wie das angefangen hat ...«, erzählte jemand einem anderen mit eindringlicher Stimme, als ich eintrat.

Ich fand einen Fenstertisch. Ich setzte mich und sah blicklos auf die Straße hinaus. Ich bestellte Bier und Whisky und sah immer noch blicklos auf die Straße hinaus.

Draußen lag etwas, was die Kopenhagener Kommunalverwaltung zweifellos als »eine Grünanlage« bezeichnen würde, ein kleiner, abgeschlossener Platz, bestehend aus der Telefonzelle, in der ich bereits meinen Auftritt gehabt hatte, zwei grün gestrichenen Bänken, einer geschlossenen Würstchenbude und einem symbolischen Baum mit einem Blumentopf als Staffage. Das sah aus wie ein Witz, vielleicht hatte aber auch ein »begabter und engagierter« Architekt eine Prämie für dieses »Erholungsgebiet« erhalten.

Drinnen gab es roten Plüsch, Spiegel und eine elektrische Orgel, die den altmodischen Klavierspieler abgelöst hatte. Die elektrische Orgel dröhnte laut »Una Paloma Blanca«, und ein Teil der Gäste wiegte sich wohlwollend im Takt. Von mir aus gern. Sollten sie doch schunkeln.

»Halt die Schnauze, verdammt nochmal!«, brüllte eine Männerstimme hinter mir. Und die Aussage wurde unterstrichen durch eine Flasche, die auf dem Tisch zerschmettert wurde.

»Immer mit der Ruhe, John!«, erklärte eine andere Stimme hinter meinem Rücken.

John gehorchte der Aufforderung. Jedenfalls folgten keine weiteren Geräusche von zersplitterndem Glas.

Ich nahm einen großen Schluck und schaute wieder zum Fenster hinaus. Links unten an der Nørrebrogade lag eine Apotheke, eine Apotheke, die meinte, auf ihre Existenz mit Hilfe einer grünen Neonschlange aufmerksam machen zu müssen. Die Schlange sah abscheulich aus. Alles sah abscheulich aus. Alles sieht einfach nur abscheulich aus in der ersten Viertelstunde, nachdem man von einer frischen Leiche fortgegangen ist.

Ich holte meinen kleinen Notizblock von Isted-Bilen (»Nicht die Größten, aber die Führenden«, was zum Teufel das immer auch bedeuten sollte – zumindest wieder einmal ein Scheck an so einen Werbefritzen) und machte mich daran, das aufzuschreiben, was ich noch erinnerte. Das fiel mir leichter, als es wohl den meisten fällt. Wir Journalisten sind es ja gewohnt, uns Notizen zu machen, und wir sind es gewohnt, uns zu erinnern.

Das einzige Problem bestand nur darin, dass es nicht so verdammt viel gab, woran ich mich erinnern konnte. Was passiert war, war passiert, und das in einer verdammt rasanten Fahrt.

Die elektrische Orgel spielte weiter, als wenn nichts geschehen wäre, und das werden elektrische Orgeln (wie alle anderen Maschinen) immer tun, da kann man machen, was man will. Das Publikum sang begeistert mit, jeder seinen eigenen Text zu seiner eigenen Melodie. Eine interessante Mischung aus »Nyboders Pris«, »Yesterday«, »Vuffeli-Vov« und »My Way«.

Ich überlegte, ob ich Gitte anrufen sollte. Ich wusste nur zu gut, dass sie sich nicht gerade danach sehnte, meine Stimme zu hören. Aber es ist nicht ohne, eine Leiche zu finden und von Messerstechern bedroht zu werden, da bekommt man Lust, mit dem Menschen zu sprechen, den man liebt.

Doch ich entschied mich, das nicht zu tun.

Gerade als ich eine neue Runde bestellt hatte, begann in der Bar eine Prügelei. Zwei Frauen rissen sich gegenseitig an den Haaren und zerkratzten sich mit langen Fingernägeln das Gesicht. Ihre männlichen Begleiter schauten wohlwollend interessiert zu, sonst nichts.

Und offenbar langweilten sie sich.

Der Barkeeper begnügte sich mit einem Zeichen, das bedeutete »Einen Moment«.

Ein paar Minuten später waren die Damen getrennt und erklärten jede in ihrer Ecke ihrem jeweiligen Kavalier, was für eine widerliche Ziege die andere doch sei. Die Herren lauschten pflichtschuldigst, und der Barkeeper konnte erneut seinen Pflichten nachgehen.

Ich wurde bereits langsam blau. Viel zu früh, aber so ist es nun einmal. Oder wie Bjørn Borg sagt: Wenn man sein Training vernachlässigt, muss man das büßen. Ich hatte seit langem nicht mehr getrunken, zumindest nicht so, wie es für mich normal war. Das war Gittes Schuld. Sie konnte das nicht leiden, und deshalb war ich jetzt im Rückstand.

Der Lärmpegel stieg an, der Qualm wurde dichter. Ich überlegte einen Augenblick, ob es für irgendjemanden einen Unterschied machen würde, wenn er erführe, was da in der Passage neben dem Colosseum gefunden worden war. Ich kam zu dem Schluss, dass dem nicht so war. Also hielt ich meine Schnauze und trank meine Drinks wie ein braver Junge.

Bis ein großer, rothaariger Rowdy mich unschlüssig musterte, auf meinen Platz zustolperte und bemerkte: »Wir wollen keine Kanaken hier haben!«

Der Barkeeper kam mir zu Hilfe, ein aufmerksamer, professioneller Barkeeper. »Ganz ruhig, Erik! Er ist einer von uns!«

»Er sieht aus wie ein Kümmeltürke«, sagte Erik. »Gibst du das zu?«, fragte er mich direkt, während er eine Riesenfaust vor mir hin und her schwang.

Ich konnte nicht mehr. Ein Mord war so eine Sache, eine andere ein Überfall, aber darüber hinaus sich auch noch einen fetten, rothaarigen Idioten mit Bierbauch anhören zu müssen, der sein versoffenes, gewalttätiges Gequatsche zum Besten gab, das war genau der Tropfen, der den Becher zum Überlaufen bringt.

Ich überlegte, wie viel Zeit seines Lebens man eigentlich mit so etwas vergeudet. Ich überlegte, dass überall auf der Welt genügend Atomwaffen und Wasserstoffbomben hergestellt werden, um die ganze Menschheit umzubringen, und hier mitten in Nørrebro saß so ein Idiot und war überzeugt davon, dass alle Probleme gelöst wären, wenn nur die Gastarbeiter nach Hause nach Afghanistan geschickt würden.

Ich habe eine krumme Nase, einen Schnurrbart – einen *moustache* – und eine so genannte dunkle Haut, also war ich in seinen Augen ein Ausländer. Wenn er mich verprügeln könnte, wäre sein Tag gerettet.

Ich sah rot und verpasste stattdessen ihm eine. Ich konnte in dem Augenblick nicht sagen, ob ich nun ihn oder den Rassismus an sich verprügelte oder nur die Gewalt oder den Kerl, der die Frau in dem Gang ermordet hatte. Ich schlug einfach los. Das war eine befreiendes Gefühl.

Er fiel nach hinten und stieß einen Stuhl um.

Als er wieder aufstand, war er bereit, auf mich loszugehen, aber der Barkeeper und noch einer, wahrscheinlich Eriks Freund, hielten ihn jeweils an einem Arm fest.

»Das reicht jetzt, Erik!«, sagte der Freund.

»Und du kannst hier nicht einfach die Leute beschuldigen, dass sie Ausländer sind!«, erklärte der Barkeeper. Mit einem Ton wie ein sanft belehrender Sonntagsschullehrer.

Erik riss sich zusammen, sagte freundlich Entschuldigung und wollte mir ein Bier ausgeben, weil ich ja kein Ausländer war.

Ich bat ihn, das lieber einem Gastarbeiter zu spendieren.

»Hab ich doch gesagt, er ist einer von diesem Gewürm!«, klagte Erik.

Niemand hörte ihm zu. Ein Quintett in der Ecke sang »Mutter ist die Allerbeste auf der Welt«.

Ich ging zum Telefon, um Gitte anzurufen. Genau das, was ich nicht hätte machen sollen.

Vielleicht gerade deshalb. Noch ein Beitrag zu der Sammlung »Die Fehler meines Lebens«.

Ich hatte ihr gerade berichten können, wo ich war und warum – und zwar anscheinend in einem Pappkarton mit abblätternden Wänden –, bevor sie mit kampfbereiter Stimme sagte:

»Das sieht dir mal wieder ähnlich. Und dabei ist dein Platz doch jetzt hier!«

Als ob sie mich nicht vor ein paar Stunden selbst rausgeschmissen hätte.

An der Wand stand mit roter Farbe geschrieben: »Vergewaltige mich!«

Ich musste einsehen, dass *sie* nicht gerade diejenige sein würde, die an diesem Abend meine Falten glätten wollte.

Dafür fand sich nur einen Moment später ein anderes, »alternatives« Angebot, meine Falten zu glätten. Sie versicherte mir, dass sie »alles mitmachen würde«. Sie vertraute mir an, dass sie in der Nähe wohne. Und sie machte deutlich, dass sie keine Lust habe, die Nacht allein zu verbringen, wenn es jemanden wie mich in der Nähe gäbe.

Ich fühlte mich nicht wie »jemand wie mich«. Sie war mindestens zwanzig Kilo zu schwer und roch für meine sensiblen Geruchsnerven viel zu stark nach Portwein.

Mit Mühe und Not gelangte ich zurück an meinen Platz am Fenster, während gerade gemeinsam der Schlager des Jahres »Wo sollen wir schlafen heute Nacht« gesungen wurde.

Kurz darauf kam Ehlers herein. Mit seinem Verband zog er alle Aufmerksamkeit auf sich, er stahl sogar Erik die Schau. Er kam direkt zu mir, als hätte er niemanden und nichts sonst bemerkt.

»Kommst du?«, fragte er.

»Wohin?«, fragte ich. Das Wort kostete mich Überwindung.

»Zum Verhör.«

Ich leerte langsam mein Glas, wohl wissend, dass es Gift war wie das Leben selbst, und starrte nachdenklich auf die grüne Neonschlange, als wüsste sie alles, was man unbedingt wissen musste, während ich fragte: »Habt ihr sie identifiziert?«

»Nein«, antwortete Ehlers. »Noch nicht. Aber wir wissen *etwas* über sie.«

»Und was?«

»Sie war schwanger.«

Wie durch eine magische Zauberformel in einem Märchen wandten sich meine Gedanken automatisch zurück zu Gitte. Meine Gedanken wandten sich häufig zurück zu Gitte – in diesen Tagen, wie an allen Tagen seit ich sie zum ersten Mal gesehen hatte.

Mir stiegen Tränen in die Augen. Ich dachte an das Kind, das zerschmettert auf den Treppenstufen lag. Und ich dachte dabei nicht daran, dass das Kind vielleicht nur ein neuer John oder Erik geworden wäre.

Ich wandte meinen Blick von Ehlers ab.

Und er wanderte nach rechts in die Nørrebrogade, in die entgegengesetzte Ecke.

Da gab es ein Geschäft für drei Ks: Kinderkleidung, Kinderbetten und Kinderwagen.

»Kommst du?«, fragte Ehlers.

Die elektrische Orgel spielte *Please release me / Let Me Go ...*

Ich kam.

5

Erst am folgenden Vormittag, als ich mir mit Mühe einen Weg aus einem makabren Traum gebahnt hatte und mit schmerzendem Kopf und lichtscheuen Augen in die Wirklichkeit und den Verkehrslärm der Istedgade erwacht war, wurden mir die Dinge einigermaßen klar.

Es war aber auch eine lange, harte, ermüdende Nacht gewesen. Die Verhöre in trübseligen Räumen auf abgewetzten Holzstühlen, eine Zigarette nach der anderen, die ständigen Wiederholungen immer derselben Fragen und derselben gleichen Antworten, bis die militärgrünen Wände des Polizeireviers zu schwanken und tanzen schienen.

»Sie haben die zwei Männer also nicht gesehen, die vor Ihnen dort waren, sodass Sie sie wieder erkennen könnten?«

»Nein.«

»Aber sie sahen die Männer laufen, nachdem Sie den Schrei gehört hatten?«

»Ich glaube, die sind gleichzeitig mit mir losgelaufen. Ich musste noch die Straße überqueren und die beiden nicht. Deshalb waren sie zuerst da.«

»Würden Sie sagen, dass die beiden Männer *schnell gelaufen* sind?«

»Na, das macht man doch, wenn man so einen Schrei hört. Entweder man läuft so schnell man kann, oder man tut so, als wenn nichts gewesen wäre.«

»Liefen sie schneller als Sie?«

»Ich hatte leider meinen Tacho nicht dabei.«

Und so weiter. Immer und immer wieder. Fragen von Bullen, die schon müde genug waren nach den Prügeleien am Abend und gleichzeitig noch halb mit den Gedanken in Nørrebro. Einige von ihnen hatten noch unversorgte Kratz- und Schürfwunden, andere lagen jetzt auf der Unfallstation Seite an Seite mit den Hausbesetzern, die im Bürgerkrieg verwundet worden waren.

Zwischen den Verhören brachten Telefonanrufe immer neue Botschaften.

»Nein, das haben wir noch nicht machen können. Es kommt ja immer alles auf einmal.«

»Diese Stadt wird so langsam wahnsinnig.«

»Versuch mal, ob wir aus den Nachbarrevieren Verstärkung kriegen können. *Force majeure.*«

»Nein, wir müssen die Razzia heute Nacht absagen. Schickt Leute nach Nørrebro. Ja, ich weiß.«

»Wir können diese Sache jetzt nicht übernehmen. Dazu haben wir nicht genügend Leute.«

Die Polizisten gingen ein und aus, und die Schreibmaschinen hämmerten hypnotisch. Einige der Beamten hatten Hausbesetzer bei sich, als sie hereinkamen – junge Mädchen und Jungs, die trotzig und mutig dreinblickten. Einen Augenblick lang standen sie da und durften sich umschauen, bis sie wieder weggeführt wurden, irgendeinen Flur entlang.

Es war spät, als ich nach Hause kam. Ein verfluchter Montag.

Aber jetzt war es Dienstag. Ich nahm ein Bad, rasierte mich, holte meine Zeitungen und ging hinunter zu Ronnie im Gasværksvej, um meinen Morgenkaffee zu trinken. Ronnie zwinkerte mir über seine Filterzigarette hin zu, sagte aber nichts. Ronnie lebt schon lange davon, Morgenkaffee zu verkaufen. Er kann seinen Gästen ansehen, ob sie einen redseligen Tag haben oder nicht.

Die Zeitungen brachten natürlich nichts vom Frauenmord, das hatten sie nicht mehr geschafft. Die Hausbesetzer bekamen die Titelseite, und die Pflastersteine flogen nur so über die Seiten. Es war ein anstrengender Abend in der Notaufnahme gewesen.

Die Leitartikel aller Zeitungen beschäftigten sich mit den Kämpfen. Die konservative Zeitung forderte die Ordnungshüter auf, Stärke zu zeigen im Kampf gegen unverantwortliche Elemente, deren gesetzeswidrige Taten nicht mit ihrer offensichtlichen Jugend zu entschuldigen wären. Die liberale Zeitung empfahl einen Dialog zwischen den beiden Parteien, damit man diesen unglücklichen – und genau besehen unnötigen – Konflikt bald beenden könnte. Die kommunistische Zeitung machte darauf aufmerksam, dass es nicht das erste Mal wäre, dass die Polizei sich freiwillig dazu hätte missbrauchen lassen, als verlängerter Arm des Bürgertums und des Kapitalismus zu fungieren. Die intellektuelle Zeitung betrachtete die Ziele und Standpunkte der jungen Leute mit Sympathie, bedauerte jedoch die Methoden, die benutzt worden waren, weil sie auf längere Sicht der guten Sache nur schaden könnten.

Alles war wie zu erwarten. Es war wie immer, wenn ich bei Ronnie saß, Kaffee trank und meine Morgenzeitungen las. Es schien, als hätte die Welt für tausende von Jahren angehalten, sie stand still, machte ein paar alberne Tricks mit mir, ließ zu, dass ich mich verliebte, sie verwickelte mich in eine Mordsache, sie ruinierte und deprimierte mich, richtete mich anschließend wieder auf und schickte mich ins Ausland, aber irgendwie endete doch alles unwiderruflich damit, dass ich bei Ronnie im Gasværksvej saß und die konservative, die liberale, die kommunistische und die intellektuelle Zeitung las.

Ein paar Minuten lang glaubte ich, ich könnte den ganzen Tag bei Ronnie sitzen, wie eine Katze, die sich in einen Sonnenstrahl legt.

Dann klingelte das Telefon. Ronnie nahm ab und gab mir ein Zeichen.

Es war Chefredakteur Otzen vom Bladet. Otzen kennt die Gewohnheiten seiner Mitarbeiter. Er findet sie immer, wenn er es will.

»Was höre ich da?«, fragte er.

»Das ist eine gute Frage«, erwiderte ich. »Wer kann das wohl am ehesten beantworten?«

»Nun hör mal, du hast die halbe Nacht im Polizeirevier am Halmtorvet verbracht. Du warst in der Mordabteilung, und auch wenn es Hausbesetzungen gab, glaube ich nicht, dass du mit Felsbrocken auf die Beamten geworfen hast. Also war da etwas anderes, und ich habe einen kleinen Vogel singen hören von einem Mord gestern Abend im Jagtvej.«

»Verdammt, du bist aber gut informiert.«

»Ich bin Chefredakteur der größten Zeitung des Landes, wusstest du das nicht?«

Das zu erfahren hätte ich gar nicht vermeiden

können, und das konnte niemand, der Otzen nur einmal im Vorbeigehen getroffen hatte. Das war immer schon eine Tatsache gewesen, die er gern hervorhob, sowohl in Kursive als auch in Versalien, aber da er nun zum ersten Mal während seiner zehn Jahre beim Bladet einen dreimonatigen Urlaub genommen hatte, den er für Pressestudien in den USA verwandt hatte, legte er gern noch eins drauf. Als er zurückkam, behauptete er fast, dass er die amerikanische Presse reformiert hätte, die so lange Zeit auf der Stelle getreten war.

»Also«, fuhr Otzen in seinem üblichen Ton fort (den man mit dem Geräusch einer Druckmaschine des Bladets verwechseln konnte, wenn sie eine Zeitung nach der anderen ausspuckt, mit wild herumwirbelnden Stempelarmen, die des Nachts durch das ganze Zeitungshaus dröhnen), »dann finde jetzt mal heraus, was an der Geschichte dran ist. Heute ist es natürlich zu spät, du hättest ja letzte Nacht anrufen können ...«

»Ich habe einen Maulkorb verpasst bekommen.«

»Ein anonymer Zeuge hätte anrufen und die Geschichte erzählen können, ohne dass dein Name ins Spiel gekommen wäre.«

»Ehlers hat die Sache in der Hand.«

»Du hast eine unprofessionelle Schwäche für ihn.«

»Er ist ein weißer Mann.«

»Das ist ein faschistischer Ausdruck, der zu einer Klage vor der Gleichstellungskommission führen kann. Aber jetzt sieh zu, dass du in Gange kommst. Rede mit Ehlers, finde heraus, was die Polizei herausgefunden hat, bring mir Tatsachen und deinen Augenzeugenbericht für morgen. Ich bin im Haus, du kannst mit der Geschichte heute Abend vorbeischauen. Einverstanden, mein Junge?«

»Ich würde mich am liebsten da raushalten.«

»Daraus wird nichts, mein Junge.«

Nein, daraus wurde nichts. Wenn Otzen zweimal »mein Junge« sagte, dann bedeutete das mehr, als wenn er den Schreibtisch eines Mitarbeiters vor Wut umkippte.

»Okay, Daddy-o«, sagte ich.

Ich legte artig den Hörer auf, verabschiedete mich höflich von Ronnie und ging wie ein braver kleiner, gewissenhafter Beamter zum Polizeirevier am Halmtorvet. Eine blasse, schwache Sonne ging gerade über den immer noch feuchten Straßen der Stadt auf, aber sie war klein und zerbrechlich und sah nicht aus, als würde sie jemals wachsen und groß und stark werden.

Ehlers empfing mich mit dunklen Augenrändern unter dem Verband. Er saß umgeben von Mappen und Berichten.

»Ich wollte sowieso mit dir reden«, sagte er kurz. »Wir haben das Mädchen nicht identifizieren können. Wir müssen ihr Bild in den Zeitungen bringen, im Fernsehen, wo immer es geht.«

»Das ist kein Problem«, sagte ich.

Das Telefon klingelte, anscheinend kannte man nur eine einzige Nummer.

Ehlers lauschte. Er sagte nur »Ja, ja, ja«, ungefähr eine halbe Minute lang. Mit hektischer Hand schrieb er mit einem Kugelschreiber auf ein offiziell aussehendes Dokument.

»Ja ... Fantastisch. Danke.«

Er legte den Hörer auf, streckte den Rücken und sah zehn Jahre jünger aus als zuvor. Selbst die Ränder unter den Augen schienen sich zusammengezogen zu haben, und der Verband sah aus, als lächelte er.

»Ich korrigiere«, sagte er mit einem leichten schiefen Grinsen. »Wir haben das Mädchen identifizieren können, wir brauchen keine Fahndung.«

»Erzähl«, sagte ich.

Er überlegte einen Augenblick. Dann nickte er:

»Okay. Aber warte noch mit dem Schreiben. Wir können nicht hundertprozentig sicher sein, aber ich glaube, es reicht. Ich habe am Vormittag ein paar Leute losgeschickt, die im Viertel das Foto herumzeigen sollen – du weißt schon, in Geschäften, Restaurants, beim Würstchenstand – die sehen ja den ganzen Tag die Menschen kommen und gehen. Nun, das hat geklappt. Sie hat da gewohnt, wie gesagt wurde. Wenn es stimmt, dann heißt sie Monica Lykke und ist 24 Jahre alt. Sie ist Verkäuferin in einer Bäckerei in der Nørrebrogade und geht abends zu Volkshochschulkursen, das hat der Würstchenverkäufer meinem Mann erzählt. Er kannte sie. Der Kaufmann kannte sie auch. Er kannte auch ihre Eltern. Sie hat noch bei ihnen gewohnt, fünf Hausnummern entfernt von der Stelle, wo du sie gefunden hast. Ihr Vater ist Setzer. Das klingt alles stimmig, aber wir müssen es noch nachprüfen. Und die Leiche selbst muss identifiziert werden.«

Wieder sah er überlastet und müde aus. Wieder traten die Augenränder hervor.

»Und jetzt kommt der schlimmste Teil«, sagte er. »Ich bin gezwungen, zu ihren Eltern zu gehen, sie auszufragen und alles bestätigt zu bekommen.«

»Darf ich mitkommen?«, fragte ich.

Er überlegte einen Moment lang.

»Unter den üblichen Bedingungen«, sagte er.
»Den üblichen«, nickte ich.
Vielleicht hatte Otzen recht. Vielleicht hatte ich wirklich eine unprofessionelle Schwäche für Ehlers.
Also gingen wir hinaus zu einem Polizeiwagen mit uniformiertem Fahrer und fuhren durch die Stadt zum Nørrebroer Rondell, zum Elternhaus der Leiche.

6

Das Treppenhaus lag in einem großen alten Backsteinhaus im Jagtvej, gut 20 Meter – oder zwei Häuserblocks – vor dem Colosseum. Das Haus war früher einmal schön gewesen, groß und solide mit vielen Erkern und ehrwürdigen Bogenfenstern.
Jetzt war es vergessen, bodenlos und vollkommen verwahrlost. Schon vor der Haustür war der Geruch von Feuchtigkeit, Verfall und Moder im Mauerwerk selbst zu riechen. Ganz wie in »meinem« Haus – und in den meisten Mietskasernen in Kopenhagen.
Die Haustür war abgeschlossen, aus guten praktischen Gründen werden das immer mehr der Haustüren in unserer Stadt, und Ehlers drückte auf eine Klingel für den II. Stock rechts. Lykke.
Ehlers stellte sich in seinem höflichsten Beamtenton vor. Ein schreckliches *bzzz* verschaffte uns gnädig Zugang, und wir begannen die Bergbesteigung. Es sah aus, als wären die Treppen doppelt so breit wie jede einzelne Wohnung.

Eine Frau stand in der Tür im II. Stock rechts, sie trug eine braune Bluse und einen braun karierten Rock. Nichtsdestotrotz sah sie sehr grau aus. Sie sah auch sehr erschöpft aus. Sie sah aus, als hätte sie die letzten dreißig Jahre keine einzige gute Nachricht gehört. Sie musste ungefähr fünfzig Jahre alt sein.

»Was wollen Sie? ... Ist, ist was passiert?«, fragte sie langsam, mit einer Stimme ohne jede Harmonie, Kraft oder Melodie. Sie sah ängstlich aus, ängstlich und freudlos, als hätte sie immer vor irgendetwas Angst gehabt, was ihr hinterrücks auflauerte und sich eines Tages aus dem Dunkel erheben, materialisieren und seine Klauen in sie graben würde.

»Dürfen wir reinkommen?«, fragte Ehlers sanft. »Ich fürchte, wir müssen Sie auf einen ernsten Schock vorbereiten.«

»Es geht um Monica, nicht wahr?«, sagte die Frau, und im gleichen Augenblick flossen die Tränen und liefen ihre Wangen hinunter. Ich schaute zur anderen Seite. Der Nachbar hieß A. Th. Nielsen.

»Wir wissen es noch nicht, gnädige Frau ... Wir bedauern aufrichtig, dass wir so bei Ihnen hereinplatzen müssen ... Wir müssen Sie leider bitten ...«

Ehlers' unerschütterliche, umständliche, Vertrauen erweckende Höflichkeit brachte die Dame zur Ruhe. Sie führte uns durch einen klaustrophobischen Wohnungsflur mit Platz für höchstens drei Mäntel und zwei Paar Stiefel (nicht größer als Größe 36) in ein Wohnzimmer, wo sie uns um einen Tisch platzierte – offensichtlich den Tisch, an dem sie und ihr Mann ihren Kaffee tranken. Das Sofa stand direkt zum Fernseher hin, das war eindeutig. So sieht es in den meisten dänischen Wohnungen aus.

Ich wurde plötzlich schrecklich müde. Ich war kurz davor, in Ohnmacht zu fallen, während ich dort saß. Ich hielt mich an der Armlehne fest und schaute mich um.

Es war alles vorhanden – die gesamte lächerliche Parodie, die man »ein Zuhause« nennt. Es gab Tische, Sessel, Fernseher und Teppich. Es gab kleine dreieckige Regale mit lustigen Krügen und Keramikaschenbechern aus den Ferien. Es gab Blumen und Schonbezüge und eine halbe Wand mit Familienbildern von der Hochzeit bis zur Konfirmation des Kindes.

Monica Lykke sah auf ihrem Konfirmationsfoto wie ein erwartungsvolles Kind aus, ein lebenslustiger, blonder Lockenkopf mit Blumen im Arm, voller Zuversicht für die Zukunft.

Aber die Augen auf dem Foto waren plötzlich dieselben wie in der Passage letzte Nacht.

Und dann war es nicht mehr die Wohnung der Familie Lykke, es war plötzlich jedermanns Wohnung. Es war eine Lebensgeschichte, ausgedrückt in Möbeln, Teppichen, Bildern, der physische Raum – Abstand von einem Zimmer zum anderen, messbar in Zentimetern. Monica, die 14-jährige Monica auf dem Konfirmationsfoto, musste diese Zimmer in- und auswendig gekannt haben. Sie musste zahllose Male in ihnen herumgelaufen sein, hatte vielleicht in ihnen das Laufen gelernt.

Die Fußböden, die Wände, die Möbel, alles erinnerte mich an das Nørrebro meiner Kindheit, an eine seit langem verschwundene Welt mit Umzügen zum 1. Mai, Wohlfahrtsverbänden, Zusammenkünften im Haus des Volkes, einem Duft nach Schweinekoteletts, nach Unausweichlichkeit, nach einer Prozession, die immer innerhalb derselben drei, vier Zimmer blieb, innerhalb derselben morschen Holzpfähle und absackenden Steinwände, Jahr für Jahr, Generation für Generation, in Nørrebro wie an allen anderen Orten der Welt.

Es roch schwach nach Kaffee. Frau Lykke hatte sicher gerade ihren Vormittagskaffee getrunken.

Die Fenster waren zum Verkehr des Jagtveijs hin geöffnet. Der Lärm der Autos brachte mich zurück auf die Welt.

Frau Lykke saß zusammengekauert in einer Ecke des Sofas. Ehlers hatte immer noch das Identifikationsfoto in der Hand.

»Unser einziges Kind ...«, sagte sie.

Sie weinte. Sie weinte in langen, tiefen Schluchzern, die ihren Körper von den Schultern bis zu den Füßen durchzuckten.

Ehlers klopfte ihr auf die Schulter.

Ich konnte nichts tun. Zwei Schulterklopfer, das wäre zu viel auf einmal gewesen.

Ehlers blinzelte mir zu, und ich verstand den Wink. Ich war überflüssig.

Ich zeigte nach links, um ihm zu verstehen zu geben, dass ich ins Central-Café ginge.

Er nickte, um zu bedeuten, dass er mich dort abholen würde.

Ja, ich war wirklich dabei, eine Schwäche für Ehlers zu entwickeln. Es ist schon schwer genug, jemanden zu finden, mit dem man reden mag. Aber es ist fast ein Wunder, jemanden zu finden, mit dem man nicht einmal reden muss.

Diskret verließ ich das Haus des Todes – die 3 ½-Zimmer-Wohnung in diesem Fall. Es war, wie ich es erwartet hatte. Vom Wohn- und Fernsehzimmer aus gab es Zugang zu einem Esszimmer, auf der anderen Seite des Flurs waren noch zwei Räume, wahrscheinlich Monicas Schlafzimmer und das der Eltern – dazwischen eine Toilette und am Flurende eine Küche. Das war alles. Hier waren Monicas Wurzeln, von hier entfaltete sich ihre Welt.

Normale Umgebungen. Ganz normale Umgebungen in der Art, in denen wir alle geboren werden und die auf uns abfärben – oder ihre Farblosigkeit auf uns übertragen.

Der Regen fiel leise. Er fiel ohne ein störendes Geräusch, sowie ich versucht hatte, die Wohnungstür zu schließen.

Das Central-Café war ruhig so früh am Tag, und es herrschte eine verkaterte Gleichgültigkeit, weder John noch Erik waren zu sehen.

Ich setzte mich an den ersten Fenstertisch, damit Ehlers mich auch gleich finden konnte. Es war mir gar nicht unlieb gewesen, weggeschickt zu werden. Ich kann Tränen nicht ertragen, so geht es mir schon seit meiner Kindheit. Ich gehöre zu den Männern, die zusammenbrechen, sobald jemand weint, ganz gleich wer, ganz gleich warum, ganz gleich welchen guten Grund es dafür gibt – oder vielleicht gerade, wenn es einen guten Grund gibt.

Und Frau Lykke hatte einen guten Grund zu weinen. Einen der besten.

Dienstagvormittag in Kopenhagen. Ein ordinärer Nieselregen-Dienstag im Januar.

Ihr »Unser einziges Kind ...« klang mir noch in den Ohren, während ich da direkt vor dem Rondell saß und aus dem Fenster schaute, direkt zwischen dem Geschäft für Kinderkleidung und dem Friedhof hindurch – genauso direkt, wie Monica Lykke es am Tag zuvor für ein paar Minuten oder Sekunden getan hatte.

Ehlers kam nach einer Viertelstunde. Er bestellte sich ein Bier. Er wischte sich den Schweiß von der Stirn.

»Das ist so ziemlich das Schlimmste ...«, sagte er und breitete resigniert die Arme aus.

»Das gehört zu deinem Job«, sagte ich.

Nur um überhaupt etwas zu sagen.

»Verdammter Job«, sagte er.

»Aber es ist deiner«, erwiderte ich.

»Ich habe auch Kinder«, sagte er.

»Ich habe auch Eltern«, sagte ich.

Und dann erzählte er. Es hätte auch gut dreißig Jahre früher sein können, wann auch immer und wo auch immer.

Monica wollte bald heiraten. Ihr Freund war Möbeltischler, sie waren verlobt, und das schon seit zwei Jahren. Sie wollten schon lange heiraten, warteten aber noch, weil sie bis jetzt keine Wohnung gefunden hatten.

»Weil sie keine Wohnung gefunden haben!«, wiederholte Ehlers lang gezogen sarkastisch, als drehte er den Satz im Mund um.

»Ja, das tun einige sogar fünf Jahre lang. Und währenddessen prügelt ihr euch mit den Hausbesetzern!«

»Ja. Es ist zum Wahnsinnigwerden.«

»Du hast sicher Recht, aber auch das ist nichts Neues. Was hat sie noch erzählt?«

»Dass Monica ein braves junges Mädchen war, das Ein und Alles ihrer Eltern, und dass ihr Bjarne – der Möbeltischler – so ein reizender junger Mann ist. Dass ihr Bjarne sich selbstständig machen wollte, wenn sie verheiratet wären, und schon einiges zusammengespart hatte und dass Monica deshalb einen Abendkurs besuchte – einen Kursus in Schreibmaschinenschreiben und Buchführung … nun ja, der Würstchenmann war also auf der richtigen Spur. Sie ging jeden Abend von 20.00 bis 23.00 Uhr zu diesem Kursus, also muss sie auf dem Weg nach Hause gewesen sein, als …

Die Mutter wusste nicht, dass Monica schwanger war, aber das muss nichts heißen. Der Arzt hat mir gesagt, dass sie erst im zweiten Monat war. Das ist so früh, dass sie auch selbst noch unsicher deshalb gewesen sein kann. Die Mutter hat geweint, als ich ihr das erzählt habe. Noch mehr als sie über die Tochter geweint hat.

Das konnte ich nicht ertragen.«

»Du bist zu weich für einen Polizeibeamten, Ehlers.«

Als ich »Ehlers« sagte, fiel mir plötzlich auf, dass ich noch nie seinen Vornamen gehört hatte. Einen Moment lang hätte ich ihn gern danach gefragt, aber es gab wichtigere Dinge zu besprechen.

»Quatsch, ich bin nicht weich. Ich bin ziemlich hart, wenn es darum geht, einen professionellen Gangster kleinzukriegen, aber ich eigne mich nicht dazu, mich mit jungen Burschen zu prügeln, die kein Dach überm Kopf haben, oder Mütter zu verhören, die ihre Tochter verloren haben.«

»Du gehörst in einen Fernsehfilm. ›Ehlers – der menschliche Bulle!‹ – ›Ehlers – ein Herz hinterm Gummiknüppel!‹«

»Mach du dich nur über mich lustig.«

»Das ist *mein* Job. Und was machst du jetzt?«

»Der Mutter einen Arzt schicken. Sie ist vollkommen zusammengebrochen. Sie wird die nächsten vierzehn Tage nicht wieder auf die Beine kommen. Vielleicht wird sie das nie wieder.«

»Vielleicht hat sie das ja noch nie geschafft.«

»Du bist so verdammt zynisch.«

»Nein, ich nicht. Manche Menschen sind einfach so geboren. Ihr Leben ist ein einziges Leiden, sie haben selbst nie etwas anderes erwartet, und wenn sie im Vorübergehen mal einen anderen Augenblick erwischen, dann werden sie sofort skeptisch und weigern sich, daran zu glauben.«

»Vielleicht solltest du dich der Psychiatrie widmen, wenn du die Journalistik verlässt.«

»Vielleicht solltest du zum Sozialamt gehen, wenn du die Polizei verlässt.«

»Ich werde die Polizei nicht verlassen, aber ausnahmsweise werde ich mir erlauben, im Dienst sogar *zwei* Bier zu trinken.«

Als der Kellner gegangen war, trank Ehlers einen großen Schluck und sagte dann: »Das macht mich alles so deprimiert. Das ist so sinnlos. Ich habe absolut nichts machen können, und ich hasse es, wenn ich nichts machen kann. Gib mir eine Möglichkeit, wie ich helfen kann, ganz gleich was, ganz gleich wie, und ich werde tun, was ich kann. Aber so was, wie das hier – da gibt es nichts zu tun, einfach nichts.«

Er leerte sein Glas.

»Also, lass uns sehen, dass wir wegkommen.«

»Wohin?«, fragte ich.

»Ich glaube, wir haben zufällig denselben Weg«, erklärte Ehlers mit dieser verbissenen, kampfbereiten Stimme, die er manchmal bekam oder sich bewusst zulegte. »Du wolltest doch nicht zufällig zum Bladet, um deine Geschichte zu schreiben, oder?«

»Doch.«

»Habe ich mir doch gedacht! Ich muss nämlich auch da hin. Monicas Vater heißt Werner Lykke und ist Setzer. Beim Bladet. Das ist bestimmt derjenige, der deine Geschichten setzt.

Und er muss sie identifizieren. Dass sie es ist, daran besteht überhaupt kein Zweifel, aber das muss trotzdem ganz offiziell gemacht werden, gesetzestreu und juristisch korrekt. Er muss sie identifizieren, ich muss ihn verhören, und hinterher muss ich los und ihren Verlobten suchen – in Gladsaxe! –, um zu hören, was er dazu zu sagen hat. Wollen wir los?!«

Wir fuhren die Nørrebrogade hinauf zum Bladet. Der Fahrer schwieg. Ehlers schwieg. Ich schwieg. Wenn Schweigen Gold ist, dann gewannen wir drei olympische Medaillen.

Am Eingang vom Bladet trennten sich unsere Wege. Ich hatte keine Lust mit anzusehen, wie der Setzer Werner Lykke die Leiche seiner Tochter ansah.

Ich ging zur Redaktion hoch und schrieb meine Geschichte. Ich schrieb sie genau so einfach und so beschissen, wie sie war.

7

Als ich das Bladet wieder verließ, aus dem Tor hinausging, durch das einen halben Tag später die Lastwagen zum zehntausendsten Mal mit einer viertel Million Exemplaren vom »Bladet« fahren würden, die der dänischen Bevölkerung auf dem

Frühstückstisch serviert werden würden, klopfte mir Chefredakteur Otzen kameradschaftlich auf die Schulter. Es ist ein merkwürdiges Gefühl, wenn jemand einem so auf die Schulter klopft. Es war schon ziemlich lange her, dass jemand sich die Mühe gemacht hatte, mir auf die Schulter zu klopfen.

Gitte tat es jedenfalls nicht. Als ich sie in ihrer Kanzlei anrief, hatte sie keine Zeit mit mir zu sprechen. Sie »saß in einer Besprechung«.

Das tat ich auch bald. Nachdem ich aus der Kantine des Bladets angerufen hatte (Tagesgericht: Wiener Schnitzel), traf ich einen alten Kollegen, einen wahren Kumpel: ein gescheiterter Bassist, der als Konzertrezensent geendet war.

Geteiltes Leid ist halbes Leid. Die Besprechung dauerte zwei Biere lang.

So schnell war Gittes Besprechung nicht zu Ende.

Ich ging nach Hause. Was hätte ich sonst tun sollen? So sind die Menschen nun einmal beschaffen. Sie gehen hinaus und erledigen ihre Geschäfte – sehr, sehr unterschiedliche Geschäfte, je nach Alter, Milieu und Temperament –, und dann gehen sie wieder nach Hause. Alle gehen früher oder später wieder nach Hause. Zumindest etwas, in dem wir – unabhängig von Klassen-, Geschlechts- und Rassenunterschieden – uns einig sind.

Mit dem üblichen – und sicher wohlverdienten – schlechten Gefühl schaute ich mich in meiner Wohnung um und stellte fest, dass sie genauso unordentlich war, wie sie immer gewesen war und wohl auch bleiben würde.

Mein gesamtes Leben lang habe ich davon geträumt, repräsentabel und akzeptiert zu wohnen, habe davon geträumt, in schönen, harmonisch aufeinander abgestimmten Farben zu leben, die zu den Proportionen der Zimmer passten, habe davon geträumt, mich täglich in einem dreidimensionalen Kunstwerk von einer Wohnung zu bewegen.

Und mein ganzes Leben lang endete es mit Orten wie diesem hier: erweiterte Hotelzimmer, genauso armselig mit derselben tristen ewigen Dreifaltigkeit von Bett, Tisch und Stuhl ausgestattet wie die Hotelzimmer, mit derselben hoffnungslosen Zahnbürstenhüllen-Anonymität – allein mit dem Unterschied, dass kein liebenswertes Zimmermädchen hinter mir aufräumte oder auch nur morgens das Bett machte.

Ich legte mich aufs Bett, damit man nicht sehen konnte, dass es ungemacht war.

Die gute Tat des Tages.

Nicht, dass jemand sie sehen und würdigen könnte. Ich war ganz allein. Ich war ebenso allein wie – locker geschätzt – fünf, sechs Milliarden Menschen auf der ganzen Welt.

Unterhalb meines Fensters eilten Menschen hin und her, während der frühe Nachmittag hereinbrach. Die Leute kauften ein. Die Leute holten ihre Kinder ab. Die Leute warteten auf den Bus. Die Leute transportierten Plastiktüten über den Bürgersteig.

Die Leute dachten sich wahrscheinlich etwas dabei.

Das Einzige, was ich im Augenblick hatte, das waren ein paar Bilder, die mir vor die Augen kamen: das Bild von Monica Lykkes Leiche auf der Treppe, das Bild ihrer weinenden Mutter auf dem Fernseh-Sofa.

Wenn ich auch weder Ideen noch irgendeine Inspiration hatte, so besaß ich zumindest eine Flasche

Whisky. Ich erklärte ihr, dass sie ein feiner Kerl sei. Sie bot mir einen Drink an, und ich nahm dankend an.

Eine halbe Stunde später war sie mehr als ein feiner Kerl, sie war eine Traumfrau, ein wahres *sweetheart*. »My Darling Ballantine« besang ich sie.

Was ihr vollkommen gleichgültig war, das kümmerte sie nicht.

Das erinnerte mich stark an all die anderen Frauen, in die ich im Laufe der Zeit verliebt gewesen war.

Ich fiel auf meiner Matratze in den Schlaf. Ich träumte. Ich träumte, dass Ronald Reagan seine Bomben als letzte Verteidigung gegen den Weltkommunismus freigab. Ich träumte, dass die Ultra-Super-Maxi-Hyper-Bomben über Kopenhagen flogen. Ich träumte, dass mein Haus und alle anderen Häuser in Schutt und Asche gelegt wurden.

Ich träumte, dass wir alle zusammen schreiend auf die Straße flohen. Ich träumte, dass ich gerade noch mein Scheckheft und Edgar Allan Poes »Ausgewählte Werke« mitnehmen konnte.

Als ich zu derartigen Details gekommen war, wusste ich, dass es ein Traum war, also wachte ich auf.

Unter Protest.

Wer hat jemals Wert darauf gelegt aufzuwachen? Gibt es irgendeinen lebendigen zweibeinigen Menschen auf der Welt, der mit vollem Recht und aus ehrlichem Herzen behaupten könnte, er wäre froh, in diesem Leben wach zu sein, wenn er die Chance hätte, es zu verschlafen?

Es war draußen dunkel. Verdächtig dunkel.

Ich rief Gitte an, nachdem ich mir ein wenig kaltes Wasser ins Gesicht geschüttet hatte.

Das war eine überflüssige Veranstaltung, das mit dem kalten Wasser. Das hätte sie auch hingekriegt, ganz allein, dazu brauchte sie nicht einmal einen Wasserhahn, allein ihre Stimme am Telefon genügte.

»Warum hast du nicht früher angerufen?«, waren ihre ersten Worte. Sie klangen, als hätten sie ein Vierteljahr in einer Kühltheke gelegen.

»Ich habe doch angerufen. Aber du warst in einer Besprechung.«

»Das ist doch schon mehrere Stunden her.«

»Ich bin eingeschlafen.«

»Ich weiß genau, warum du mitten am Tag einschläfst. Ich glaube, du hast schon immer geschlafen.«

»Nun hör aber auf, die letzte Nacht war nicht besonders lustig.«

»Nein, und das ist ja das Einzige, was für dich zählt, dass es lustig ist. Mein Gott, wie Leid du mir doch tust, dass du es nicht ununterbrochen witzig hast.«

»Schatz, hör mal. Ich ...«

»Komm mir nicht mit ›Schatz‹, das macht mich ganz krank! Ich bin kein ›Schatz‹! Das klingt ja wie ein Teddybär, den man mit ins Bett nimmt ... Denkst du jemals daran, was mit mir los ist ... was in mir los ist?«

»Ich denke die ganze Zeit an dich, das weißt du doch.«

»Ich weiß nur, dass du das sagst.«

»Ich kann gleich zu dir kommen und dir mehr davon erzählen ...«

»Nein danke, ich möchte gern ein wenig allein sein. Ich muss nachdenken. Und das ist nicht möglich, wenn du in der Nähe bist.«

»Soll das ein Kompliment sein?«

»Nein, eine Feststellung.«

»Ist es ein Vergnügen, nachzudenken?«

»Ist es ein Vergnügen, dich hier zu haben?«

»Das weißt du selbst am besten.«

»Dann also nicht.«

»Du bist sehr hart. Ganz gleich, wie unmöglich ich auch bin, schließlich hast du selbst mit dazu beigetragen, schwanger zu werden.«

»Reden wir lieber nicht davon.«

»Gitte, verdammt nochmal ...«

»Ich kann heute Abend nicht mit dir reden. Ich kann heute Abend mit niemandem reden. Lass mich in Ruhe. *Lass mich in Ruhe!*«

Ich ließ sie in Ruhe.

Ich bereitete mir mit aller gastronomischen Sorgfalt eine Tasse Nescafé zu, zündete mir elegant eine Zigarette an, stellte meinen Plattenspieler an und starrte mit leerem Blick auf die Istedgade. Art Tatum spielte *Nice Work If You Can Get It,* und wie Recht er doch damit hatte. Was für ein *Nice Work* könnte man aus seinem Leben machen, wenn man es zu Stande brächte.

Die Dunkelheit setzte ein, und die Neonreklamen der Kneipen erleuchteten die Straße. Rundherum waren die Familien damit beschäftigt, ihre Kinder ins Bett zu bringen und ihnen Wiegenlieder zu singen. Wahrscheinlich würde auch heute Abend eine gewisse Anzahl an Babys angesetzt. Die Statistiker hatten sicher bereits die Zahl berechnet.

Als Tatum fertig war, sein Cocktail-Party-Patchwork zu stricken, spielte ich eine Platte mit Billie Holiday. Ich war ein großer Junge. Ich hatte einen Plattenspieler und diverse Platten, und ich konnte sie eigenhändig auf den Plattenteller legen. Ich konnte sogar selbst bestimmen, welche Platte ich wohin legen wollte. Niemand konnte Einwände gegen meine souveräne Wahl erheben. Ich war ein freier Mann. Ein freier Mann mit einem Plattenspieler.

Aus irgendeinem Grund erregte mich diese Erkenntnis nicht besonders stark.

Plötzlich fand ich, dass Billie Holiday, My Darling Ballantine und ich ein wenig einsam waren.

Ich wurde praktisch. Ich rief Ehlers an.

Der gute alte Ehlers war an seinem Platz im Polizeirevier am Halmtorvet. Der gute alte Ehlers machte seinen guten alten Job. Erwürgte junge Mädchen, vergiftete alte Männer, durchlöcherte Fregatten mittleren Alters, vertrau auf Ehlers, er macht schon seinen Job.

Der Setzer Werner Lykke hatte auch geweint, aber er hatte außerdem Monica identifiziert, erzählte Ehlers.

Identifiziert, dachte ich. Merkwürdiges Wort. Ein mechanisches Wort. Was sagt ein Vater in so einer Situation? »Doch, ja, das ist meine Leiche, seien Sie so gut und schicken Sie sie mir zu?«

»Und dann habe ich mit ihrem Verlobten geredet.«

»Und was ist mit ihm?«

»Nichts. Absolut nichts. Er hat letzte Nacht in seiner Möbeltischlerei gearbeitet – Moderne Möbel AG in Gladsaxe. Da gibt es achtzehn Kollegen plus einen Vorarbeiter, einen Vertrauensmann und eine Stempeluhr, um zu bezeugen, dass er bis Mitternacht dort war. Schichtwechsel. Zusatzverdienst. Ehrgeiz. Und zu allem Überfluss gibt es noch einen Nachbarn, der ihn hat heimkommen sehen – allein

– um 1.00 Uhr in sein Zimmer zur Untermiete am Bispebjerg Torv.«

»Wie war er?«

»Sobald er alles erfahren hat, ist er zu Frau Lykke gefahren. Ich wünschte mir, das wäre mein Sohn.«

»Wusste er, dass Monica schwanger war?«

»Er wusste, dass die Möglichkeit bestand – mehr hat sie ihm nicht gesagt. Aber er war jedenfalls nicht traurig drüber. Nein, war er nicht ...«

»Und jetzt?«

»Keine Ahnung. Ich gehe davon aus, dass sie jetzt alle zusammen im Jagtvej sitzen und schluchzen, ich wüsste nicht, was sie sonst machen sollten. Das ist eine verdammt dreckige Geschichte, von Anfang bis Ende.«

»Was ist denn mit dir los? Ich dachte, das gehört zu deinem Job. Ist ein Mord nicht immer eine dreckige Geschichte?«

»Mehr oder weniger. Ich habe genug Morde gesehen. Ich habe auch einige erlebt, die mir kein bisschen Leid taten, wie damals, als ›Der Dünne‹ von deinem Antiquar-Freund niedergeschossen wurde – das war nur gerecht, ganz unabhängig davon, ob die Juristen es als eine Gesetzesübertretung sehen oder nicht. Aber das hier, das tut weh. Verdammt weh.«

»Was tust du mir Leid.«

»Du brauchst gar nicht so sarkastisch zu sein.«

Nein, das brauchte ich wirklich nicht.

Ich war nicht nett zu Ehlers.

Ich rächte mich einfach an dem Nächsten.

So wie Gitte es auch tat.

Oder wie es vielleicht auch Monica Lykkes Mörder getan hatte.

8

Am nächsten Tag – wieder ein grauer Regentag – brachten alle Zeitungen Monica Lykke auf der Titelseite. Alle versuchten auf ihre Art, ihren Lesern die Geschichte von dem armen jungen Mädchen zu verkaufen, »das so brutal in einer Seitengasse ermordet wurde« – als könnte man leicht und elegant ermordet werden, ohne Brutalität, oder als wäre es viel besser, in einem ansprechend möblierten Friseursalon ermordet zu werden.

Die meisten der Zeitungen kamen zu dem Schluss, dass Kopenhagen nach und nach zum reinsten Chicago wurde. Mehrere betonten in vorbehaltlosen Floskeln die Notwendigkeit von mehr Polizei auf den Straßen.

Für ein oder zwei Tage war die Familie Lykke aus dem Jagtvej Dänemarks bekannteste Familie. Das ganze Land fühlte mit ihnen, das ganze Land verfolgte ihr Schicksal, und jeder Vater, jede Mutter – ganz zu schweigen von den Töchtern und Schwiegersöhnen – versetzte sich für ein paar Minuten in die Situation und dankte – je nach Konfession – dem Schicksal oder Gott, dass nicht sie die Betroffenen waren.

Zur Ehre des Bladets sei gesagt, dass Werner Lykke außerdem einen Monat Sonderurlaub bezahlt bekam.

Typisch Otzen. Wenn ein Mann seine Tochter verliert, dann braucht er zumindest als Kompensation eine kleine Arbeitspause.

Quatsch. Das war wirklich nett von Otzen. Ich war derjenige, der nicht nett war. Mit der Zeit war es mir gelungen, auch innerlich so hässlich zu werden, wie ich äußerlich bereits seit meiner Geburt war.

Am Donnerstag hatte das ganze Land die Familie Lykke bereits wieder vergessen. Am Donnerstag gab es eine viel beachtete Scheidungsgeschichte zwischen einem herausragenden bürgerlichen Politiker und einer bekannten Schauspielerin. Selbst wenn drei katholische Nonnen in den unterirdischen Toiletten am Rathausplatz ermordet und vergewaltigt worden wären – und zwar in dieser Reihenfolge – hätten sie kaum eine Chance gehabt, mehr als eine oder zwei Spalten auf Seite 18 zu kriegen.

Der Fall verschwand langsam aus der Öffentlichkeit. Es gibt so viele Fälle in einer Großstadt, es passieren so viele Dinge, man kann nicht die ganze Zeit über irgendeine Bäckereiverkäuferin reden, die erwürgt worden ist. Die ganze Zeit geschieht etwas Neues.

Und gerade an diesen Tage geschah – abgesehen von der Societyscheidung – eine ganze Menge. Der Bürgermeister eines Provinzstädtchens wurde wegen Annahme von Bestechungsgeldern verurteilt und verteidigte sich damit, dass er nur ›das Gleiche wie alle anderen‹ getan habe – was sicher der Wahrheit entsprach. Ein Minister zog sich wegen seines schlechten Gesundheitszustands zurück und gab Anlass zu vielen Spekulationen, da er dafür bekannt war, stark wie ein Ochse zu sein. Ein Traber, der dreimal das Sommer-Derby gewonnen hatte, starb und bekam eine Beerdigung wie ein absolutistischer Herrscher im Mittelalter.

Währenddessen vergaßen alle Monica Lykke.

Alle bis auf Ehlers.

Das war ein Fall, der an ihm zehrte, das war nicht

schwer zu sehen. Ich sprach ab und zu mit ihm, und das Ergebnis war jedes Mal das Gleiche: eine große runde Null. Er bohrte nach. Er stellte Untersuchungen an. Er prüfte nach. Er sammelte Fakten.

Und das Ergebnis war jedes Mal das Gleiche: Nichts.

Die beiden Männer, die direkt vor mir zum Tatort gelaufen waren, hatten sich, trotz zahlloser Appelle in der Tagespresse, nicht gemeldet, und sie waren nicht so einfach aus einer Millionenbevölkerung herauszupflücken. Weitere Befragungen von Marianne und Werner Lykke brachten nichts Neues zu Tage. Sie hatten ihre Tochter geliebt. Sie hatten nur das Beste von ihr erwartet. Sie »konnten das irgendwie überhaupt nicht richtig begreifen«, wie eine der Zeitungen es formulierte.

Das konnte Ehlers auch nicht.

Wie er es an einem der Tage in seinem Arbeitszimmer am Halmtorvet formulierte:

»Wenn es nur ein Anzeichen für eine Vergewaltigung gäbe, dann hätte ich es ja verstanden. Dann wäre es eben ein Verrückter gewesen, der auf diese Art und Weise seinen Orgasmus kriegt, das wäre ja nichts Neues. Ich erinnere mich noch an einen Fall in Nakskov, als ich für eine Weile beim Landeskriminalamt war – da hatten wir so einen. Er hat zwei Mädchen ermordet, und er hat sie dabei übel zugerichtet. Aber diese hier, sie, sie war ganz unverletzt. Nicht einmal ihre Strümpfe waren auch nur einen Zentimeter runtergezogen.«

»Das kann trotzdem ein Vergewaltiger gewesen sein, der Angst gekriegt hat und abgehauen ist, weil sie geschrien hat.«

»Ich kann mir nicht vorstellen, dass ein Sexualverbrecher ausgerechnet den Jagtvej als Versuchsfeld aussucht. Du hast doch selbst gesehen, dass ihr gleich mit drei Leuten zur Stelle wart. Das ist nicht der richtige Ort. Vergewaltigungen, die finden im Dyrehaven spät am Abend statt oder an der Langelinie, wenn die Lichter und Lampen gelöscht sind. Wenn sich die beiden Kerle nur melden würden!«

»Und was willst du aus ihnen herausquetschen?«

»Du hast Recht – wahrscheinlich gar nichts. Du hast sie ja selbst heranlaufen sehen, also entlastet deine Aussage sie. Ich mag nur lose Fäden nicht.«

»Aber was anderes hast du ja nicht.«

»Wenn du mit mir reden willst, dann erzähl mir bitte was, was ich noch nicht weiß.«

»Ich muss nicht mit dir reden, ich kann ebenso gut gehen. Und du brauchst mich auch nicht zur Tür zu bringen, bleib ruhig sitzen.«

»Entschuldige, so war das nicht gemeint. Wenn wir nur die Tasche finden könnten!«

»Die Tasche?«

»Ihre Tasche. Sie hatte eine dabei. Sie hatte ihre Bücher und Unterlagen darin. Sie hat immer dieselbe Tasche benutzt. Ihre Mutter hat sie mit ihr weggehen sehen, ihre Kollegen im Kursus haben beobachtet, wie sie ihre Sachen herausgeholt hat, als sie gekommen ist, und wieder reingepackt hat, als sie ging.«

»Glaubst du, dass etwas in der Tasche war, was einen Mord wert war?«

»Woher soll ich das denn wissen? Aber zum Teufel, welche anderen Möglichkeiten gibt es denn noch?

Hör mal«, sagte Ehlers trocken und bedächtig, als

spräche er mit einem Kind. »Dieses Mädchen kann niemandem gefährlich gewesen sein. Mein Gott, so ein zartes Ding – in zehn Jahren ist meine Tochter in ihrem Alter ... Das kann kein Racheakt gewesen sein, keine persönliche Sache, das ist fast unmöglich. Ich habe stundenlang mit ihrem Tischler gesprochen, ohne etwas herauszufinden. Ich habe mit ihren Eltern geredet, bis ich mich geschämt habe, sie so zu quälen. Ich habe in ihrem Privatleben in einer Art und Weise herumgewühlt, die mir selbst überhaupt nicht gefällt und von der ich hoffe, dass meine Tochter ihr niemals ausgesetzt wird. Und das Einzige, was ich überhaupt herausgefunden habe, ist, dass sie, bevor sie den Tischler kennen lernte, mit einem anderen Typen »gegangen« ist, wie man das heute so nennt, der auch Bjarne heißt.«

»Sie muss eine Vorliebe für die Bjarnes gehabt haben.«

»Tja«, sagte Ehlers. »Wenn ich es mir jetzt so überlege, dann habe ich sogar drei Mädchen kennen gelernt, die alle Annemarie hießen. – Aber da war auch nichts zu finden. Der frühere Bjarne wohnt jetzt in Nakskov. Der frühere Bjarne ist Pfleger im Krankenhaus und hat die ganze Nacht Betten und Bettzeug rumgeschleppt, wie er es die meisten Nächte seit seiner Konfirmation getan hat. Außerdem ist er verheiratet, hat ein Kind und kann bezeugen, dass er seit letztem Sommer, als die Familie für acht Tage auf Gran Canaria war, nicht aus Nakskov herausgekommen ist. Also eine Niete. Es gibt nichts anderes als Nieten in diesem Fall.

Und deshalb *muss* es die Tasche sein!«, wiederholte Ehlers aufgebracht und schlug seine geballte

Faust auf den Schreibtisch. »Es muss irgendwas in der Tasche gewesen sein. Neben ihren Büchern, Papieren, Kamm und Lippenstift.«

»Kann es nicht einfach nur ein Raubmord gewesen sein?«

»Es gibt keinen Grund, eine Frau zu erwürgen, nur weil man ihr die Tasche klauen will. Das wäre doch etwas übertrieben. Und wenn man Taschen klauen will, um sich Kohle zu beschaffen, dann macht man das an einem anderen Ort als ausgerechnet am Jagtvej. Wenn man nicht ein absoluter Idiot ist, geht man auf Kongens Nytorv oder in die Bredgade oder auf die Frederiksberg Allé, an Orte, wo auch wirklich was in den Taschen zu holen ist.«

»Ja, aber was soll denn drin gewesen sein?«

»Woher soll ich das denn verdammt nochmal wissen? Es ist einfach nur die einzige Erklärung, die einen gewissen Sinn gibt. Sie muss irgendetwas bei sich gehabt haben. Vielleicht etwas, von dem sie gar nichts wusste. Etwas Kleines. Etwas, das so unscheinbar war, dass die anderen Kursteilnehmer es gar nicht registrieren würden, wenn sie ihre Tasche öffnete, um ihr Handbuch für Stenographie herauszuholen ... Vielleicht eine Nachricht. Vielleicht eine Nachricht, die für irgendjemanden gefährlich war.«

»Dieses Mädchen?«

»Ich kann es mir auch nur schwer vorstellen, aber das Einzige, was wir mit Sicherheit wissen, ist, dass der Mörder ihre Tasche mitgenommen hat – wenn nicht deine beiden Freunde es getan haben. Wir haben alle Höfe in der Nähe durchsucht, wir haben die Container und Mülleimer durchwühlt, wir standen bis zum Hals in Kartoffelschalen, dreckigen Windeln und Fischgräten, und wir haben sie nicht gefunden. Das muss doch irgendetwas bedeuten.«

Und dabei blieb es. Die Tasche kam nirgends zum Vorschein. Und auch ihre Bedeutung kam nicht zum Vorschein.

Aber »das Leben«, wie es genannt wird, ging seinen Lauf. Das 6-Tage-Rennen im Forum begann. Konzerte wurden gegeben, Busse fuhren pünktlich ab, Zeitungen kamen heraus, und Gitte Bristol war immer noch gleichermaßen unnahbar, wie seit dem Zeitpunkt, als sie schwanger geworden war. Wir entfernten uns mehr und mehr voneinander. Tag für Tag näherten wir uns dem Abstand zwischen Mars und Saturn an.

Ansonsten ging ich nirgends hin. Im Leben eines jeden Menschen gibt es Zeitpunkte, an denen es das Vernünftigste ist, zu tun, als wenn nichts wäre – ganz ähnlich einem Kind, das etwas Unheimliches im Film gesehen hat und einfach die Augen schließt, bis man an der Musik hören kann, dass das Unheimliche vorbei ist.

Es gab nichts, was ich hätte tun können, nichts, was ich überhaupt hätte unternehmen können, und wie Ehlers so richtig gesagt hatte, war das das schlimmste Gefühl überhaupt, ganz gleich in welcher Verbindung.

Gitte litt weiter und hatte immer noch keinen endgültigen Beschluss gefasst. Ehlers schuftete weiter und hatte immer noch nichts herausgefunden.

Und draußen auf dem Assistens Friedhof, zwischen Søren Kierkegaard und Hans Christian Andersen, lagen Monica Lykke und ihr Fötus in der Erde und verrotteten, biodynamisch und synchron.

›Aus Erde bist du entstanden. Zu Erde sollst du werden.‹

Wie irgend so ein nachdenklicher Typ einmal gesagt hat.

Zweiter Teil

9

Es verging eine Woche – eine ziemlich bedeutungslose Woche, eine der leersten, die ich jemals erlebt habe, und ich habe in der Beziehung genug Vergleichsmöglichkeiten – bevor ich Nørrebro wieder sah.

Ich wage zu behaupten, dass es dafür auch allen Grund gab.

Eines späten Nachmittags nach dem lang anhaltenden Kater einer späten Nacht, teilweise zusammen mit Gitte erworben, teilweise wegen Gitte (in der angegebenen Reihenfolge), war ich gerade so weit gekommen, überhaupt ein so weit reichendes und herausforderndes Projekt wie aus der Tür zu gehen zu überdenken, als Otzen anrief und mir mit seiner bis aufs Äußerste erregten und zitternden Stimme – an und für sich ein unvergleichliches professionelles Signal – erzählte, er habe einen anonymen Tipp bekommen, dass in Nørrebro eine Gangsterabrechnung in Gange wäre. Er wisse, wer der eine Teil sei, nämlich »die Ratte«. Er wisse nicht, wer der andere wäre, aber das könnte ich ja bitte schön selbst herausfinden, wenn ich jetzt, und zwar jetzt sofort, für das Bladet dorthin führe. Und dann könnte ich, ganz praktisch und ökonomisch, gleichzeitig untersuchen, ob es nicht einen neuen Mord am Rondell gäbe.

»Wo findet dieser Gangsterkrieg statt?«, fragte ich. Mein einziger Satz in diesem Dialog.

»In der Gegend um das Café Halvmånen herum«, antwortete Otzen. »Mach, dass du dahin kommst!«

Ich legte den Hörer auf und machte dann, dass ich dahin kam. Während ich einen Mantel anzog – um die Wahrheit zu sagen: meinen eigenen –, die Tür abschloss und die Treppen hinunterging, konzentrierte ich meine Gedanken darauf, was ich über ›die Ratte‹ wusste.

Was ich – und alle anderen – zunächst wussten, das war, dass er überhaupt nicht einer Ratte ähnlich sah. Er ähnelte eher einem Graubären, wenn es schon der zoologische Bereich sein musste. Er war groß, kompakt und breitschultrig mit langem, blondem Haar und Vollbart, ein richtiger nordischer Hüne. Für viele Frauen musste er geradezu ein Traum von einem Mann sein – vorausgesetzt, man konnte ihm gewisse Unarten abgewöhnen, beispielsweise den Mund zu öffnen.

Diese Unart hatte ihm schon mehrere Gefängnisaufenthalte beschert. Die Ratte war schlicht und ergreifend einfach zu dumm, zu leicht in eine Falle zu locken, und das hatte sich inzwischen bei verschiedenen Verhören in Drogendelikten erwiesen, bei denen er Kollegen aus der eigenen Branche auf dem Silbertablett serviert hatte – ganz einfach aus reiner Einfältigkeit.

Nichtsdestotrotz war er immer einer der Bosse, vermutlich dank seiner physischen Stärke, eine auch in unserer Zeit immer noch nützliche Eigenschaft, und er war groß genug geworden, dass ihn eine der Zeitungen als »Drogen-Ratte« titulierte. Der Name blieb haften, unter braven Bürgern zur Abschreckung und Warnung, unter seinesgleichen als Ehrentitel und Auszeichnung, die nur wenigen Drogenhändlern zuteil wird.

Ähnelte er äußerlich ganz und gar nicht einer Ratte, so tat er es möglicherweise innerlich. Das meinten zumindest viele. Und jetzt gab es offenbar jemanden, der daran etwas ändern wollte.

Und ich konnte mir denken, wer. Schon lange ging das Gerücht, dass die Ratte und seine Leute hinter einer systematischen Serie von Überfällen auf ausländische Schmuggler standen, ihre härtesten Konkurrenten. Mehrere libanesische oder türkische Drogendealer hatten sich plötzlich mit leeren Taschen und schmerzendem Hinterkopf in einem Hinterhof wieder gefunden, aller Wertsachen entledigt, dafür mit einer hübschen Schnittwunde versehen – mit freundlichen Grüßen von den hiesigen Drogendealern. Solide dänische Wertarbeit!

Den dänischen Konkurrenten gegenüber war die Ratte sehr viel verständnisvoller. Das hatte er aber auch verdammt nötig, denn auf dem Markt war er trotz allem nicht größer. Und im Gegensatz zu diskreteren Naturen in der Branche hatte er in viel zu hohem Maße die Aufmerksamkeit der Öffentlichkeit auf seine Person gezogen. So fantastisch eine gewisse Publizität in gewissen Branchen sein kann, unter Drogengangstern ist sie ein fatales Missverständnis.

Ich fand gleich ein Taxi. Und ich wurde ohne zu zögern mit mir einig, dass ich, falls ich jemals reich und alt werden sollte (zwei Dinge der Unmöglichkeit in sich, weshalb ich bei diesen Überlegungen nicht viel riskierte), dann würde ich mein Vermögen den Kopenhagener Taxifahrern hinterlassen als Dank für einen unvergleichlichen Service das ganze Leben hindurch.

Das war ein Plan mit längerer Laufzeit. Kurzfristig bot ich ihm einen Zwanziger extra an, wenn er mich in furchtloser Geschwindigkeit zum Café Halvmånen bringen würde, eventuelle kleinliche Strafen würden vom Fahrgast übernommen.

Alle Taxifahrer sind gute Sportsfreunde. Noch bevor ich zu Ende gesprochen hatte, waren wir am anderen Ende der Istedgade.

Da hatte die Dämmerung bereits eingesetzt.

Das Café Halvmånen ist eine ziemlich unansehnliche, alte, fast in sich selbst zusammenfallende Kaschemme, nicht viel mehr als ein Holzschuppen, wahrscheinlich der Rest einer schon vor langer Zeit abgerissenen Kleingartenkolonie, an einem der unzähligen Seitenwege der Nørrebrogade gelegen. Innerhalb weniger Minuten passierten wir das Rondell und fuhren schon weiter, bis der Fahrer plötzlich schroff bremste, wendete und einen Block zurückfuhr.

»Hier ist es voll mit Bullen«, sagte er. »Und Leuten. Da ist was passiert.«

»In Ordnung«, sagte ich. »Den Rest gehe ich.«

Gehen? Ich lief. Mögen die Götter wissen, warum. Ob die Ratte nun tot war oder noch lebte, machte für mich nicht den geringsten Unterschied.

Trotzdem lief ich, wie ich nicht mehr gelaufen war seit der Nacht, als ich Monica Lykke hatte um Hilfe rufen hören.

Die abgeblätterte Fassade des Café Halvmånen war hinter bewaffneten Polizisten verborgen. Und vor denen hatte sich ein Halbkreis mit den Bewohnern des Viertels und neugierigen Passanten formiert, einige lehnten sich an ihre Fahrräder, deren Lampen gelblich im Halbdunkel leuchteten.

So ein Bild hatte ich schon früher gesehen: Menschen, die zusammenkommen und schweigend dastehen und warten, weil der Tod oder auch nur die Gewalt wie ein Blitz eingeschlagen hat – genau besehen direkt in ihr Mittagessen.

»Ich habe das alles von oben gehört«, sagte eine alte, piepsende Männerstimme. »Das waren reichlich viele Schüsse!«

»So viele waren es nun auch wieder nicht«, widersprach ein gutmütiger, bärtiger Overall neben ihm. »Fünf, sechs Stück, so ungefähr, glaube ich.«

»Wie schrecklich!«, sagte die Piepsstimme. »Und das in unserer Straße! Man hätte ja hier längs laufen können!«

»Wieso, verkehrst du etwa im Halvmånen, Svend?«

»Spinnst du?«

Ich wedelte dem am freundlichsten aussehenden Wachhabenden mit der Pressekarte vor seiner offensichtlich erkälteten Nase herum und fragte höflich und freundlich, ob er die Güte haben könne, mir zu erzählen, was denn hier vor sich gehe.

Das war – nach seinem Referat – wie aus dem Bilderbuch. Eine Bande von Türken waren der Ratte überdrüssig geworden, was auch kein Wunder war. Sie hatten einen seiner Männer bestochen, damit er ihn in einen Hinterhalt im Café Halvmånen lockte. Die Ratte und seine Leute warteten da drinnen auf ein fiktives Treffen, als vier Männer mit gezogenen Pistolen durch den Hintereingang hereinpreschten, losfeuerten – ohne einen der Bedienung oder der übrigen Gäste zu treffen, saubere Arbeit – und gleich darauf wieder verschwanden. Glasklare Vorgehensweise.

Nur ein paar Kleinigkeiten waren schief gelaufen. Die Ratte war zwar tot, der Verräter aber auch. Etwas ärgerlich für ihn, andererseits war damit Geld gespart, und gespartes Geld, das ist verdientes Geld.

Und einer der vier Türken war nicht davongekommen, weil auch die Ratte schon mal was von Schusswaffen gehört hatte. Der Türke war direkt in den Schenkel getroffen worden und blieb aus gutem Grund liegen, die Pistole in der Hand. Er konnte schwer etwas leugnen. Das Einzige, was er leugnete, das war sein Name.

»Inspektor Ehlers verhört die Zeugen da drinnen«, schloss der informative Beamte. »Die Leichen liegen immer noch da.«

Das sagte er wie ein stolzer Kustode, der darauf aufmerksam macht, dass die Kronjuwelen immer noch dort sind.

Ich bedankte mich herzlich bei ihm und fragte, ob die Presse Zugang habe.

Er antwortete, dass sie das nun garantiert nicht hätte.

Ich fragte ihn, ob er Ehlers eine Nachricht überbringen könnte. Dabei deutete ich an, dass der Herr Inspektor und ich uns nicht vollkommen unbekannt waren.

Abgesehen von meiner Pressekarte sah ich ziemlich anständig und präsentabel aus. Gitte Bristol hatte einen ausgezeichneten Einfluss auf meine Bekleidungsgewohnheiten, und das kam mir immer wieder zu Nutzen.

Auch dieses Mal. Er willigte ein.

Ich schrieb eine kleine Notiz für Ehlers. Ich schrieb,

dass ich die hundert Meter bis zum Rondell entlangschlendern und dort ins Café einkehren würde. Ich bat ihn, dort anzurufen, falls und sobald er konnte, aber doch möglichst bald, und wenn es nur wäre, um mir mitzuteilen, dass er vor einer gewissen Uhrzeit *nichts* würde sagen können. Ich fügte hinzu, dass mein Chef mich ausdrücklich gefragt hätte, ob es etwas Neues in der Lykke-Sache gäbe.

Das gab ich dem Polizeibeamten, bedankte mich ein weiteres Mal und bahnte mir meinen Weg aus dem Gewühl, in dem jeder Einzelne aussah, als hätte er beschlossen, sich bis zum bitteren Ende nicht von der Stelle zu rühren, wie Leute, die nur einmal im Jahr ins Kino gehen und deshalb unbedingt alle Reklamefilme mitkriegen müssen.

Gerade als ich die Nørrebrogade entlang zum Rondell ging – wie ein Mörder, der im Schutze der Dunkelheit an den Ort seines Verbrechens zurückkehrt – fing es an zu regnen. Es regnete, genau wie an dem bewussten Abend, als ich das letzte Mal in Nørrebro gewesen war.

10

Journalisten sind professionelle Wartende, genau wie Nachtwächter, die Leute an der Hotel-Rezeption und Taxifahrer. Wenn sie es nicht bereits von Natur aus sind, müssen sie es lernen. Einige Menschen werden vom Warten neurotisch und rastlos, laufen hin und her, gucken ununterbrochen auf die Uhr, überprüfen zigmal den Inhalt ihrer Taschen. Andere, die Professionellen, warten einfach nur.

Ich hatte mich auf eine gute, lange, solide Wartezeit eingestellt. Kaufte mir Zeitungen und eine zusätzliche Schachtel Zigaretten am Nachtkiosk und setzte mich mit meiner Ausrüstung an einen einsamen Fenstertisch. Manchmal habe ich das Gefühl, als hätte ich eine vielleicht schon krankhafte Schwäche für Fenstertische.

Der Lärm von der Musikbox war ohrenbetäubend, die Gespräche in dem Lokal bestanden hauptsächlich aus tierischem Gebrüll, und der Tabaksqualm bildete eine höchstwahrscheinlich undurchdringliche Masse, durch die man sich von Tisch zu Tisch durchkämpfen musste. Ich steuerte meinen bescheidenen Beitrag dazu bei.

Es dauerte nicht länger als eine Stunde, zwei Zeitungen und zwei doppelte Whisky, da rief Ehlers bereits an:

»Komm in einer halben Stunde einfach hier vorbei. Wir müssen nur noch den Papierkram hinter uns bringen, dann werde ich dir einiges erzählen können.«

»Einer von deinen Leuten, ein außergewöhnlich höflicher Kerl, war so freundlich, mir schon einige Informationen zu geben.«

»Borch, ja«, bestätigte er. »Er wollte nachprüfen, ob es gelogen war, dass du mich kennst. Er ist ein äußerst gründlicher Mann, auch wenn er freundlich ist.«

»Ja, gut – aber ihr werdet doch nach den Türken fahnden, oder hängt da noch mehr dran?«

»Komm in einer halben Stunde her, dann reden wir drüber.«

»Okay.«

Ein dritter Whisky. Eine dritte Zeitung. Noch eine Caférechnung und dann ein Spaziergang durch eine regennasse Nørrebrogade.

Die Menschenmenge vor dem Café Halvmånen war verschwunden, sicherlich vom Regen nach Hause getrieben, denn trotz der Kälte standen alle Fenster in den Mietskasernen rundherum weit offen, und aus den meisten Fensterrahmen hingen die Bewohner heraus, die Arme vor der Brust verschränkt, und warteten auf den Abschluss des abendlichen Dramas.

Ein Krankenwagen hielt geduldig vor der Tür, von zwei Polizeiwagen flankiert.

Ein einsamer Wachmann ließ mich auf mein nicht ganz ehrliches Gesicht hinein.

Drinnen herrschte fast Chaos. Das Lokal war klein und eng, viel zu klein für die sechs, sieben Polizisten, die da drinnen zusammen mit einem Arzt in weißem Kittel und ein paar ebenso weiß gekleideten Sanitätern hin und her liefen.

In der Mitte, umringt von einem Dutzend Tischen (die bei dieser Bezeichnung geschmeichelt erröten müssten), stand ein durchpflügter Billardtisch. Die Bar lag gleich links vom Eingang, und an einem Tisch direkt links von der Bar lagen zwei Leichen, die ein großer, dünner Mann in Zivil eifrig fotografierte. Die Leiche der Ratte sah plötzlich richtig klein aus, als wäre der riesengroße Mann im Tod geschrumpft und abgemagert, oder möglicherweise bereits aufgrund der Todesangst. Vielleicht zum ersten Mal ähnelte er wirklich auch äußerlich einer Ratte.

Sein Oberkörper lag über einem umgekippten

Stuhl, der so morsch war, dass er beim Hinfallen zerbrochen war. An seinem Körper und um ihn herum auf Stuhl und Boden war genug Blut für den Vierteljahresbedarf einer mittelgroßen Blutbank. Er musste diverse Kugeln abgekriegt haben.

»Sechs Schuss haben getroffen«, sagte Ehlers, der hinter der Bar hervorkam, als hätte er meinen Blick verfolgt und meine Gedanken gelesen. »Sechs auf ihn, drei ins Holz und drei auf den Kumpel.«

Der Kumpel, der offensichtlich doch nicht so wirklich sein Kumpel gewesen war, lag auf dem Rücken neben seinem Stuhl, als wäre er aufgestanden, um zu argumentieren. Er war ein kleiner Mann mit einem hässlichen Fuchsgesicht, genau der Typ, wie man ihn als Verräter in einem B-Movie nimmt, aber manchmal lernt die Wirklichkeit noch vom Film. Es reicht ja schon mit der Ratte, dachte man unwillkürlich, aber das hier, das ist ja nicht einmal Rattenfutter.

Das Café Halvmånen war in jeder Beziehung stickig und dreckig, selbst für eine so unempfindliche Nase wie meine, die den größten Teil ihrer Zeit in ähnlichen Etablissements verbracht hat. Stühle und Tische sahen aus, als warteten sie nach langjährigem, unermüdlichem Dienst nur noch auf das abschließende Mittsommernachtsfeuer, bei dem ihren irdischen Leiden ein Ende gesetzt werden sollte, und der Boden sah am ehesten aus wie eine Ansammlung von Holzplanken über einer Ausgrabung. Um den Gestank im Café Halvmånen genau zu beschreiben, wäre ein erfahrener Pharmazeut vonnöten gewesen, aber zehn Jahre versäumte Reinigung und Lüftung hatten ihm jedenfalls eine faire Chance gegeben, groß und stark zu werden, eine

Chance, die auszunutzen er keinen Moment gezögert hatte.

»Charmanter Ort«, sagte ich.

»Ja, nicht wahr?«, stimmte Ehlers zu. »Ich habe auch schon daran gedacht, meine Frau beim nächsten Sonntagsspaziergang hierher einzuladen. Übrigens gehört das Etablissement einem der Cousins der Türken, der es durch einen dänischen Strohmann gekauft hat, weil er sonst keine Ausschanklizenz kriegen konnte. So weit, so gut. Aber er ist zu Tode erschrocken. Er erklärt, dass sein Cousin ihm gesagt hat, sie wollten der Ratte nur eine Lektion erteilen. Er hat sich nicht vorgestellt, dass es so enden könnte – sagt er jedenfalls. Als ich ihm gedroht habe, den Laden schließen zu lassen, hat er mir sofort alle Namen und Adressen der Mitwirkenden gegeben, und das, obwohl einer von ihnen direkt vor ihm lag und ihn auf Türkisch verflucht hat.«

»Wo ist er jetzt?«

»In ärztlicher Behandlung und im Arrest. Einer von den anderen ist in Vesterbro schon aufgegriffen worden, und ich erwarte jeden Augenblick, von dem Dritten etwas zu hören.«

»Und was ist mit dem Vierten?«

»Wir hoffen, dass einer der anderen uns zu ihm führen kann. Er ist der Einzige, dessen Adresse der Wirt nicht kannte.«

»Kann ich die Namen haben?«

»Du kannst sie hier vom Zettel abschreiben. Die beiden obersten sind die, die wir schon haben.«

Während ich sorgfältig die Mohammeds und Alis auf meinen Notizblock schrieb, brachten die Sanitäter die Ratte hinaus. Sie trugen ihn so sachlich, professionell und unpersönlich wie ein Bierkutscher, der ein paar Kisten ablädt.

»Aber ich glaube, ich lasse den Laden trotzdem schließen«, sagte Ehlers in erster Linie zu sich selbst.

»Dann wird nur ein neuer eröffnet«, erwiderte ich mechanisch. Das war so eine Diskussion, wie wir sie so oder so schon mehrere Male geführt hatten.

Die Sanitäter kamen zurück, um den Kumpel zu holen. Sie packten ihn mit den gleichen ruhigen Griffen, aber lockerer. Gegen die Ratte war er nur eine halbe Kiste Selters.

»Ja, ja, ich weiß«, sagte Ehlers, eine Spur verärgert. »Du meinst mal wieder, dass solche Kaschemmen schon immer existiert haben und auch immer existieren werden und dass wir einzig und allein die Probleme ein wenig hin und her schieben, stimmt's?«

»Genau«, nickte ich. »So in der Richtung. Wie mit den Hausbesetzern. Ihr schmeißt sie aus dem einen Haus raus. Also finden sie ein anderes Haus, und dann habt ihr nichts Besseres vor, als sie auch da wieder rauszuschmeißen. So ein Kerl mit Namen Sisyphus hatte seinerzeit einen ähnlichen Job.«

»Du findest also, sie sind im Recht, oder?«

»Ja. Das findest du doch auch.«

»Na ja, irgendwie schon ... Manchmal fürchte ich, dass ich zu alt dafür bin, um zu glauben, dass jemand eindeutig Recht hat, uneingeschränkt Recht, so wie ich es früher gedacht habe ... Ich weiß nicht, vielleicht wird man mit diesem Recht haben einfach fertig, genau wie man damit fertig wird, Fleißkärtchen in sein Aufsatzheft zu kleben.«

Das Telefon klingelte hinter der Bar und unterbrach Ehlers' philosophische Ausführungen. Er riss sich los, nahm ab, murmelte etwas, das wie Zustimmung klang, und legte den Hörer wieder auf.

»Ausgezeichnet«, sagte er. »Dann haben wir also den dritten Mann. Das ist der, der als Nummer vier auf der Liste steht. Nur noch einer übrig.«

Er wandte sich seinen Leuten zu.

»Es gibt keinen Grund, länger hier zu bleiben, wir haben alles, was wir brauchen. Wir schließen ab und versiegeln den Schuppen und fahren nach Hause.«

Ich hörte nicht zu, während er den einzelnen Leuten diverse praktische Anweisungen gab. Ich stand mit meinem kleinen Notizblock mit türkischen Namen da und starrte auf Einschusslöcher und Blutflecken, zu denen es gekommen war, weil einzelne Menschen sich nicht darüber einig werden konnten, wer von ihnen einige andere Menschen mit lebensgefährlichen Giften versorgen sollte. *What A Wonderful World!*

Und warum wollten diese anderen Menschen dieses Gift haben? Nur um wegzukommen. Wegkommen – wovon? Von der Welt. Die Welt mit ihren ewigen Konflikten und ihrer ebenso zufälligen wie unvermeidlichen Gewalt.

Das konnte einen fast in die Depression treiben.

Aber wie ein Arzt gesagt hat, den ich einmal kannte: »Depressionen, ha! Depressionen beruhen ausschließlich auf Mangel an Blutzucker und Schnaps vernünftiger Qualität.«

Also bedankte ich mich bei Ehlers für einen weiteren interessanten Einblick in das Kopenhagener Alltagsleben, versprach ihn vor der Deadline anzurufen, um zu hören, ob der vierte Türke gefangen wäre, schloss die Tür des Cafés Halvmånen ebenso sorgsam, wie die Fenster rundherum inzwischen geschlossen worden waren, stellte fest, dass die Uhr etwa Mitternacht zeigte, und ging – mit einer bedauerlicherweise boshaften Freude darüber, keinen Journalistenkollegen an Ort und Stelle gesehen zu haben – die Nørrebrogade hinunter, um irgendwo auf dem Weg in die Stadt und zum Bladet dem klugen und wohlgemeinten Rat des Arztes zu folgen.

Das hätte ich nicht tun sollen, obwohl doch der Regen aufgehört hatte. Ich hätte es besser wissen sollen. Ich hätte ein Taxi nehmen sollen. Ich hätte mit Ehlers fahren sollen. Ich hätte alles Mögliche tun sollen, nur nicht gehen.

Aber das wurde mir erst zehn Minuten später klar. Und da war es zu spät, viel zu spät.

Denn da hatte ich die Leiche bereits gefunden.

11

Okay, Recht soll Recht bleiben: Der Fehler bestand natürlich nicht nur darin, dass ich *ging* – eine ausgezeichnete, durch Jahrhunderte erprobte Art der Fortbewegung – sondern dass ich ausgerechnet den Weg nahm, den ich nun einmal nahm.

Als hätte es nicht diverse Wahlmöglichkeiten gegeben, als ich vom Halvmånen aus wieder am Rondell von Nørrebro angekommen war. Als hätte ich nicht einfach geradeaus gehen können, direkt über das Rondell und dann weiter die andere Seite der Nørrebrogade entlang auf die Stadt zu. Als hätte ich nicht jedenfalls am Jagtvej rechts abbiegen können, vorbei am Colosseum und an der Wohnung der Familie Lykke, um dann in eine der hinteren Seitenstraßen einzubiegen.

Aber nein, aus irgendeinem Grund musste ich mich natürlich nach links wenden, den Jagtvej hinauf, auf das Vibenshus zu – die längste und anstrengendste Route in die Stadt, die nur ein verdammt unzuverlässiger Taxifahrer benutzen würde, und das nur bei frisch angekommenen Touristen.

Vielleicht ja gerade deshalb.

Jedenfalls ging ich also genau um diese Ecke, um die Apotheke herum, kam am Schlachter vorbei, einer Bankfiliale, einem Blumenladen und einem Möbelgeschäft, bevor ich vor einem erleuchteten, wenn auch schon seit vielen Stunden geschlossenen Irma-Supermarkt stand und ein Plakat in einem kleinen Schaukasten las.

Das Plakat war von einer freikirchlichen Vereinigung, die im ersten Stock über dem Irma-Laden ihre Räume hatte und in schlichtem, billigem Druck kundtat, dass alle, wirklich alle willkommen waren, das Wort des Herrn zu vernehmen, und das an jedem Abend. Hier geschah es, verkündete das Plakat, dass die Blinden wieder sehend wurden, die Tauben hören konnten und die Lahmen sich erhoben und liefen, alles dank der heiligen Wunder des Herrn. Alle Sorgen und Sünden konnten vergeben und behoben werden, wenn man nur dem Wort des Herrn lauschte.

Das klang wie ein faires Angebot, aber natürlich war jetzt geschlossen.

Das ist ein Freilichtmuseum, dachte ich. Das Ganze hier ist ein Freilichtmuseum, ganz Nørrebro, zumindest diese fünf, sechs Türen. Da kaufen sie

Fleisch, um bis zum nächsten Tag zu überleben, da kaufen sie Möbel, auf denen sie sitzen können, wenn sie ihr Fleisch essen, da sparen sie Geld, um Brot und Fleisch zu kaufen, wenn schwere Zeiten sind, da werden sie erlöst, da kaufen sie ihre Blumen, wenn jemand stirbt, und dann begraben sie einander auf der anderen Seite des Rondells.

Man konnte ein ganzes Leben verbringen, mit allem, was es so beinhaltete, ohne jemals Nørrebros Rondell verlassen zu müssen.

Viele hatten das getan. Meine Familie auch.

Ich schaute zur anderen Straßenseite des Jagtvej. Da lag die Zigeuner-Halle ›Prater‹ mit Schunkelmusik und Becherklirren, mit Damenwahl und Walzermusik und prächtig überquellenden Weintrauben an der Fassade.

Die Musik klang die ganze Zeit wie ein ziemlich zähflüssiger gemeinschaftlich gesungener Refrain. Das klang, als wäre eine größere Gesellschaft dabei, ihre Mallorca-Erinnerungen vom letzten Sommer aufzufrischen.

Auf der anderen Seite, quer über die Straße, lag ein viereckiges, graues, sachlich aussehendes Gebäude. »Asyl für Kinder« stand mit Goldbuchstaben auf einem Schild.

Erwachsene und Kinder – jedem sein Asyl.

Ich überlegte einen Augenblick lang, in der Zigeuner-Halle Asyl zu suchen, änderte aber schnell meine Meinung. Nichts Böses über Damenwahl oder meinetwegen auch *An der schönen blauen Donau*, kein böses Wort über die Freuden anderer Leute, aber es kommt der Abend im Leben eines jeden Mannes, an dem keine dieser Vergnügungen eine besonders starke Anziehungskraft auf ihn ausübt.

Oder auch viele Abende.

Mit der vagen Erinnerung an eine ganz normal heruntergekommene Bar nur zehn Meter weiter ging ich an der Zigeuner-Halle vorbei, während aus dem Fenster eine Mischung aus Musik und Geschrei auffordernd hinter mir hertönte.

Direkt hinter der Zigeuner-Halle liegt ein Parkplatz. Ein kleiner, viereckiger Kiesplatz.

Es war lange her, seit ich mir ein neues Auto angesehen hatte. Ich warf den Autos einen kritischen Blick zu, sah sie aber nicht bewusst.

Stattdessen sah ich eine Gestalt mit menschlichen Umrissen, die hinter einem Auto lag, gegen die Mauer gelehnt. Das war sicher nur ein Besoffener, der umgekippt war und jetzt seinen Rausch ausschlief. Aber ein Parkplatz ist nicht gerade ein guter Ort zum Schlafen.

Hol's der Teufel, entweder war ich auf meine alten Tage menschlich geworden, mitmenschlich und menschenfreundlich, die Reinkarnation von Franz von Assisi, oder aber ich war einfach nur verdammt neugierig. Das ist ja eigentlich ziemlich gleichgültig, das Resultat war das Gleiche. Ich habe so einige Jahre – während meiner Jugend – unter ewig diskutierenden Intellektuellen gelebt, da habe ich mit der Zeit gelernt, dass nur die Resultate zählen.

Kurz gesagt, ich ging hin.

Der Besoffene war ein besoffenes Mädchen, eine besoffene Frau so Ende zwanzig, ein blondes, langhaariges Model mit Formen, die selbst einen Mann mittleren Alters in einem unbewachten Augenblick wieder zum Teenager werden lassen. Elegante lange Stiefel, Jeans, großer grauer Sweater unter der offenen, passenden Jeansjacke, ein neckisches Halstuch von der Sorte, wie es sie immer und ausschließlich in den kleinen indischen Boutiquen auf dem Kiez zu kaufen gibt.

»Hallo«, sagte ich. »Hallo, hallo!«

Diese Aufforderung erhielt die Antwort, die sie aufgrund ihres Erfindungsreichtums verdiente: gar keine.

Ich beugte mich ehrbar über sie. Sie roch ziemlich nach Schnaps, nach Gin, um genau zu sein. Eine gute Mischung aus Gin und Parfum, das weckte gewisse Erinnerungen. Gordon's Gin, wie ich annahm, aber in Bezug auf Parfum bin ich kein Experte.

Ich versuchte sie an den Schultern hochzuziehen. Sie war nass. Sie war schwer. Sie half nicht mit, sank einfach wieder in sich zusammen.

Und dabei hätte ich gut ein wenig Hilfe gebrauchen können. Sie wog ungefähr genauso viel wie ich.

Einen Moment später, als ich sie so vorsichtig wie möglich wieder hingesetzt hatte, wurde mir klar, dass sie eine gute Entschuldigung hatte, alle Regeln der Höflichkeit zu missachten.

Sie war nicht mehr im Spiel. Sie atmete nicht mehr.

Es war nichts Auffälliges an ihrem Äußeren festzustellen, gar nichts. Kein Blut, keine Dramatik, nicht einmal ein Paar verängstigte oder blutunterlaufene Augen.

Aber tot, das war sie, denn sie atmete nicht.

Lebensregel Nr. 1: Atmen.

Während ich über sie gebeugt dastand, fiel mir der Montag vor einer Woche ein, als ich mich das letzte Mal über eine Leiche gebeugt hatte.

Ich schaute verstohlen über die Schulter. Der

Lärm aus der Zigeuner-Halle dröhnte unverändert laut, sie fuhren den Fluss hinauf und dann fuhren sie den Fluss wieder hinunter, aber offenbar kam niemand bis auf den Parkplatz hinaus.

Ich lockerte vorsichtig das indische Halstuch.

Ich hatte Recht, und im Hinblick auf die Nachwelt möchte ich das gern festhalten. Es kann das erste, letzte und einzige Mal in meinem Leben gewesen sein, aber dieses Mal hatte ich Recht mit meinen Vorahnungen: Die Male am Hals waren deutlich genug. Um festzuhalten, dass sie erwürgt worden war, bedurfte es keiner Spezialausbildung.

Mögen die Götter wissen, warum der Mörder ihr hinterher das Halstuch wieder umgebunden hat. Vielleicht ein methodisch vorgehender Mensch mit Ordnungssinn?

Solche Details würden in einem altmodischen viktorianischen Kriminalroman auf raffinierte Art und Weise entlarven, dass der Mörder an einem Hautekzem litt, Linkshänder war und den Himalaja und die nähere Umgebung wie seine Westentasche kannte.

In Wirklichkeit würde es wohl kaum etwas bedeuten. In Wirklichkeit bedeutet nichts etwas. In Wirklichkeit passiert so etwas nicht. In Wirklichkeit kommt man nicht zweimal nach Nørrebro mit einer Woche Abstand, um jedes Mal eine Leiche zu finden. Und wenn man es doch tut, dann ist die Leiche jedenfalls nicht jedes Mal eine erwürgte Frau.

Das Ganze wurde langsam ein wenig trivial.

Aber wie dem auch war, es gab Abweichungen, Nuancen, Änderungen im Manuskript von Mal zu Mal. In dieser Nacht lief niemand von der Leiche fort, niemand schlug mich bei der Leiche nieder, niemand hielt mich auf. Ich stand einfach nur da, ganz allein mit meiner Leiche, in Ruhe und Frieden.

Auch dieses Mal wäre ich am liebsten einfach weitergegangen. Auf Kleidung bleiben keine Fingerabdrücke. Niemand würde beweisen können, dass ich die Schulter und das Halstuch der Frau berührt hatte. Niemand hatte mich auf dem Parkplatz gesehen und identifiziert.

Ich hatte eine Chance. Noch.

Aber gerade als ich mich aufrichtete, um sie zu nutzen, fiel mir das Bladet ein. Ich war auf dem Weg zum Bladet, erzählte ich mir selbst geduldig. Ich lebte von Geschichten. Ich stand hier vor einer Geschichte. Das Bladet erwartet, dass jeder seine Pflicht tut!

Okay, vielleicht erwartet das Bladet zu viel. Wir erwarten vielleicht alle zu viel. Aber möglicherweise ist es ein noch größerer Fehler, zu wenig zu erwarten.

Das musste ich bei Gelegenheit einmal überprüfen.

Später.

Sehr viel später.

Ich ging zur Zigeuner-Halle, trat in die plüschrote Garderobe und bat eine reife, resolute Dame, das Telefon benutzen zu dürfen, da ein »Unglücksfall« geschehen sei. Ich zeigte ihr meine Pressekarte und mein schönstes Konfirmationsfoto-Lächeln. Das wirkte. Ich bekam nicht nur die Erlaubnis, das Telefon zu benutzen, ich bekam außerdem noch einen Whisky im Hinterzimmer serviert.

In dem kleinen Büro mit einem Schreibtisch, zwei Stühlen, fünf Protokollen und einer Reihe Anlagen, in dicken Bündeln mit einem Nagel an die Wand genagelt, setzte ich mich und wählte die Nummer des Cafés Halvmånen.

Keine Antwort. Alle waren weg.

Dann wählte ich das Polizeirevier am Halmtorvet. Ob Ehlers wohl da war?

Ehlers war beschäftigt.

Ich sagte, dass ich sicher sei, dass Ehlers gern mit mir sprechen wollte. Ich sagte, dass es sich um den Mord am Rondell handelte.

Nach einigem Zögern und Palavern, Hin- und Herschalten zwischen den Räumen, wurde ich zu ihm durchgestellt.

»Ja«, sagte er nur. Müde.

»Habt ihr den Vierten erwischt?«

»Noch nicht.«

»Ich habe die Zweite gefunden.«

»Was meinst du damit?«

»Eine Frau, erwürgt aufgefunden. Auf dem Parkplatz hinter der Zigeuner-Halle Prater, von der aus ich anrufe. Vor fünf Minuten gefunden.«

»Wenn ich doch bloß nicht hören könnte, dass du nüchtern bist. Warum bist du nicht mit mir gefahren?«

»Du kannst mir glauben, dass ich das schon eine Weile bereue!«

»Verflucht nochmal ... Ich komme gleich.«

»Okay.«

Ich blieb einen Augenblick im Büro sitzen und bestellte noch einen Whisky, um meinen Körper zu erwärmen. Ich wusste gut, dass es streng genommen meine Bürgerpflicht war, die Leiche zu bewachen, bis die Polizei kam, aber ich war der Meinung, dass ich schon seit geraumer Zeit meine Bürgerpflicht genügend erfüllt hatte.

Stattdessen rief ich beim Bladet an und gab durch, was ich bis jetzt wusste, vom Gangsterkrieg bis zu meinem Leichenfund. Ich versprach für später nähere Details.

Das Redaktionssekretariat war begeistert, und das durfte es auch sein. Man konnte über diesen Mitarbeiter des Bladets sagen, was man wollte, aber er braucht nur einen Abstecher nach Nørrebro zu machen, schon bringt er reichlich Stoff mit nach Hause.

12

Ich erreichte den Parkplatz, bevor die Polizei kam. Ich hatte sogar noch Zeit, einen Blick auf die Leiche zu werfen, um mich zu vergewissern, dass ihr nichts zugestoßen war, und eine weitere halbe Minute, um mich in Positur zu stellen als gewissenhafter, Steuern zahlender Staatsbürger, bevor die Ordnungsmacht eintraf.

Zwei Wagen fuhren Kolonne. Sie hielten wie auf Kommando gleichzeitig, und sieben, acht Mann stürzten gleichzeitig heraus.

Ehlers natürlich an der Spitze, und selbst in dem unzuverlässigen flackernden Licht des Parkplatzes konnte ich sehen, dass die Neuigkeit ihm nicht gefiel. Er sagte nichts, sah mich nur an, als machte er mich persönlich für die Leiche verantwortlich. Ich zuckte nur mit den Schultern.

»Ein merkwürdiger Weg, den du als Heimweg einschlägst«, sagte er tonlos.

»Nun ja«, antwortete ich scheinbar nachdenklich – und ebenso tonlos.

Einen Augenblick später war ich von den Uniformen umringt, die sich um Ehlers scharten.

Er schickte – mit gedämpfter Stimme – einige in die Zigeuner-Halle, andere zu den Wagen, um per Funk Bescheid zu geben, gab wieder anderen Anweisung, den Parkplatz gründlich zu durchkämmen. Die Leute verteilten sich in der Dunkelheit.

»Anstrengende Tage, nicht wahr?«, sagte eine muntere Stimme, eine in Anbetracht der Umstände, wie viele meinen würden, unpassend muntere Stimme.

Es war der einzige Herr in Zivil, ein großer, dünner Mann mittleren Alters mit einem gewissen Funkeln in den Augen. Einem Funkeln, als amüsierte er sich köstlich und als hätte er sich schon die ganze Zeit amüsiert und würde sich auch weiterhin amüsieren, ganz gleich, was auch geschähe.

»Dr. Bang«, stellte Ehlers ihn vor.

Dr. Bang gab mir einen kräftigen Händedruck. Man bekam sofort den Eindruck einer Hand, auf die man sich verlassen kann – auch in Verbindung mit einem Skalpell.

Summend beugte er sich über die Leiche. Er fühlte flüchtig hier und da, drückte verschiedene Punkte des Körpers, untersuchte die Gelenke. Zum Schluss nahm er, genau wie ich selbst es getan hatte, das Halstuch ab. Mit einer kleinen Taschenlampe in der Hand, eine von der Sorte, die man den Leuten in den Hals steckt, ließ er einen Lichtkegel rund um den Hals herumzirkulieren.

Er richtete sich auf.

»Die beste Mordmethode der Welt, wenn Sie meine Meinung wissen wollen«, sagte er. »Die einzige, die wirklich etwas taugt. Pistolen petzen – sie haben Nummern, Serien und Kaliber. Messer können gefunden werden und bringen jede Menge Blut hervor, das auch gefunden werden kann. Gift verweist immer auf Rezepte zurück und plaudert alles Mögliche aus, wie eine unzufriedene Hausfrau, die sich so sehr langweilt, dass sie sich sogar mit den Zeugen Jehovas an der Haustür unterhält. Nein, erwürgen – das ist optimal. Keine Abdrücke. Keine entlarvenden Spuren. Nichts.«

»Danke für Ihre Hilfe, Bang«, sagte Ehlers trocken. »Es ist doch immer schön mit ein wenig Ermunterung. Wie lange ist es her?«

Bang legte sich auf die Knie und tastete sich vor. Jetzt ging mir auf, dass die Melodie, die er so unbeschwert bei seiner Arbeit summte, von dem Song »What a wonderful world« stammte.

»Wenn man alles in Betracht zieht«, sagte er, während er sich den Sand von den Knien klopfte, »dann schätze ich eine Stunde, mit fünfzehn Minuten plus oder minus.«

»Also während wir im Halvmånen waren«, sagte Ehlers.

»Dann habe ich zumindest dieses Mal ein gutes, solides Alibi«, sagte ich.

»Das ist überhaupt nicht witzig«, antwortete Ehlers bissig.

»Das ist witziger, als keins zu haben.«

»Darf ich Sie mir mal eben kurz ansehen, junger Mann?«, fragte Dr. Bang plötzlich.

Er trat vor und packte meine Hände mit festem Griff. Seine langen, kräftigen Finger glitten prüfend über meine.

Dann ließ er los und trat wieder zurück.

»Doch. Sie hätten es tun können«, sagte er, als wäre das ein Lob. »Ihre Finger sind kräftig genug. Nicht alle Finger sind das, und dieses Mädchen, das da liegt, das ist kein Schwächling.«

»Nein«, sagte Ehlers, der sich jetzt untersuchend hinuntergebeugt hatte. »Nein, aber sie stinkt nach Schnaps.«

»Nach Gin«, korrigierte ich.

»Ist es wichtig, nach welchem Schnaps sie stinkt?«, fragte Ehlers wütend.

Der Mann hatte für diesen Abend genug, und ich war nicht derjenige, der ihm deshalb einen Vorwurf machen durfte.

Also war ich geduldig.

»Ja«, sagte ich. »Das bedeutet, dass die Chance besteht, dass sie sich ihre Dröhnung hier irgendwo im Viertel geholt hat, und wenn du ihre letzten Stunden verfolgen und in zehn Kneipen nachfragen willst, dann ist es leichter, nach einem Model zu fragen, das Gin trinkt, als nach einem, das Tuborg trinkt, wenn du verstehst, was ich meine.«

Dr. Bang nickte zustimmend.

»Ich denke auch, dass es sich um Gin handelt«, sagte er. »Und es ist was dran an dem, was der junge Mann sagt.«

›Junger Mann!‹

»Falls wir das überprüfen müssen«, sagte Ehlers müde. »Sie kann ja auch direkt aus der Zigeuner-Halle gekommen sein, vielleicht sogar in Begleitung.«

»Nein«, widersprach ich.

»Und warum nicht?«

»Verdammt, guck sie dir doch an!«

Er guckte sie an. Das taten wir übrigens alle, und

das hatten wir schon die ganze Zeit getan. Wir standen über die Leiche gebeugt und schauten einander nicht in die Augen. Die Worte wurden fast in ein Vakuum gespuckt, als redete jeder für sich die Luft an.

»Guck dir die Stiefel an«, sagte ich. »Guck das Halstuch an und die Kleidung insgesamt, und dann beantworte mir bitte die Frage, ob so eine Lady ins Prater geht. Nein, absolut nicht! Sie ist so ein Typ, wie du ihn im Huset in der Magstræde siehst oder im Hånd i Hanke oder in kleineren gemeinschaftlichen oder alternativen Kneipen – aber verdammt nochmal nicht hier! Und schon gar nicht zum Witwenball!«

Ehlers sah aus, als dächte er nach über das, was ich gesagt hatte. Wahrscheinlich war das nur ein Bluff. Wahrscheinlich dachte er an etwas ganz anderes.

Einige der Beamten kamen zurück, und er ging zu ihnen.

Dr. Bang bot mir eine Zigarette an. Er benutzte ein Zigarettenetui. Das wunderte mich nicht. Er sah aus wie einer, der so etwas benutzte.

»Das ist die dritte Leiche an einem Tag«, sagte er, höflich Konversation führend. »Ich habe wirklich das Gefühl, dass Kopenhagen sich entwickelt.«

»Aber Sie scheinen das ganz ruhig zu nehmen.«

»Junger Mann, zum einen ist es mein Job und meine Aufgabe, es ruhig zu nehmen – umso mehr als ich auch noch Geld dafür bekomme. Und zum anderen bin ich schon lange gegen Gewalt immun. Ich habe einen halbjährigen Studienaufenthalt als Dienst habender Polizeiarzt in Chicago verbracht.«

Er inhalierte.

»Seitdem kann mich nichts mehr erschüttern«,

fuhr er fort. »Wenn man erst einmal sieben Leichen auf einem Haufen gesehen hat, nach einem Messerkampf zwischen zwei zufällig aufeinander stoßenden Banden auf der South Side … Wo zum Teufel bleibt denn der Krankenwagen?«

Ehlers kam zurück.

»Du hattest Recht«, sagte er mir. »Oder aber die da drinnen lügen. Jedenfalls glaubt niemand, dass sie da gewesen ist. Niemand hat sie gesehen. Und übrigens hat auch niemand heute Abend Gin getrunken.«

Bang und ich zwinkerten uns zu. Der Humor des Mannes hatte trotz allem etwas Prickelndes an sich.

»Nun ja«, sagte ich. »Dann sind wir also wieder einmal so weit. Das Ganze noch einmal von vorn … Ich wette eins zu fünf, dass es derselbe Mörder war wie letztes Mal.«

»Das kann ein Zufall sein«, sagte Ehlers.

»Ist natürlich möglich. Wollen wir wetten?«

»Wieso bist du so sicher?«

»Ich kann das riechen.«

»Bist du jetzt abergläubisch geworden? Hast du Visionen in deiner Freizeit?«

»Nein, das ist nur eine Frage der Statistik. Die beiden Fälle sind sich einfach zu ähnlich. Dieselbe Methode, dasselbe Viertel.«

Der Krankenwagen bog mit quietschenden Reifen auf den Parkplatz ein. Dieselben beiden Männer, die ich eine Leiche früher im Café Halvmånen hatte arbeiten sehen, stiegen heraus und beluden ihren Wagen mit der neuen Last. Dieses Mal sahen sie aber etwas betreten aus, als wünschten sie, es wäre ihnen erspart geblieben. Sie waren sicher Spezialisten für *männliche* Leichen.

Bang verabschiedete sich fröhlich und teilte mit,

dass sein Bericht so schnell wie möglich vorliegen werde. Er verschwand, immer noch halblaut summend, mit dem Krankenwagen und der Leiche.

»Manchmal bereitet er mir eine Gänsehaut«, sagte Ehlers, als wir wieder allein waren.

»Na, es ist ja auch kalt«, erwiderte ich. Inzwischen fror ich. »Kann ich nicht später verhört werden? Ich habe ja alles gesagt, was ich weiß. Ich bin hier vorbeigekommen, du weißt woher, und habe sie gefunden. Ich wünschte, ein anderer hätte sie gefunden, zum Beispiel der Premierminister. Aber ich war es nun einmal, ich habe immer so ein Glück. Mehr ist nicht dran.«

»Willst du zum Bladet?«

»Selbstverständlich. Und ich rufe später im Halmtorvet an, um zu hören, ob ihr sie identifiziert habt.«

»Identifiziert?«

Ehlers sah aus, als wäre ihm gerade ein vollkommen neuer Gedanke gekommen oder als wäre er aus einem Traum erwacht – was deutlicher als viele Worte zeigte, wie müde er war.

»Ja, identifiziert«, wiederholte ich ungeduldig. »Wie du gesehen hast, hatte sie nichts bei sich. Und in dieser Hose ist höchstens für eine Busfahrkarte Platz.«

»Nicht einmal die war drin«, erklärte er trocken.

»Und wenn du mich fragst«, fuhr ich freundlich fort, wohl wissend, dass er keinerlei Pläne in dieser Richtung hatte, »dann wette ich noch einmal fünf zu eins, dass du keine Tasche finden wirst.«

»Wir werden alles durchkämmen. Jeden Quadratzentimeter!«

»Genau wie beim letzten Mal?«

»Hau endlich ab. Verschwinde zu deinem stinkenden Käseblatt!«

»Okay, okay, es ist nicht meine Schuld, ich habe sie nicht ermordet, ich habe mit so etwas aufgehört, und das schon seit langer Zeit – und außerdem habe ich dich nicht bei der Polizei eingestellt.«

»Entschuldige, ich habe zwei Nächte Schlaf nachzuholen. Übrigens, da ist noch eine Sache, die für deine Theorie spricht. Eine, die du nicht erwähnt hast. Vielleicht ist sie auch zu weit hergeholt.«

»Und die wäre?«

»Heute ist Montag. Genau der gleiche Wochentag, an dem auch Monica Lykke erwürgt worden ist.«

Und so verehrte Ehlers mir im Augenblick des Abschieds meine Überschrift für das Titelblatt des Bladets am nächsten Tag: Montags-Mörder in Nørrebro.

Nicht, dass es etwas an der Sache geändert hätte. Aber das war eine gute Überschrift, und gute Überschriften kann man nie genug haben.

Da ist Otzen ganz meiner Meinung.

13

Diesmal ging ich nicht zu Fuß. Ich hatte inzwischen meine Lektion gelernt. Mir war klar geworden, auf was man unweigerlich als Fußgänger auf den Straßen von Kopenhagen stößt. Langsam mussten sie so übersät sein mit Leichen wie eine Sommerwiese mit den Samen der Pusteblumen.

Trotzdem sah ich vom Taxi aus keine einzige Leiche, aber das kann daran liegen, dass ich mit geschlossenen Augen dasaß.

Im Bladet-Haus herrschte wie immer der leicht muffige Geruch nach Papier und kaltem Tabaksrauch, dieser Geruch, den man nie – zehntausend desinfizierenden Patent-Mitteln zum Trotz – aus einer Zeitungsredaktion herausbekommt, der gesammelte, akkumulierte Geruch all der langen Nächte, in denen hunderte von Menschen über ihren Maschinen hocken und versuchen, in letzter Sekunde ihre Geschichten für den nächsten Tag zusammenzuschustern, während sie containerweise schwarzen Kaffee trinken und genügend Zigaretten rauchen für einen Lungenkrebs gehörigen Kalibers.

Es war genau die richtige Zeit. Noch zwei Stunden bis zur Deadline, und die Mitarbeiter liefen die Flure rauf und runter, von ihren Arbeitszimmern zum Redaktionssekretariat, vom Sekretariat zur Setzerei, von der Setzerei wieder zur Fotoabteilung oder zum Archiv.

Der Chef vom Dienst Michelsen schaute mich finster an. Der Chef vom Dienst Michelsen sieht mich nie anders an. Früher habe ich geglaubt, das läge nur daran, dass ich beim Bladet gekündigt hätte, obwohl er dort arbeitete, was er problemlos als eine persönliche Beleidigung empfinden könnte. Später stellte ich fest, wie naiv ich doch gewesen war: Selbst ein Chef vom Dienst kann menschliche Gefühle entwickeln, und das sogar während der Arbeitszeit. Michelsen war schwer verliebt in meine Kollegin Barbara, die smarte, schwarzhaarige, selbstsichere, parkettsichere Barbara, die unseren Kummerkasten betreut. Das war ich nicht, und trotzdem (oder vielleicht gerade deshalb) schien sie meine Gesellschaft seiner vorzuziehen. Das konnte Michelsen gar nicht leiden, und deshalb würde er mich immer finster ansehen, bis ihn seine Pensionierung oder sein Tod – oder natürlich meiner – daran hindern würde. So ist die Welt. So ist zumindest Michelsens Welt.

Ich ertappte mich bei der Überlegung, wie lange es wohl noch dauern könnte, bis Michelsen sich zurückzöge, nachdem er den größten Teil seines Lebens »im Dienste des Bladets« verbracht hatte, wie es so schön in den Abschiedsreden hieß. Zehn Jahre vielleicht, und dann war es vorbei, dieses Leben in stickiger Luft, ein ganzes Leben hinter einer Schreibmaschine mit einem stinkenden Aschenbecher zur Rechten und einem Plastikbecher mit Kaffee zur Linken, einem so vertrauten, so automatisch vorhandenen Becher, dass man, ehe man sich versah, nach ihm griff, ob er nun dastand oder nicht.

Diese Art von Gefühlen, die ich für Michelsen hegte, waren Schuld daran gewesen, dass ich seinerzeit das Bladet verlassen hatte. Plötzlich war es nicht mehr ein (mehr oder weniger angenehmer, mehr oder weniger gut bezahlter) Job, sondern eine Falle, eine Fallgrube aus Treibsand, ein gigantischer, achtarmiger Tintenfisch, der mich an sich ziehen wollte. Ich spürte, dass ich den Rest meines Lebens in Farbbändern, Manuskriptbögen, Zigarettenschachteln und Kaffeetassen berechnen konnte. Ich kündigte sofort, lief fast aus der Redaktion heraus – als hätte ich den Teufel persönlich erblickt – und ging in die Stadt und ließ mich voll laufen.

Niemand im Bladet schien das zu verstehen, ausgenommen Barbara natürlich und vielleicht noch Otzen, der mir ein paar Wochen gab, um mich auszutoben, bevor er mich wieder als Freelance einstellte. »Ich glaube, das passt besser zu deinem

Temperament«, sagte er. Eine ungemein diplomatische Formulierung.

Seitdem war ich ein Schatten im Bladet, ein Gespenst, das ab und zu auf den Korridoren auftauchte, mal dazugehörte und dann doch wieder nicht.

So hatte ich kein Arbeitszimmer mehr mit meinem Namen an der Tür, musste mir jeweils einen leeren Raum ausleihen. Als ob Arbeitszimmer jemals leer sein könnten! Die meisten dieser Arbeitszimmer, durch die ich mich in der Zwischenzeit durchgearbeitet habe, die Zimmer kranker oder in Urlaub gegangener Kollegen, waren eher wie leere Schalen, zurückgelassen von einem Tier, das zu seinem eigenen Geruch zurückgekrochen kommen würde.

Wie ich selbst mit Abständen immer wieder zum Bladet zurückgekrochen kam. »Man muss ja von irgendwas leben«, wie die Leute so richtig sagen. Man braucht ein Bett und eine Kanne Kaffee, die morgens bereitsteht. Man braucht einen Rasierapparat und einen Mantel. Und wenn man nicht als Millionär geboren wurde – wieder so eine der offensichtlichen Fehldispositionen, die es einem schwer machen, aufrichtig an einen gerechten Gott zu glauben – so muss man dafür arbeiten.

Was hätte ich sonst machen können, fragte ich mich lächerlicherweise zum zehntausendsten Mal – die reinste Zeitvergeudung. Ich, ehem. Musiker, ehem. Fremdenführer, ehem. Journalist, wie viele ehem. würde ich noch durchleben? Und warum sollte ich das, bitte schön?

Ich schaltete mein Bewusstsein ab. Ich hatte eine Arbeit zu verrichten.

Michelsen schloss mir widerstrebend ein Zimmer auf, das einem Sportreporter gehörte, der sich, soweit ich es verstand, augenblicklich in London aufhielt, um zur Freude der Leser des Bladets ausführlich über die Ergebnisse der Weltmeisterschaft im Schlagen auf einen gefiederten Ball zu berichten. Michelsen erzählte mir mit einem verblüffenden Engagement, dass Dänemark »sich gut geschlagen hätte«. Ich erklärte ihm, dass mich das sehr freue.

Der Sportjournalist hieß Erichsen. Ich kannte ihn nicht, aber trotz allem fühlte ich mich ihm etwas näher, ein wenig stärker kollegial verbunden, als ich sah, dass er eine halbe Flasche Whisky in seiner nicht abgeschlossenen obersten Schreibtischschublade verwahrte.

Wie all die anderen kleinen rotierenden Roboter beugte ich mich über die Schreibmaschine, füllte Seiten mit Zeichen und produzierte dabei automatisch weitere Asche für die schon im Vorwege überfüllte Untertasse.

Ein paar Manuskriptseiten und ein paar Zigaretten später – gerade als ich so ungefähr die halbe Miete mit dem Mord des Tages verdient hatte, diskret und geschmackvoll – tauchte Otzen auf.

»Verdammt nochmal, mein Junge!«, sagte er, als würde er mir voller Eifer auf die Schulter klopfen, als wäre ich ein italienischer Fußballspieler, der das entscheidende Tor im Finale geschossen hätte und er mein Trainer. »Das ist ja fantastisch! Wie du das nur hinkriegst! Du brauchst ja nur aus der Tür zu gehen, und schon gibt es einen Mord. Und dann noch als Sologeschichte! Ich hoffe, du trägst auch richtig dick auf, so etwas wie ›Bladets Mitarbeiter fand die Leiche‹ ...«

»Du bist der Chef. Hier ist das Fleisch. Würzen kannst du es!«

»Mein Job ist es, Zeitungen zu verkaufen, mein Junge. Und das hier lässt die Zeitungen weggehen wie warme Semmeln. Gangsterkrieg und Frauenmord an einem Tag! Ich werde einen Kommentar schreiben: ›Kopenhagen – das neue Chicago?‹ Vielleicht könnte man auch andeuten, dass die Polizei offenbar nicht besonders effektiv arbeitet.«

»Gib ihnen noch eine Chance.«

»Okay, ich spare mir das bis morgen auf, es ist immer gut, noch etwas in der Hinterhand zu haben.«

»Ist das nicht einer der Leitartikel, die du alle Vierteljahr wieder hervorholst?«

»Mindestens. Einmal der und dann der über die notwendige Rationalisierung im Postwesen, dann noch der über die offensichtlichen Ungerechtigkeiten in der Steuergesetzgebung und dann der über die nordische Zusammenarbeit, die ausgedehnt und gestärkt werden muss – das sind meine Favoriten, wenn ansonsten kein Fleisch auf dem Tisch ist. Nun ja, aber jetzt haben wir reichlich. Schreibe, bis dir die Nägel brechen, und stimme es kurz mit mir ab, bevor du gehst.«

Er drehte sich in der Tür um und sagte anerkennend: »Das bringt eine dicke Zigarre, mein Junge.«

Dann war er weg.

Eine Zigarre war Otzens Bezeichnung für eine chefredaktionelle Würdigung eines besonders hervorragenden Einsatzes in Heller und Pfennig. Eine dicke Zigarre bedeutete in seiner Sprache mindestens die Miete für einen Monat zusätzlich.

»Des einen Tod, des anderen Brot.«

Wie wahr.

Ich überlegte, ob ich Gitte anrufen sollte, verwarf den Gedanken aber wieder. Es war bereits so spät, dass sie wütend werden würde, wenn ich jetzt noch anriefe. Andererseits könnte sie natürlich auch wütend sein, weil ich nicht anrief. Glücklicherweise gab es viele Möglichkeiten. Die Welt war doch vielseitig.

Stattdessen rief ich Ehlers an.

Wenn Otzen dieses Gespräch mit angehört hätte (und die Frage, wie viele der Gespräche Otzen wirklich abhörte, war beliebter Gesprächsstoff in der Redaktion), hätte er sofort angefangen, mit ganzen Zigarrenkästen zu jonglieren.

Dabei begann es nicht sehr verheißungsvoll: Alle Nachforschungen waren negativ verlaufen. In keinem Café war ein blondes Model gesehen worden, das Gin trank, kein Taxifahrer konnte vermelden, sie irgendwohin gefahren zu haben, niemand erkannte sie nach einem Sofortbild wieder, und auch keine Tasche mit Portemonnaie und Papieren wurde gefunden.

»Wir haben natürlich die Kennzeichen aller Wagen auf dem Parkplatz«, schloss Ehlers seinen Bericht. »Einige meiner Männer sind dort, und die Fahrer werden befragt, sobald sie kommen. Aber, ehrlich gesagt, ich glaube nicht, dass es etwas bringt. Jeder Mensch, der einen Mord auf einem Parkplatz begehen will, wird dafür ja wohl den Parkplatz seines Nachbarn benutzen!«

»Wie wahr. Oh ja, weise Worte. Und das, wo die Uhr fast 3 ist!«

»Ihr schließt gleich die Redaktion, nicht wahr?«

»In einer halben Stunde – in einer Stunde, wenn die Königin im Sterben läge oder der Premierminister als Hintermann für den Mädchenhandel enttarnt worden wäre. Warum? Willst du dich bei uns bewerben? Bei uns gibt es keinen Nachtzuschlag!«

Und dann kamen die Worte, die Otzen freiwillig ins Kubanische Tabaklager Engros AG geführt hätten:

»Nein, aber ihr könnt uns einen Gefallen tun.«

»Spuck's aus.«

»Sucht nach ihr. Fordert alle auf, die sie auf dem Foto erkennen, sich bei der Polizei zu melden. Das reicht mir jetzt hier.«

»Ausgezeichnet.«

»Ich schicke dir sofort das Foto rüber.«

»Prima.«

»Gute Nacht.«

»Hm-m.«

Als ich mit der Geschichte fertig war, war das Foto gekommen. Ich lieferte alles zusammen bei Otzen ab und sah in seinen Augen einen Ausdruck fast deliriösen wahnsinnigen Glücks aufsteigen bei dem Gedanken an das Foto auf der morgigen Titelseite, nicht nur auf der Titelseite, nein, auch auf den Hinweisblättern. Überall in der Stadt, im ganzen Land, würde dieses Gesicht aus jedem Schaukasten herausstarren, in den S-Bahnen, über den Tresen in den Supermärkten, an den Bars: WER KENNT DIESE FRAU? 64 Punkt Versalien, wenn nicht noch mehr.

Otzen schaute mich väterlich zufrieden an, als ich ging. Entweder war ich dabei, ein höflicher Mann zu werden, ein wahrer Menschenfreund, oder aber ich war einfach nur schrecklich müde – jedenfalls ging ich durch die Redaktionsräume, ohne Michelsen auch nur die Zunge rauszustrecken.

Ich ging direkt nach Hause, nahm einen Drink und fiel in den Schlaf. Ich war der Meinung, ich konnte das im Großen und Ganzen als die Arbeit eines Tages ansehen.

14

Als ich am nächsten Morgen aufwachte, hatte ich eine Nacht so voller Albträume hinter mir, dass ich nicht mehr wusste, wo ich war. Leichen waren durch meine Träume gewirbelt, sodass ich nicht einmal meine eigene Wohnung wieder erkannte. Ohne eine einzige beruhigende Leiche hatte sie etwas abstoßend Fremdes an sich.

Das monotone Trommeln der Regentropfen gegen die Scheiben, so ohne Sinn wie ein Menschenleben, brachte mich mühsam in die Realität zurück – als ob sie es wert gewesen wäre, als ob die Menschen nicht immer die Momente am meisten lieben, in denen sie weit weg von ihr sind. Alles war normal, viel zu normal. Es war nur ein gewöhnlicher Januartag in Kopenhagen, und es war gerade 10 Uhr.

Meine Post war gekommen. Sie bestand aus einer Mahnung vom Finanzamt bezüglich noch ausstehender Einkommenssteuer für das letzte Jahr und einer gedruckten Aufforderung, die Landesvereinigung zur Bekämpfung des Krebses zu unterstützen.

Ich brauchte keine zehn Minuten, um aus der Tür zu kommen, hinunter auf die Straße. Ich war nicht einmal ganz nass, als ich bereits Ronnie erreicht hatte. Und das, obwohl ich mindestens eine Minute vor dem Kiosk gestanden hatte, bevor ich hineinging.

Man kann ja viel über das Bladet sagen – seine Konkurrenten und Feinde haben das schon oft getan –, aber wenn das Bladet eine Geschichte groß rausbringt, dann ist das wirklich eine starke Sache. Das Mädchen schaute einen von der Titelseite mit genau demselben Ausdruck an, den sie hatte, als ich das erste Mal versucht hatte, sie hochzuheben. Dieser ganz neutrale Ausdruck, der so merkwürdig für jemanden erschien, der gerade einen gewaltsamen Tod erlitten hatte. Genau deshalb war es ein gutes Bild, um sie zu identifizieren, im Gegensatz zu Monica Lykkes verzerrten und entstellten Zügen.

Beim Kaffee las ich meine Artikel und Otzens Kommentar. Er war – insgesamt gesehen – nicht schlecht. Er drückte die Hoffnung aus, dass die Polizei »so schnell wie möglich Schritte einleiten möge, um eine Verhaftung vornehmen zu können, damit weiterer Terror verhindert werde«.

Um diesen Gesichtspunkt sozusagen zu unterstreichen, hatte Otzen sicherheitshalber noch einen Artikel geschrieben, der – ganz objektiv – den Titel trug: Kopenhagen in Angst.

Mein Name stand deutlich hervorgehoben mit großen Buchstaben da, und zur Feier des Tages gab es außerdem ein kleines Passfoto von mir. Es sah aus, als wäre es von einem Amateurfotografen vor zehn Jahren geschossen worden, was für niemanden außer meinen Eltern einen Unterschied machte, und die waren tot, also für niemanden.

WER KENNT DIESE FRAU?

Wenn überhaupt jemand sie kannte, dann würde Ehlers' Telefon die nächsten zwei Stunden ununterbrochen klingeln. Familie, Freunde, Kollegen, Nachbarn, Busfahrer, alte Schullehrer und Verkäuferinnen würden anrufen, jeder mit seiner Geschichte von seiner jeweiligen Verbindungslinie aus gesehen. Die Spieldose war aufgezogen, und jetzt würden ihre Walzen sich drehen, bis die Musik zu Ende war.

Bei Ehlers war wie erwartet besetzt, aber Gitte war

in ihrem Büro. Sie hatte ihre kälteste Stimme überhaupt hervorgeholt.

»Ich habe schon gemerkt, dass du viel zu tun gehabt hast.«

»Ihr Rechtsanwälte versteht wirklich, den Finger auf die Wunde zu legen. Überblick nennt man das, nicht wahr? Und wie geht es *dir?*«

»Nicht so gut, wie sollte es anders sein? Ich weiß weder ein noch aus, und – äh ... einen Augenblick.«

Eine Geschäftssache, natürlich. Es ist mir bis jetzt noch nie gelungen, mit ihr im Büro zu sprechen, ohne mindestens einmal von einem Fall unterbrochen zu werden. Das schafft genau die vertrauliche Atmosphäre, mit der man sich identifizieren kann.

»Ich habe in einer halben Stunde eine Verhandlung«, sagte sie. »Beim See- und Schifffahrtsgericht. Kannst du mich nicht heute Nachmittag anrufen?«

»Ja«, sagte ich.

»Ich weiß, ich bin im Augenblick nicht so einfach zu nehmen«, sagte sie, in einem ihrer typischen plötzlich auftauchenden Anfälle akuter Selbsterkenntnis.

»Nun ja«, sagte ich. Warum sollte ich es ihr zu leicht machen?

»Aber du rufst doch an, oder?«

»Doch, ja«, sagte ich.

Diese Art von Gesprächen hatten wir in den letzten Tagen häufiger.

Bei Ehlers war immer noch besetzt.

Es regnete. Es regnete immer noch. Es regnete, als wäre das Teil einer ziemlich langfristigen Strategie.

Es schien einer dieser Tage zu sein, an dem man niemals aus dem Bett hätte steigen sollen. Man hätte einfach liegen bleiben sollen, Stunde um Stunde, mit dem klaren Gefühl oder sogar der Gewissheit, dass es keinen Grund gibt aufzustehen und dass es auf keinen Fall etwas verbessern würde, wenn man es doch täte, und allein die Tatsache, dass man liegen bleibe, würde einen daran hindern, neue Dummheiten zu begehen.

Aber es war bereits zu spät.

Ich trank noch eine Tasse Kaffee, versuchte es noch einmal vergeblich bei Ehlers, verabschiedete mich von Ronnie und seiner zwischen den Lippen eingeklemmten Filterzigarette und trieb mich ziellos auf der Istedgade herum.

Ich war ein Mann, der kein Ziel hatte. Wie alle anderen Männer, die kein Ziel haben, ging ich ins Café, in unsere lokale Kaschemme, das Stjernecafé, um mir ein Vormittagspils zu genehmigen.

Der Große Bob stand hinter der Bar.

»Du bist also gestern in der Stadt gewesen, oder?«, brummte er, während er pflichtbewusst ein sauberes Glas holte.

Das konnte ich nicht leugnen.

»Nun ja, dann ist die Ratte also nicht mehr im Spiel ...«, sagte Bob philosophisch. »Aber er hat ja selbst am meisten Schuld dran.«

Berühmte letzte Worte.

The harder they come
The harder they fall
One and all –

sang die Musikbox gleichzeitig, als wollte sie ihm sekundieren. Ich zeigte nur in ihre Richtung. Er kapierte. Und nickte wortlos.

Dann schaute er die sechs, sieben einsamen frühen Kunden an, die herumsaßen und mit Brummschädel über ihrem Morgenbier hingen, und fragte, was ich von einer Runde Magenbitter hielte.

Sekunden später war das Ritual in Gang.

»Fünf Sechser!«

»Ich hab' sechs!«

»Ein Punkt.«

»Sieben Fünfer.«

»Hast du auch die Fünf?«

»Verdammt, du führst. Fünf Vierer!«

Und so weiter.

Vielleicht ist das keine irgendwie die Moral fördernde oder den Intellekt veredelnde Beschäftigung, aber zumindest äußerst beruhigend. Würfelspiel kann das reinste Opium sein.

Wir spielten eine Stunde lang.

Als die vergangen war, hatte es aufgehört zu regnen, wir hatten beide eine gehörige Menge an Magenbitter zu uns genommen, und der Tag sah langsam so aus, als ob man ihn – wieder einmal und nach zahllosen Aufforderungen – würde überleben können.

Nichts kann die eigene Vitalität so effektiv hervorlocken wie ein Barkeeper und ein Würfelbecher. Als ich mich von Bob verabschiedete, hatte ich meine physische Präsenz wieder soweit hergestellt, dass ich sogar überlegte, Mittag zu essen.

Aber es blieb bei dem Gedanken. Es war immer noch lange hin bis Weihnachten.

Stattdessen wandte sich der kleine mechanische, zielbewusste Freelance-Journalist nach links, ging vorbei an drei Kaschemmen, zwei Hotels, vier Bordellen (das eine davon homosexuell orientiert) und ein paar kleineren Dealerlagern, kurz gesagt durch sein Alltagsviertel, hinunter zur Lille Istedgade und dann zum Halmtorvet, zum Polizeirevier.

Ehlers war da. Ehlers ließ bitten. Ehlers sah aus, als hätte er einige Stunden Schlaf im Laufe der Nacht gehabt.

Zumindest zwei. Vielleicht sogar drei.

Auf jeden Fall erschien er einigermaßen im Gleichgewicht und gut gelaunt zu sein. Er sah aus wie ein Geschäftsmann, ein Mann, dem man seine Einkommenssteuer aus dem letzten Jahr anvertrauen könnte.

»Es hat funktioniert«, sagte er ohne Einleitung. »Wir haben sie.«

»Bist du zu einer neuen Erkenntnis über die Macht der Presse gekommen?«

»Gott steh mir bei, ich habe nie an ihrer Macht gezweifelt. Ich habe nur an ihren Motiven gezweifelt.«

»Du bist und bleibst hoffnungslos moralisch. Wir Leute von der Boulevardpresse freuen uns, nützlich sein zu können, wir haben das Gefühl, dass es dem Wohl der Allgemeinheit dient, und hoffen von unserer Seite aus auf weiterführende, ausgedehnte Zusammenarbeit zwischen unseren Bereichen. Und nun spuck's endlich aus! Wer ist sie?«

»Laut sechs voneinander unabhängigen Informationen, die eine von der Kopenhagener Universität, die andere vom Zentralregister für Führerscheine und die dritte von einer aufmerksamen Kassiererin aus der Sparkasse SDS, Filiale Blaagaardsgade, heißt sie Anne Lise Lund. Sie wohnte in einer Wohngemeinschaft im Ingemannsvej, gleich auf der anderen Seite vom Aaboulevard. Sie hat studiert – Deutsch und Russisch als Nebenfach.«

»Alle Achtung. Und was noch?«

»Nicht viel. Achtundzwanzig Jahre alt, ledig, seit sechs Jahren Studentin. Sie wohnte mit sieben oder acht anderen Studenten in einer alten Villa im Ingemannsvej, einer dieser großen Kästen, die bisher noch nicht verkauft worden sind, weil noch keine fashionable Werbeagentur oder Innenarchitektenfirma ein Auge drauf geworfen hat. Ich zitiere hier einen meiner Mitarbeiter.«

Ihre Mutter hat auch angerufen; der Vater ist tot, die Mutter lebt, in Ordrup. Die letzten beiden Anrufe kamen aus der Wohngemeinschaft.

»Und nun ...«

»Nun bin ich auf dem Weg dorthin.«

»Eine lange, ermüdende, einsame Fahrt, nicht wahr?«

»Ja, stimmt – fast zehn Minuten mit dem Auto. Willst du mitkommen?«

»Du weißt, wovon ich lebe.«

»Und du weißt, dass das ungesetzlich ist.«

»Und wir beide wissen, dass der Ingemannsvej sehr kurz ist und dass ich ein Taxi nehmen und hinter dir herfahren kann. Niemand kann in einem freien demokratischen Land mit Pressefreiheit einem freien Journalisten verbieten, sich einem Haus zu nähern, um im Interesse der Gesellschaft die Öffentlichkeit zu informieren.«

»Ja, ja. Schon gut.«

Ehlers telefonierte. Er orderte einen Wagen. Er orderte einen Assistenten mit Namen Kaspersen. Er orderte einige Papiere und Fotos, die sogleich von einer jungen Dame mit Afrofrisur gebracht wurden. Verdammt, was der Mann alles ordern konnte. Bevor wir überhaupt loskamen, hatte er sicher ein

12-faches meiner Steuerabgaben von durchschnittlichem Kaliber.

Aber auf jeden Fall kamen wir los, waren auf dem Weg zur Wohngemeinschaft im Ingemannsvej – drei moderne Musketiere: Ehlers, Kaspersen und ich.

15

Ingemannsvej 28 war wie erwartet eine dieser großen unhandlichen Villen, die einem ein ewiges Rätsel bleiben, weil es unmöglich ist, sich auszurechnen, für wen diese Art von Haus eigentlich gebaut wurde. Man kann mit Mühe und Not, während der wenigen Minuten, in denen man sich zufällig und widerstrebend einer realistischen Gesellschaftsauffassung annähert, einsehen, dass es einen gewissen Bedarf an Zweizimmerwohnungen in Nørrebro gibt und sogar einen gewissen – in der Natur der Sache begründet natürlich kleineren – Bedarf an Häusern mit Rasenfläche, dazugehörigen kleinen Teichen und Tümpeln am Strandvej.

Aber diese Art von Villen, die einem überdimensionalen aufgetürmten Bauklotz ähneln, viereckig wie eine Packung Zigaretten, mit umlaufenden Fenstern im selben rechteckigen Format – wer zum Teufel wollte freiwillig darin wohnen? Und dann noch genau dort, wo die Straße eine Kurve macht, sodass das Haus auf der einen Seite elegant das Licht mied, auf der anderen Seite von den Mauern des Nachbarhauses abgegrenzt wurde.

Als Architekt zu arbeiten muss ein schwerer Job

sein. Das war jedenfalls eine Falle, in die ich nicht getappt war.

Wir gingen eine kleine Treppe hinauf und klingelten an der Tür. Ein junger Typ in Jeansanzug mit langem Haar, Vollbart und Kassenbrille öffnete die Tür.

Ehlers wies sich aus. Der junge Mann stellte sich als Marcus Madsen vor, stud. phil. Die letzteren beiden Begriffe schienen ihm das Wichtigste zu sein.

Er führte uns durch eine Küche hinein, die von einem weiß gescheuerten Bauerntisch dominiert wurde, bis zur Schmerzgrenze mit dem schmutzigen Geschirr von drei Tagen voll gepackt. In der Mitte der Küche hing ein großes Plakat mit der Überschrift: Küchendienst, auf dem jeder einzelne Mitbewohner sehen konnte, an welchen Tagen er oder sie einkaufen, Essen kochen oder abwaschen musste. Laut Plan hätte Anne Lise heute Abend kochen sollen, aber andererseits wäre sie auch gestern für den Abwasch zuständig gewesen.

Aus der Küche kamen wir in einen kleinen Flur, der mit Ausgaben der Zeitung »Soz. Stud.« tapeziert war. Eine genauere Inspektion ergab, dass diese Abkürzung für »Sozialistische Studenten« stand.

Dann waren wir in dem Zimmer, das vermutlich als Gemeinschaftsraum bezeichnet wurde – ein ganz normales Wohnzimmer mit einem Fernseher, einer Stereoanlage, einem langen Tisch und einer Ansammlung verschiedener Stühle. Dort saß ein Mädchen mit hellem, rotem Haar allein und las ihre Zeitung. Die kommunistische, wie der kleine Zeitungsfritze sofort erkannte. Nicht das Bladet.

An den Wänden hingen schwarz-rote Grafiken, Propagandaplakate mit marschierenden Arbeitern, die triumphierend Fahnen, Hämmer und Sicheln hoch über ihren Köpfen schwenkten. Darunter wurde mit erstaunlich plumpen Buchstaben zur Solidarität mit Vietnam, mit Kuba, mit Albanien und mit den unterdrückten spanischen Transportarbeitern ermahnt. Es gab viel Solidarität an diesen Wänden.

Stud. phil. Marcus Madsen forderte uns mit einer vagen Handbewegung zum Hinsetzen auf einen der Stühle auf und setzte sich selbst. Die Rothaarige senkte einen Moment lang ihre Zeitung, um uns anzusehen; nach offensichtlich sorgfältiger Überlegung hob sie sie erneut vor ihre weißblauen Augen.

Aber ich konnte doch erkennen, dass die Ränder um ihre Augen noch roter waren als ihr Haar.

Ehlers zeigte seine Bilder. Ehlers bekam bestätigt, dass es sich um Anne Lise Lund handelte. Ehlers erfuhr, dass sie seit zwei Jahren hier wohnte und dass sie vorher in einem Studentenheim in der Nørre Allé gewohnt hatte.

Ehlers bohrte nicht nach. Er schien nur herausfinden zu wollen, wo er eigentlich wäre, als ob diese Aufgabe bereits groß genug für ihn war, als hätte er für weitere Aufgaben keine Kraft.

»Wissen Sie, was sie gestern Abend machen wollte?«, fragte Kaspersen, wie ein einsatzbereiter Souffleur an Ehlers Stelle.

»Nein«, sagte Madsen hilflos. Er sah aus wie ein verloren gegangener Hund. Er sah aus, als wäre er froh gewesen, wenn er doch hätte antworten können. Er sah aus, als wäre das Ganze seine Schuld, weil er es nicht wusste. Wenn er doch nur ...

Die Rothaarige schaute auf.

»Sie ist nach dem Essen gegangen«, sagte sie – mit einem leichten Fünen-Akzent in der Stimme, der den Satz am Ende ansteigen ließ. »Sie hat gesagt, dass sie vor dem Abwasch einen kleinen Spaziergang machen wollte.«

»Hat sie nichts darüber gesagt, wohin sie gehen wollte?«, fragte Ehlers. Er hatte diese Trägheit überwunden, die selbst den Besten überfallen kann, wenn er keinen Schlaf bekommt.

»Nein ...«

Das war wieder die Rothaarige.

»Nein, aber ...«

»Aber was?«

»Ach, nichts ... Ich weiß nicht, ob das etwas bedeutet ... Ich glaube, sie war sehr, sehr deprimiert.«

»Das ist doch Quatsch, Kirsten!«, widersprach Marcus entschieden.

»Und wissen Sie warum?«, fragte Ehlers höflich, die Unterbrechung einfach ignorierend.

»Nein ... Doch ... Wir waren nicht so dick miteinander befreundet, aber so etwas spürt eine Frau bei einer anderen Frau ... Ich glaube, da war etwas mit einem Mann.«

»Das ist doch banal!«, sagte Marcus.

Ich unterdrückte den Drang, ihm nur ein klein wenig vom Leben an sich zu erzählen.

»Kennen Sie ihn?«, fragte Ehlers.

»Anne Lise hatte viele ... Freunde«, antwortete Kirsten. »Und sie hat kaum etwas von ihnen erzählt. Zumindest nicht mir.«

»Ihnen auch nicht?«, fragte Ehlers Marcus.

»Anne Lise war ziemlich distanziert – zu sehr meiner Meinung nach«, erklärte Marcus. Er inspizierte seine Fingernägel mit einer Aufmerksamkeit, als erwartete er hier die Lösung für alle Probleme dieser Welt zu finden. Sie sahen sauber und ordentlich aus.

»Es gab also keinen festen Freund?«, fragte Ehlers hartnäckig.

»Anne Lise glaubte nicht an so etwas«, sagte Marcus. »Sie war konsequent. Sie wusste, dass die etablierte Paarbeziehung eine der Kernzellen der kapitalistischen Gesellschaft ist.«

Ehlers zog die Augenbrauen hoch. Ehlers war zwar ein erwachsener Mann mit Kindern, aber es gab immer noch Dinge im Leben, die er nie ausprobiert hatte. So war er beispielsweise nie ein junger marxistischer Student gewesen.

»Wir würden gern ihr Zimmer sehen«, sagte er.

Wir gingen alle drei hinter dem Mädchen aus Fünen die Treppe in den ersten Stock hinauf. Marcus Madsen murmelte ihr etwas über Teekochen zu. Sie schaute sich nach ihm um – ungefähr wie eine Katzenmutter ihre tollpatschigen Kätzchen betrachtet.

Das Zimmer sah aus wie all die Studentenbuden, die ich vorher schon gesehen hatte. Ein paar der üblichen Toulouse-Lautrec-Plakate, wie man sie an allen Wänden sieht und von denen man weiß, dass man sie immer wieder sehen wird, weil jedes Jahr neue Schwachköpfe sie so romantisch und so künstlerisch finden werden, eine primitive Collage verschiedener Frauengesichter, deren Botschaft – gedruckt in der gleichen Schriftgröße wie die Schlagzeilen des Bladets – besagte, »Frauen sind stark«. Ein Bücherregal mit Marx, Lenin, Althusser, Chomsky, Wörterbüchern, Ringbüchern, Manuskripten.

Ein breites Bett. Ein kleiner Schreibtisch. Zwei Stühle. Ein abgetretener Teppich. Eine kleine Vase mit Blumen. Ein einzelnes Fenster, das auf den Hinterhof des Mietsblocks hinter dem Haus zeigte.

Ehlers und Kaspersen begannen methodisch das Zimmer zu durchsuchen. Die Rothaarige setzte sich auf das Bett. Ich blieb in der Tür stehen und starrte wie in Trance vor mich hin.

Ich fühlte mich um zwanzig Jahre in der Zeit zurückversetzt.

Nicht, dass das so etwas Besonderes war. In der Wohnung der Familie Lykke hatte ich mich um vierzig Jahre zurückversetzt gefühlt. Das ist alles nur eine Frage der Grade.

Und Gott weiß, in welche Zeit sich andere versetzt fühlen würden, beispielsweise der stud. phil. Marcus Madsen, wenn sie meine Wohnung sähen?

Auf dem Schreibtisch lag, aufgeschlagen und mit unterstrichenen Zeilen, sorgsam mit einem gelben Leuchtmarker markiert, eine dicke deutsche Abhandlung über etwas, das aussah wie »*Phänomenologischer Zeitgeist der Sprache des Kapitalismus*«. Einen Moment lang fühlte ich mich sehr, sehr alt. Ich wünschte nur, dass dieses Mädchen noch am Leben wäre und ihr noch vierzehn Tage geschenkt würden – vierzehn herrliche Tage, wie man sie nur in diesem Alter erleben kann, zum Beispiel am linken Seineufer in Paris, und dass sie dann glückselig alles über den phänomenologischen Zeitgeist der kapitalistischen Sprache vergessen würde.

Nun ja, sie war tot. Und ihre Schale erzählte zwar etwas über das Tier, das darin gewohnt hatte, nicht aber darüber, warum sie es jetzt nicht mehr tat.

Ehlers wühlte in ihren Schreibtischschubladen, so wie ich in der letzten Nacht in den Schubladen des Sportkollegen gewühlt hatte.

»Hatte sie einen Führerschein?«, fragte er das Mädchen aus Fünen.

»Ja. Sie hat sich ab und zu den Wagen ihrer Mutter ausgeliehen.«

»Hatte sie eine Tasche dabei, als sie gestern fortging?«

»Ich habe sie nicht weggehen sehen. Aber sie hatte eigentlich immer eine kleine Schultertasche dabei, so eine aus einem Dritte-Welt-Laden.«

»Hat sie geraucht?«

»Prince Light. Nicht viel. Höchstens eine Zehner-Packung am Tag.«

»Führerschein, Zigaretten, Geld – sie muss eine Tasche dabeigehabt haben. So weit sind wir also wieder … Und Sie sind sich sicher, dass sie nichts darüber gesagt hat, wohin sie wollte oder was sie machen wollte?«

»Jedenfalls nicht mir, nur dass sie spazieren gehen wollte. Vielleicht einem der anderen, aber ich glaube es nicht. Sie hat privat nicht so viel gesagt. Ich kann die anderen aber heute Abend fragen, wenn Sie das möchten?«

»Ja, gern. Ich werde nochmal wiederkommen.«

Ehlers gab Kaspersen leise Anweisungen. Kaspersen nickte wortlos, blieb aber zurück, als wir anderen die Treppen hinuntergingen. Ehlers verabschiedete sich und betonte, wie wichtig es wäre, die gesamte Wohngemeinschaft noch einmal zu befragen. Marcus Madsen sah aus, als würde ihn das ganz wahnsinnig bei seinen ernsten Studien stören, aber klugerweise sagte er nichts.

»Man wird langsam alt«, murmelte Ehlers, als er sich hinters Steuer gesetzt hatte. »Kaspersen soll lieber diese Untersuchung vornehmen. Kann ich dich irgendwo absetzen?«

»Wohin willst du?«

»Zu der Mutter in den Ordrup Jagtvej.«

»Ich stoße permanent auf Leichen, du dagegen besuchst ihre Mütter.«

»Ich würde gern tauschen.«

»Ich werde es mir mal überlegen. Ich rufe dich später noch an.«

»Du meinst, vor der Deadline?«

»Ja.«

»Versuche es vor Mitternacht. Wenn ich wegkomme, könnte ich mir gut vorstellen, mal nachzuschauen, ob meine Familie noch am Leben ist und am selben Platz wohnt.«

»In Ordnung ... Schmeiß mich einfach am Rondell raus.«

»Nur unter einer Bedingung: Wenn du versprichst, keine neue Leiche zu finden.«

»Es ist nicht Mitternacht. Und es ist auch nicht Montag. Du weißt, dass ich meine festen Gewohnheiten habe.«

»Lass uns zusehen, dass wir weiterkommen.«

Und das taten wir. Wir fuhren los.

Aber in dieser Sache kamen wir trotzdem nicht weiter.

16

Des Nachts, als ich ein weiteres Mal im Zimmer des Sportjournalisten saß – in der liebenswerten Hoffnung, dass Dänemark sich weiterhin gut bei diesen Weltmeisterschaften schlug – und Ehlers anrief, war er gerade in der Stimmung, seinen Abschied einzureichen, mit den besten Wünschen für den neuen Mann auf seinem Posten.

Er war bei der Mutter gewesen. Die Mutter hatte geweint, aber dabei keinen Hehl daraus gemacht, dass sie schon immer befürchtet hatte, dass »etwas passieren könnte«, weil Anne Lise ja »so wild« war, ganz im Gegensatz zu ihrem Bruder, der verheiratet war und eine gute feste Stellung als Bibliothekar in Horsens einnahm. Die Mutter schätzte auch so etwas wie »Wohngemeinschaften« absolut nicht – laut Ehlers sprach sie das Wort mit Anführungszeichen aus – und konnte nicht verstehen, warum Anne Lise nicht einfach einen »netten jungen Mann« finden konnte. Anschließend hatte die Mutter eine Weile über die Jugend von heute geredet, für die sie nicht besonders viel übrig hatte, das waren keine »netten jungen Männer«, eher Hausbesetzer und Raufbolde, oh ja, das waren sie.

Nein, sie könne nicht sagen, mit wem Anne Lise in letzter Zeit Kontakt gehabt habe. Nein, sie hätten kein besonders enges Verhältnis. Wenn sie ehrlich sein solle, dann sähen sie sich eigentlich nur, wenn Anne Lise den Wagen ausleihen wolle.

Dann hatte sie Anstalten gemacht, die Beerdigung zu planen. Sie hatte Ehlers gefragt, ob er nicht auch – angesichts der Umstände – eine bescheidene Bestattung am angemessensten fände.

»Es hat nicht viel gefehlt, und sie hätte mich noch gebeten, ihr beim Schreiben der Traueranzeige und beim Blumen aussuchen zu helfen«, sagte Ehlers. »Offenbar sah sie das als einen Teil der polizeilichen Arbeit an. Aber es schien fast, als wäre sie in Wirklichkeit sogar erleichtert. Verdammt, diese Zicke saß die ganze Zeit triumphierend da und sagte wohl zehntausend Mal: »Hab ich es nicht gesagt!« Meine Güte, bin ich froh, dass meine Tochter nicht so eine Mutter hat!«

»Du wirst sicher auch noch dein Bündel zu tragen haben«, tröstete ich ihn.

»Ich weiß«, nickte er. »Bürden habe ich eigentlich immer genügend. Ich denke schon, dass ich meinen Teil mehr als abbekommen habe.«

»Klingt wie eine Grabinschrift: ›Hier ruht Ehlers. Er bekam mehr Bürden als genug zugeteilt.‹«

»Du übertreibst. Wenn der Tod wie das Leben ist, kann gar keine Rede von ruhen sein.«

Er war am Abend auch noch in der Wohngemeinschaft am Ingemannsvej gewesen. Alle Bewohner waren anwesend gewesen und hatten eine Hausversammlung abgehalten.

»Kannst du raten, worum es ging?«, fragte Ehlers.

»Wer ihren Abwasch übernehmen soll, da sie jetzt entschuldigt fehlt?«

»Fast. Es ging darum, wer in ihr Zimmer einziehen sollte und was mit ihrer Kaution passieren sollte.«

»Also, dieses Mädchen wird wirklich ›geliebt und vermisst‹, nicht wahr?«

»Ja, Wie es jeder andere auch wäre. Nun werde mal nicht sentimental, das ist eine schlimmere und schleichendere Krankheit als Krebs. Kaspersen war den ganzen Tag da drüben. Er hat nichts gefunden, nichts, was auch nur die Andeutung einer Spur ergeben könnte. Er hat den Teppichboden hochgehabt, hat im Bettzeug gewühlt – er hätte es schon vor drei Wochen gewechselt, wie er erklärt hat, und dabei ist er noch ein unverlobter Junggeselle –, und er hat jedes ihrer verdammten Bücher auf dem Regal in der Hand gehabt und sich durch ihre Briefe und Notizen gekämpft. Er hat nicht einmal ein Adressbuch gefunden, aber er hat herausgefunden, dass sie eins hatte. Sie hat es sicher bei sich gehabt. Zusammen mit dem Portemonnaie und dem Führerschein. Ihr Sparbuch war da.

Er ist ein geduldiger Mann, der junge Kaspersen – ich denke, aus ihm wird noch was. Außerdem hat er sich auf verschiedene Diskussionen mit den Mitgliedern der Wohngemeinschaft eingelassen, um dem Argument entgegenzutreten, dass die Polizei nur der verlängerte Arm des Kapitalismus sei, deren Aufgabe es sei, das gerechterweise revolutionäre Proletariat zu bekämpfen und zu unterdrücken. Er hat sich anhören müssen, dass er zu sehr außerhalb des Prozesses steht, um das einzusehen.«

»Ausgezeichnet. Ihr solltet so bald wie möglich Unterricht in dieser Art von Argumentation auf eurer Polizeischule einführen.«

»Wir sollten? Das haben wir. Und zwar schon seit mehreren Jahren.«

»Aber das Ganze soll heißen, dass du nichts rausgekriegt hast?«

»Absolut nichts.«

»Wovon hat sie gelebt?«

»Stipendien, Studiendarlehen und von ihrer Mutter.«

»Hallelujah! Solidarität mit den Tabakarbeitern auf Kuba!«

»Ich habe so ähnlich gedacht, das muss ich zugeben. Aber dieser Lümmel vom Nachmittag hat Kaspersen lang und breit erklärt, dass diese Stipendien und Darlehen nur Ausdruck der repressiven Toleranz der Gesellschaft sind und dass es sie so gesehen nur gibt, weil die kapitalistische Gesellschaft auf diese Art und Weise meint, die unvermeidliche Revolution hinausschieben zu können.«

»Kaspersen muss wirklich eine sehr geduldige Natur sein.«

»Das sind alle guten Polizisten.«

»Yep. Yes, sir. Ihr tut eure Pflicht mit einem Lächeln und einem Liedchen auf den Lippen und so weiter. Ich kann nur nicht verstehen, wieso ihr nicht den Ort herausgefunden habt, an dem sie sich den Gin genehmigt hat.«

»Warum sollte irgendein Barkeeper sich an uns wenden und so ins Scheinwerferlicht geraten? Das macht diese Art von Leuten nicht gern. Übrigens kann sie ihn ebenso gut privat getrunken haben. Und es ist nicht auszuschließen, dass sie den Gin mit ihrem Mörder getrunken hat.«

»Prima, dann ist die Sache doch ganz einfach: Ihr braucht nur nach einem Mann zu suchen, der eine Flasche Gin hat.«

»Hauptsache, du amüsierst dich.«

»Ich amüsiere mich überhaupt nicht. Es ist lange her, seit ich mich das letzte Mal amüsiert habe. Ich kann mich gar nicht mehr daran erinnern, wann das war. Vielleicht damals, als ich Fußball in der Schule gespielt habe.«

»Danke gleichfalls. Ich gehe jetzt nach Hause. Wir reden später.«

»Okay … Und gute Nacht!«

Ein abschließendes müdes Klicken vom Polizeirevier am Halmtorvet.

Und dabei blieb es: ein abschließendes müdes Klicken.

Nach einer kurzen Konferenz mit Otzen wurden wir uns einig, ein weiteres Mal alle Kanonen aufzufahren und eine ganze Titelseite mit Anne Lise Lund abzufeuern. Es war sowieso nicht viel anderes passiert, und außerdem war ein Däne, ›unser bester Trumpf‹, beim Viertelfinale bei der Weltmeisterschaft im Badminton in London ausgeschieden, ausgerechnet von einem Schweden geschlagen, also hatten wir nichts mehr zu verlieren.

Wir putzten die Titelseite nach allen Regeln der Kunst heraus. Am nächsten Morgen waren wir die erste Zeitung, die die Sache beim Namen nannte und »den Frauenmörder von Nørrebro« erfand. Der Zeichner vom Bladet hatte eine Illustration von ihm angefertigt, auf der er einem unheimlichen vampirartigen Dämon aus einem viktorianischen Gruselroman ähnelte. Er musste die Zeichnung noch ändern, weil er den Mörder mit großen Messern und schussbereiten Pistolen ausgerüstet hatte.

»Nun halt mal die Luft an«, sagte ich. »Verdammt, das ist kein Jack The Ripper. Er schießt nicht, er schlitzt niemanden auf, er schneidet keine Brüste ab, laut Polizeiarzt hat es nicht einmal den leisesten Ansatz für Vergewaltigung gegeben, nicht einmal die Bluse ist angehoben worden. Er würgt sie nur. Er würgt nur – ruhig und diskret.«

»Wie zeichnet man einen Würger?«, fragte der Zeichner. »Das sieht doch nach gar nichts aus!«

Ich verstand ihn. Jeder Job hat so seine Probleme.

Eine Stunde später lieferte er eine neue Zeichnung ab – von einem ziemlich kleinen, immer noch dämonischen Mann, dessen Pranken fünf Meter weit greifen konnten, und offenbar suchten sie die gesamte Skyline der Stadt nach Frauengesichtern ab, die überall voller Furcht aus den Fenstern der Häuser guckten.

Es wurde eine hübsche Seite. Es fehlte nicht viel, wie Otzen es später im formlosen Kontext der Kantine ausdrückte, und sie hätte »Pressegeschichte geschrieben«.

Nur sie führte zu nichts. Wenn man nicht die ebenso zahllosen wie sinnlosen Anrufe berechnet, die wir an den kommenden Tagen von den Lesern erhielten. Sie waren so reich variiert, sowohl in Einstellung als auch von der Intelligenz her, wie die Mentalität der dänischen Bevölkerung nun einmal ist.

Verschiedene sowohl anonyme als auch unterzeichnete Mitteilungen verkündeten die Auffassung, dass man doch ganz objektiv einmal in Betrachtung ziehen sollte, dass eine derartige Welle der Verbrechen niemals in Kopenhagen gesehen worden war, bevor die Gastarbeiter ins Land kamen. »In deren Ländern«, schrieb Kurt Jørgensen, Præstevej 34 C, Ballerup, im Namen vieler, »zählt ein Menschenleben nichts. Soll das jetzt auch hier so sein, oder wollen wir lieber dafür sorgen, Dänemark wieder sauber zu kriegen, bevor es zu spät ist?«

Der Vorsitzende des Vereins der Gastarbeiter machte schüchtern darauf aufmerksam, dass es »in allen Ländern kaputte Menschen« gibt, was einen großen Teil der Leserschaft zu der Antwort verleitete, dass er doch einfach nach Hause nach Arabien gehen könne, wenn er offensichtlich so unzufrieden mit Dänemark war, schließlich hätte ihn niemand gerufen, und niemand würde ihn zurückhalten.

Ein jüngerer Rockmusiker ohne Aufsehen erregenden Erfolg behauptete in einem Interview mit einer Zeitschrift der Regenbogenpresse, dass er ein

Verhältnis mit der getöteten Anne Lise gehabt hätte, und konnte in der Verbindung ein Foto von ihr am Gilleleje Strand im Bikini vorweisen, ein Foto, das ihm nicht weniger als ein paar Tausend von der Zeitschrift eingebracht haben musste. Er hatte sich außerdem, wie mir ein Kollege erzählte, eine umfassende Fotoreportage in Verbindung mit seiner kommenden LP »Eine kalte Welt« als Entgelt für die Zusammenarbeit ausbedungen.

Wenn Ehlers begriff, warum es Leuten ab und zu übel von der Polizei wurde, so verstand ich bei dieser Gelegenheit wiederum problemlos, warum andere allein bei dem Wort »Presse« das Gesicht verziehen.

Auch die kleinen Gelegenheitsdenunzianten kamen zum Zuge. Sowohl beim Bladet als auch bei Ehlers am Halmtorvet lief ein größerer Strom von Briefen von Leuten ein, die ihren Nachbarn verdächtigten, etwas mit den Frauenmorden zu tun zu haben, entweder weil der Nachbar den ganzen letzten Montag nicht zu Hause gewesen war oder weil er in letzter Zeit so nervös gewesen war oder aber weil er immer so einen merkwürdig flackernden Blick hatte, als traute er sich nicht, jemandem in die Augen zu sehen.

Doch es führte zu nichts. Die Woche verging langsam, musste aber erst einmal mit den Muskeln spielen: Der permanent herunterströmende Regen wurde von einem kräftigen Frost abgelöst, der die Zugabfahrten verzögerte, und die Kopenhagener konnten nicht die ganze Zeit nur an Monica Lykke oder Anne Lise Lund denken. Wieso sollten sie auch? Schließlich geht das Leben weiter, wie sie sich gegenseitig versicherten.

Die einzige zusätzliche Information, die ich erhielt, durfte ich nicht veröffentlichen.

Anne Lise Lund war schwanger gewesen.

Dr. Bang hatte es Ehlers bereits in der Mordnacht erzählt, und Ehlers hatte es mir später weitergetragen.

»Ich mochte es dir gar nicht sagen«, räumte er ein. »Zwei junge Mädchen, das ist schon schlimm genug, aber beide auch noch schwanger – das würde die ganze Stadt in Panik versetzen. Was glaubst du, das würde die Geburtsziffern beeinflussen. Das könnte zu spontanen Fehlgeburten führen! Ich habe es nicht einmal ihrer Mutter erzählt. Ich hatte aber auch nicht das Gefühl, als würde es sie interessieren.«

»Hat sie nicht ein Recht darauf, es zu erfahren?«

»Wozu sollte es gut sein?«

»Nun ja ...«

Summa summarum: Noch ein ungelöster Fall im Polizeiarchiv. Noch ein Fall, der bestimmte Leute mit Sicherheit dazu bringen würde festzustellen, dass der Staat machtlos gegenüber allen kriminellen Machenschaften sei, die über Falschparken und Fahrradfahren ohne Licht hinausgingen, während andere – ebenso felsenfest überzeugt – darin eine neue Bestätigung sähen, dass die Polizei mehr Leute und einen höheren Haushalt brauchte, damit wir uns alle auf der Straße sicher bewegen könnten – als ob das jemals jemand irgendwo gekonnt hätte.

Aber ich bekam meine Zigarre, eine große, schöne, gut geformte Zigarre, eingerollt in einen großen, schönen, hübsch geschriebenen Scheck.

Das habe ich doch immer schon gesagt: Wir leben alle zusammen von Gewalt, Tod und Unzucht.

Dritter Teil

[illegible]

[illegible] Leidenschaft [illegible]

[illegible] wie ein [illegible] als der Übergang [illegible]

[illegible] Zeichen [illegible]

17

Und es wurde Morgen, und es wurde Abend und Nacht und wieder Morgen, und wie ein jeder mit Kenntnis der fanatischen Fantasielosigkeit des Kalenders voraussehen kann, würde es auch wieder einen Montag geben.

Vor diesem Montag machte Ehlers sich Sorgen, und ich war der Letzte, der ihm daraus einen Vorwurf machte. Einen großen Teil des Sonntags hatte ich damit verbracht, unsere mageren Fakten aufzulisten, wie ein Geizhals, der überzeugt ist, irgendwo noch einen weiteren Zehner zu finden, immer wieder addiert und wieder abzieht, versucht plausible Theorien aufzustellen, um schließlich als Lohn für seinen Einsatz einsehen zu müssen, dass das die reinsten Luftschlösser waren. Das hatte mich einige Stunden und diverse Drinks gekostet und ganz exakt das gleiche Ergebnis wie beim letzten Mal ergeben: nichts.

Am Sonntagabend ging ich mit Gitte ins Kino und schaute mir einen neuen französischen Film an, den sie gern hatte sehen wollte, einen Film, der – wahrscheinlich wie die meisten anspruchsvollen neuen Filme, ich kenne mich da nicht so genau aus – von zwei Menschen handelte, merkwürdigerweise einem Mann und einer Frau, die in einer verwickelten Beziehung stecken. Deshalb brauchen sie ziemlich viel Zeit – ich nehme an, die eineinhalb Stunden des Films –, sich gegenseitig der verschiedensten Dinge zu beschuldigen, von Untreue bis zum Lustmord, und sich abwechselnd mit Selbstmord zu drohen oder zur nächsten Bushaltestelle zu stapfen, um bei einem Makler eine Wohnung zu mieten.

Letzteres, die Vorstellung, dass es überhaupt möglich sein sollte, eine Wohnung in Paris oder in irgendeiner anderen Großstadt zu finden, zeugte von ein wenig märchenhafter Zauberstaub-Fantasie, ansonsten wirkte alles nur allzu wahrscheinlich. Das war genau das, was wir uns unbedingt ansehen sollten. Und das Glück war auch noch weiter mit uns. Ausgerechnet an diesem Sonntag, den wir gemeinsam zu verbringen geplant hatten, brachte das Fernsehen eine ausführliche, wichtige, Interesse weckende Nachmittagssendung über die Gefahren und Risiken einer Geburt, besonders bei Erstgebärenden. (Ihr Körper wird sich verändern. Es ist möglich, dass Sie sich niemals wieder richtig als Sie selbst empfinden werden!) Und die Sonntagszeitung präsentierte auf ihrer Titelseite und noch auf zwei Doppelseiten im Innenteil zwanzig »bekannte dänische Frauen«, die für sich entschieden hatten, dass *sie* jedenfalls nicht ihre Karriere kaputtmachen wollten, indem sie Kinder kriegten. Diesen Artikel las Gitte sehr, sehr gründlich.

Es war kurz gesagt ein schrecklich gemütlicher Sonntag, der seinen Höhepunkt darin fand, dass es Gitte übel war und sie Kopfschmerzen hatte, so unglaublich müde war und »gern ein wenig allein sein wollte«. Wie es im Buche steht – in dem Buch, das ich gekauft hatte, um mich ein wenig schlau zu machen, wie man am besten und sinnvollsten mit schwangeren Frauen umging.

Laut diesem Buch sollte man ununterbrochen und unablässig »Verständnis und Sympathie« ihnen gegenüber zeigen, was ich auch tat. Wie Otzen jedes Jahr bei der Generalversammlung des Bladets betont, ist die Macht des gedruckten Wortes groß. Ich hatte schlechte Karten auf dem Tisch, und es ergab sich fast von allein, dass der Abend – wie so viele andere zuvor – im Stjernecafé enden musste. Als ich durch frostklare Straßen, in denen ausnahmsweise einmal dickes Eis über den Rinnsteinen die Fußgänger effektiv gegen die Autofahrer schützte, »nach Hause« zu meiner Postadresse gegangen war, setzte ich mich in einen Sessel und sah blicklos zwanzig Minuten aus dem Fenster genau auf die Straße, durch die ich gerade gegangen war. Mit schonungsloser Geistesschärfe sah ich kurz darauf ein, dass es zu nichts führen würde, weiter dazusitzen und aus dem Fenster zu glotzen. Mit medizinischer Prägnanz sah ich außerdem ein, dass ich sowieso nicht würde schlafen können.

Die Schlussfolgerung war nahe liegend.

Es war Mitternacht. Lasst die Vampire und Werwölfe dort bleiben, wo sie sind – meinetwegen gern in Transsilvanien, wenn sie es vorziehen, jedem sein Jagdrevier – aber es gibt noch andere Mitternachtswesen als die der Legenden und Mythen, und die machen das wahre Nachtvolk aus, der Teil der Bevölkerung, der nachts lebt, atmet und arbeitet, aus eigenem Willen oder aus zwingender Notwendigkeit: Spieler, Huren, Dealer, Aasgeier, kleine Schmuggler, »das Putzkommando« (das ist ein Sammelbegriff für Taschendiebe und andere Straßenhalunken), die süßen Jungs, die Nachtverkäufer. Plus ein Teil, der kaum kriminell ist: Kellner, Barkeeper, Wirtsleute, die »am Ball bleiben«, Taxifahrer, Journalisten, Showmenschen, Musiker ...

Und selbstverständlich die Gäste, die von auswärts kommen und das Milieu erleben oder in die Stadt gehen wollen oder es einfach einmal drauf ankommen lassen wollen, oder wem zu Ehren der Besuch auch immer stattfinden mag – auf jeden Fall lebt die eine Hälfte dieser Welt davon, einen Volkstanz für die anderen aufzuführen.

Aber an diesem Abend würden nicht so viele unterwegs sein, dachte ich. Nicht in der Sonntagnacht.

Zehn Jahre mühsam gesammelter Erfahrung im Leben der Istedgade zeigten ihre Früchte: Meine Vermutung stimmte. An diesem Abend waren nur die Einheimischen im Stjernecafé, ein kleiner, intimer Kreis, wie es Millionen anderer in unserem Teil des Sonnensystems gab, so nah und so fern und so eng miteinander verbunden. Es gab nur zwei, drei unbekannte Gesichter, und Bob stand entschlossen hinter dem Tresen und führte lächelnd den Vorsitz über seine kleine Schar, als hielte er hier um Mitternacht den wahren Gottesdienst des Tages.

Der Hübsche Jørgen aus der Saxogade begrüßte mich mit einer großen Handbewegung und gab Bob ein Zeichen. Der Hübsche Jørgen war ganz rot im Gesicht, wahrscheinlich besoffen und redselig.

Ich hoffte nur, dass er nicht auf die Idee kommen würde, ein Liedchen vorzutragen.

Der Hübsche Jørgen war ganz okay, daran gab es keinen Zweifel – jeder im Viertel würde das bestätigen, einige würden ihm sogar ihren Hund anvertrauen. Aber der Hübsche Jørgen hatte, trotz seiner inzwischen vierzig Jahre und dem alkoholisch bedingten Blauton seiner Haut, nie die Tage vergessen, an denen er der Hübsche Jørgen gewesen war. Oder besser gesagt: Zunächst war er Jørgen, Der Singende Postbote, später wurde er zum Volkssänger »Der Hübsche Jørgen« (und das war der Name, der hängen blieb), im Jahr darauf, Ende der Sechziger, zum Protest-Jørgen (In dieser Gesellschaft ist das Leben nur ein Einerlei ›aber glaubt uns, wir sorgen dafür, damit ist es bald vorbei‹), anschließend die Hitparaden-Band Jørgen & Jufferne (›Und wieder ist Samstagabend, da feiern wir, mit Musik und duften Bienen und so manchem Bier‹) und dann ...

Und dann war die Zeit des Hübschen Jørgen vorbei. Fünf Jahre vergingen mit gelegentlichen Comebacks ...

»Diesmal ist es was Ernstes, Mann. Du weißt, das ist einfach ganz, ganz anders. Es ist saustark, Mann. Ich habe noch nie so viel drive für eine Sache gehabt ...« Leider gab es aber, was typisch ist für diese Art von Dingen (es gibt niemanden im Showbusiness, der das nicht kennt, vielleicht auch niemanden außerhalb), alle drei Monate einen neuen Plan.

Zum Schluss hatte Jørgen es ruhiger angehen lassen und sich darauf beschränkt, in dem regionalen Jugendtreff zu singen (wo sie zwar fanden, er hätte etwas schütteres Haar, aber doch einen Namen, und dann war er noch umsonst) oder auf privaten Festen, meistens von ihm selbst veranstaltet, bei denen die Gitarre bereitstand und die zwei alten, verblichenen Singles aus den Sechzigern, auf denen sein Name zu lesen war, immer noch auf dem Regal standen und vergilbend auf eine Neuauflage warteten.

Der Hübsche Jørgen war schon in Ordnung. Inzwischen erlitt er höchstens noch einmal einen Rückfall, wenn er einfach zu blau war und sich ein paar neue Lieder ausgedacht hatte, die genau das waren, wonach er die ganze Zeit schon gesucht hatte. Wenn das passierte und ich zufällig in der Nähe war, dann musste ich als ehemaliger Musiker – der aber selbstkritisch genug gewesen war, freiwillig von der Bühne zu gehen – als offensichtlicher Kandidat meinen Kopf hinhalten.

Das war mir auch selbst klar. Töne sind nun einmal dicker als Wasser. Also kippte ich meinen Whisky hinunter, gab Bob ein Zeichen für eine Wiederholung und fragte den hübschen Jørgen interessiert, wie es denn so liefe.

»Ich habe etwas herausgefunden«, sagte er, während er eilig sein Glas leerte, wie es ein ungemein durstiger Speed-User tut. »Alles geht in diesen Tagen so schnell, es gibt so viele Dinge, die mir plötzlich klar werden.«

Ich nickte geduldig und wartete ab.

Wie ein zweiter Ehlers.

»Die Liebe!«, sagte der Hübsche ekstatisch, als ergäbe sich sein ganzer Körper diesem Wort. »Nur darum handelt es sich. Das ist alles!«

Ich nickte philosophisch verstehend und unterließ es aus taktischen Gründen, ihm mitzuteilen, dass ich so etwas schon einmal gehört zu haben meinte – irgendwo, vor einer ganzen Reihe von Jahren.

»Und darüber habe ich einen Song geschrieben«, erklärte der Hübsche bescheiden.

»Das habe ich mir schon gedacht.«

»Willst du ihn hören?«

»Nicht einmal die Wiener Symphoniker, dirigiert

von Bruno Walther, würden mich davon abhalten können.«

»Soll ich schnell meine Gitarre holen?«

»Das lass mal lieber, Jørgen. Du weißt, Bob kann Gitarren nicht vertragen. Eine merkwürdige, äußerst seltene Krankheit. Sie heißt *Idiosynkrasie*. Eine Art Ausschlag.«

»Na gut, dann summe ich ihn nur. Er handelt von den Mädchenmorden in Nørrebro.«

»*Wovon* handelt er?«

Ich hielt mich liebevoll am Bartresen fest.

»Na, von den Mädchen, die umgebracht worden sind, du hast doch selbst in der Zeitung darüber geschrieben. Ich habe bis jetzt nur die erste Strophe fertig, aber hör mal zu, Mann, sie geht so:«

Er beugte sich über den Tresen vor und schaute mich eindringlich an – so eindringlich, dass ich mich fast moralisch verpflichtet fühlte, meine Zigarette aus dem Mund zu nehmen. Bob zwinkerte mir zu.

Ein hübscher Song – ein bisschen schnarrend, als suchte er die ganze Zeit nach dem Text und der Melodie oder als wäre er sich nicht sicher, ob die Taktschläge auch richtig saßen:

Und sie wurden ermordet in Nørrebro ...
Zwei hübsche junge Mädchen
So jung wie du
Ihr grausamer Mörder ist nicht bekannt
Gesucht von allen in Stadt und Land –
Was brachte ihn dazu, war's Hass, Einsamkeit, seine Triebe?
Nur eines wissen wir:
Es fehlte ihm
DIE LIEBE!

»Die letzten Zeilen sind der Refrain«, sagte er.

»Fantastisch«, sagte ich.

»Hat es dir gefallen?«, fragte er mich eindringlich.

Wenn ich jetzt nicht aufpasste, würde er mich im nächsten Moment fragen, ob es mir denn wirklich gefallen hat.

Also bestellte ich eine Runde und noch eine Runde und würfelte ein wenig mit Bob und gab dem Hübschen das Gefühl, dass es viele gab, die der Meinung waren, sein bereits lang erwartetes Comeback sei höchstwahrscheinlich zum Greifen nah – und dachte daran, dass am nächsten Tag Montag war. Ich schlug ein liebenswertes Angebot für eine Freelance-Begleitung für die Nacht aus, unterhielt mich mit einem frisch geschiedenen Nachbarn, der eine gewisse Vorliebe für Scheidungen als ständig wiederkehrendes Gesprächsthema hatte, ich wechselte ein paar Argumente mit dem Besitzer der Paradiso Live Show, der – besorgt wie ein Geschäftsmann über die Mehrwertsteuerabgaben nach Ladenschluss – mir erzählte, dass ›Fotzen bald nicht mehr loszuwerden waren‹ (vielleicht lag es an der Krise?) – und ich dachte daran, dass am nächsten Tag Montag war.

Montag, Montag. Blauer Montag.

Und Montag Mitternacht. Hier endeten die Gedanken jedes Mal.

Was brachte ihn dazu, war's Hass, Einsamkeit, seine Triebe?
Nur eines wissen wir:
Es fehlte ihm
DIE LIEBE!

Das war jedenfalls ein Punkt, um anzufangen.

Mein letzter Gedanke, bevor ich einschlief – mit einer hohen Getränkerechnung auf dem Buckel –, war, dass doch immer noch etwas Hübsches an dem Hübschen Jørgen war.

18

Aber am Montagmorgen, als ich mich aus dem Bett kämpfte und zur trotzigen täglichen Wiederauferstehung ins Bad ging, hing die Drohung immer noch in der Luft, als hätte Seine Schwarze Majestät, der Satan, mit Feuerschrift auf die Wolken geschrieben, dass er an diesem Tag seine schon viel zu lange offene Rechnung begleichen wollte.

Gitte rief an, während ich noch im Bad war, und entschuldigte sich dafür, am Abend zuvor »so blöd« gewesen zu sein. Ich erwiderte, dass ich das nur zu gut verstehe – in meinem Buch stand, man solle stets sein unbegrenztes Verständnis zum Ausdruck bringen. Sie fragte, ob wir uns nicht am Abend sehen könnten. Ich antwortete, dass ich später anrufen würde.

Ich hatte ihr nicht so besonders viel über die Sache erzählt. Aus guten Gründen, Gründen, die nicht einmal Petrus, in einem Anfall krankhafter Kleinlichkeit, mir hätte übel nehmen können.

Aber während ich mich zum (ungefähr gerechnet) 12.735. Mal rasierte, womit ich den peinlichen, parodistischen täglichen Prozess startete, dieses lächerliche Menschenwesen wiederherzustellen – Hokuspokus, Hemd, Hose, Schuhe, Jacke, Hut, voilà, mesdames et messieurs: ein dreidimensionaler Mann, ein lebendiger Mann –, überlegte ich, ob ich am Abend nicht nach Nørrebro gehen sollte. Und ob Ehlers das auch wollte.

Kommt Zeit, kommt Rat. Der Tag war noch jung. Ronnies Kaffee war fertig.

Die Zeitungen – auch das Bladet – brachten eine Nachricht, die mich an diesem Morgen interessierte: Man hatte den letzten Türken geschnappt, denjenigen, der als Haupttäter hinter der Liquidierung der Ratte stand. Der vierte Mann hatte sich seit dem Mord in einem Hinterhofkeller versteckt gehalten, der als Lager einer Importfirma für islamische Spezialitäten diente. Er hatte nämlich einen Vetter, der dort angestellt war. Solche Vetter musste man einfach haben.

Und er war durch einen teuflischen, lächerlichen Zufall entdeckt worden, wie es in der Regel Leuten ergeht, die versuchen sich zu verstecken: Ein kommunaler Katzenjäger war um 6.00 Uhr erschienen, um – von Katzenfreunden ungestört – seine Käfigfallen in den Hinterhöfen aufzustellen, er hatte ihn zwischen den Säcken mit Pferdebohnen und den Gewürzkartons im Keller herumlaufen sehen, hatte ihn für einen Dieb gehalten und diskret am Halmtorvet angerufen, wo Kriminalassistent Kaspersen sich während seiner frühen Morgenschicht vom Schreibtisch erhoben und seinen Schlips festgezurrt hatte, um hinzugehen und ihn abzuholen. Damit war die Sache von Seiten der Polizei aus abgeschlossen, und bald würden die Gerichte das Wort haben.

Womit die Gerichte sicher äußerst zufrieden waren. Es gefiel ihnen immer, das Wort zu haben.

Das Ganze hatte sich in einem Hinterhof in der Absalonsgade abgespielt, keine fünfzig Meter von Ronnies Kaffeebar entfernt, wo ich saß und Zeitung las. Die Welt ist klein. Kopenhagen ist noch um einiges kleiner.

Und jetzt war das kleine Kopenhagen also alles in allem um sechs Drogengangster ärmer. Jetzt, wo auch das letzte Glied der Kette fort war, würden sicher einige Junkies in der nächsten Umgebung ein paar heftige Schwitzkuren des Nachts zu erwarten haben. Die Cold Turkeys würden uns jetzt häufiger begegnen – wenn auch nur für ein paar Tage.

Das interessierte mich nicht, zumindest nicht mehr. Der Vorteil an gewissen Dummheiten besteht darin, wie einer meiner klügeren Kollegen einmal anmerkte, dass sie, wenn man sie einmal begangen hat, zumindest überstanden sind.

Ich genehmigte mir einen extra Bitter als Belohnung für meinen auserwiesen klugen Verstand, der mich kein Morphium benutzen ließ, und schenkte Ronnie zum Abschied ein aufrichtiges Lächeln – dem hustenden Filterzigaretten paffenden, freundlichen Ronnie, der jeden Morgen einen guten Kaffee parat hielt, ein Ruhepunkt in einem unruhigen Dasein.

Ronnie
I wouldn't ever call you funny
Your disposition ain't just sunny
But still your place is quite a home –

summte ich auf *Dinah* (wie oft ich das wohl damals so gespielt habe?) auf meinem Heimweg durch die Schneewehen.

Schon als ich die verrotteten Planken der Überreste der Titanic öffnete, die mein Vermieter und das Wörterbuch stoisch als eine Haustür bezeichnen, konnte ich das Telefon wild, wütend und wahnsinnig klingeln hören. Es musste nicht meins sein. Es war einfach nur ein Telefon. Es konnte irgendjemandem sonst gehören. Aber ich wusste, dass es meins war. Das eigene Telefon hat immer einen bestimmten Ton, den Hall des Zimmers, in dem es steht.

Es war verstummt, als ich den dritten Stock erreicht hatte. Aber es setzte gleich wieder ein und klang, als wollte es gar nicht mehr aufhören. Beharrlich wie ein japanischer Selbstmordpilot.

So viel Enthusiasmus konnte ich nicht widerstehen. Wir Männer sind nun einmal eitle kleine Geschöpfe. Ich ließ mich locken. Ich nahm ab.

»Wo zum Teufel bist du nur gewesen?«, brüllte Otzen.

»Hier«, sagte ich. »Hier in der Stadt.«

»Ich habe gestern den ganzen Tag versucht dich anzurufen.«

»Ich bin erst spät nach Hause gekommen.«

»Es geht um diese Türken-Geschichte. Die solltest du machen. Um zwei Uhr habe ich dich aufgegeben und Jens drangesetzt.«

»Ausgezeichnet, wieso? Das war doch ein klasse Artikel. Ich habe ihn gerade gelesen.«

»Ich dachte, du könntest Jens nicht ausstehen?«

»Was hat das denn damit zu tun?«

»Ich sag's doch, mein Junge, du wirst langsam ein Profi. Glaubst du, da ist noch mehr an der Sache dran?«

»Höchstens noch ein paar Nebenzweige. Vielleicht erschießen sich noch ein paar Dealer gegenseitig, jetzt, wo sie das gute Beispiel vor Augen haben. Vielleicht wirkt es aber auch genau gegenteilig. Vielleicht fangen sie jetzt an zusammenzuarbeiten auf der breitest möglichen Grundlage, über alle Abgründe hinweg.«

»Du weißt doch, was für ein Tag heute ist, oder?«

»Was denkst du?«

»Und – glaubst du, dass was passiert?«

»Wer weiß. Das Einzige, was ich weiß, ist, dass dem Mörder Liebe gefehlt hat – ach, Quatsch, ich bin noch nicht richtig wach – was wir wissen, ist, dass irgendjemand, vielleicht auch zwei Männer, nicht einmal dessen können wir wirklich sicher sein, an einem Montag gemordet haben. Vielleicht sind wir sogar die Einzigen, die unseren eigenen eleganten Storys auf den Leim gehen. Pass auf, Otzen, das ist gefährlich. Wenn es so weit kommt, dann endet es damit, dass wir Journalisten selbst an die Zeitungen glauben.«

»Ich habe immer geglaubt, dass wir die Einzigen sind, die das tun, wenn man es genau betrachtet. Bist du bereit?«

»Allzeit bereit.«

»Dann rufe heute Abend regelmäßig an und frag nach, ob was über den Ticker oder sonst irgendwelche Mitteilungen gekommen sind. Hinterlass deine Telefonnummer, so oft es geht.«

»Apropos Mitteilungen: Wo habt ihr die Information eigentlich hergekriegt, dass die Ratte erschossen werden sollte?«

»Das werde ich dir ein andermal erzählen. Eines Tages, wenn wir einen langen, vertraulichen Spaziergang an einem einsamen Sandstrand in Nordfinnland machen ...«

»Das wird nie passieren.«

»Nein, du sagst es. Und vergiss nicht, in Kontakt zu bleiben.«

»Nein, aber ich hoffe, es passiert nichts.«

»Das hoffe ich auch – als Privatmann. Leb wohl, mein Junge.«

»Leb wohl, Chef.«

Ich konnte mir gerade eine Zigarette anzünden, bevor das Telefon schon wieder klingelte. Ich war langsam so populär, wie es der Hübsche Jørgen während seiner besten Tage gewesen war. Endlich war es der Bevölkerung der Stadt klar geworden, wie interessant und lehrreich es doch war, mit mir, gerade mit mir zu sprechen.

Es war Ehlers.

»Herzlichen Glückwunsch zum Fang«, sagte ich höflich.

»Du meinst den Türken? Ach ja, der junge Kaspersen, hat er gut gemacht. Guter Mann, habe ich das nicht schon gesagt? Und wie schön, ausnahmsweise einmal wirklich einen Fall abzuschließen und alles in Geschenkpapier gewickelt und mit roter Schleife drumherum dem Gericht zu überreichen. Aber sag mal – hast du dran gedacht, welcher Tag heute ist?«

»Das fragen mich alle. Ich habe hier sogar einen Gregorianischen Kalender, Mayland's. Soll ich ihn für dich aufblättern?«

»Nein, du sollst mit mir heute Essen gehen.«

»Na gut. Vom Kalenderservice zur Begleitescorte. Was ist geplant?«

»Ich denke, es wird heute Abend etwas passieren. Verdammt, ich darf ja wohl so etwas denken. Auch ein Polizeibeamter kann so etwas wie Intuition haben.«

»Aber erzähl das niemandem, sonst glauben die noch, dass du ein Transvestit bist. Intuition ist eine speziell weibliche Eigenschaft.«

»Ist mir doch egal. Wenn etwas passiert und ich habe nichts gemacht, dann ist hier die Hölle los. Wenn aber nichts passiert und ich habe etwas gemacht, etwas, das Leute und Zeit in Anspruch genommen hat, dann kriege ich auch was zu hören. Die einzige Art und Weise, Ärger zu vermeiden, besteht darin, so zu tun, als wenn nichts wäre und dann davon ausgehen, dass der Mörder zur Zusammenarbeit bereit und auch darauf erpicht ist, so zu tun, als wenn nichts wäre. Aber das schaffe ich nicht. Aber darüber können wir uns heute Abend weiter unterhalten, oder? Meine Frau ist mit den Kindern zu ihrer Schwester nach Hillerød gefahren, und die haben ein großes Haus – sie übernachten da, und ich gehe davon aus, dass ich auf dem Revier übernachten muss. Deshalb habe ich gedacht, dass wir doch bei deinem chinesischen Freund essen könnten, den du mir damals vorgestellt hast, als du unter Mordverdacht standest, Ho hieß er, oder?«

»Ho Ling Fung.«

»Ho Ling Fung. Wie wäre es, wenn wir uns um 19.00 Uhr bei ihm treffen, bevor es losgeht?«

»*Falls* es losgeht.«

»*Falls* es losgeht!«

»Okay.«

»Gut. Also zurück zur Routinearbeit. Bis dann.«

»Tschüs.«

Ehlers hatte Recht: Zurück zur Routinearbeit. Das war ein Tag, der nur zur Routinearbeit taugte, der wie geschaffen dafür war. Das war ein Tag, der aus einem langen Abwarten bestand, dass vielleicht etwas geschehen würde, vielleicht aber auch nicht, ein Tag, an dem man stundenlang dasitzen und auf die Uhr starren und Zigaretten rauchen konnte und daran denken, dass es doch immer noch nicht später war als ...

Das war ein Tag, der wie geschaffen dazu war, das Bettzeug zu wechseln, Staub zu saugen, die Wäsche zu waschen, die Bücher im Regal zu ordnen, den Müll hinunterzubringen, seine Miete und seine Stromrechnung zu bezahlen.

Nur um das Vakuum auszufüllen.

19

Den ganzen Tag über schneite es; der Schnee fiel, wie er manchmal im Januar in Kopenhagen fällt, unaufhörlich fiel er in dichten Flocken auf alles und alle herab. Überall an den Straßenrändern standen mittlerweile ungeschickt geparkte verlassene Autos wie stumme Monumente des unbeugsamen Optimismus ihrer Besitzer, und jedes Mal, wenn ein aktiver Wagen sich vorbeikämpfte, pflügte er weitere Schneewehen um seinen Vorgänger herum auf. Ältere und Gebrechliche bewegten sich mit ängstlichem Blick und langsamen, sorgsam überlegten Schritten über den Bürgersteig.

Als die Dunkelheit hereinbrach, war klar, dass es kaum ein lukrativer Abend für die Vergnügungsbranche werden würde.

Der brave Soldat Ehlers fand sich auf die Sekunde genau bei Ho Ling Fung in der Vesterbrogade ein. Er saß hinter den schweren roten Vorhängen zwischen den schwarzen Trennwänden in der Bar mit ihren Vogel- und Blumenbildern aus Krapplack auf Leder – und dem Taj Mahal. Was das Taj Mahal in einem chinesischen Restaurant zu suchen hat, wird mir Zeit meines Lebens ein Rätsel bleiben. Ich habe Ho sogar einmal danach gefragt, aber er hat nur sein übliches Lächeln gezeigt und mir in seinem Pidgin-Dänisch gesagt: »Sehr schönes Haus ... sehr schön anzusehen« – ein unwiderlegbares Argument.

Ehlers saß mit einem Whisky da. Ich entschuldigte meine 45 Sekunden Verspätung und bestellte auch einen. Ho nickte uns aufmunternd zu, als würde er sich herzlich freuen, uns auf dem rechten Weg zu sehen. Wir machten nicht nur alle Anstalten, bei ihm zu essen, und nach aller bisherigen Erfahrung außerdem auch noch dafür zu bezahlen, sondern saßen außerdem brav an der Bar und nahmen Drinks vor der Mahlzeit. Doch, wir hatten einiges über den Sinn des Daseins verstanden.

Quatsch, Ho war nur freundlich wie immer. Und so unerschütterlich wie immer.

Der Frieden senkte sich langsam über mich, der Frieden und der Whisky, und ich konnte sehen, dass es Ehlers genauso ging. Die Nerven beruhigten sich, entspannten sich wie Katzenjunge vor einem Kaminfeuer – genau wie beim ersten Mal, als wir hier gewesen waren.

Das Restaurant war angenehm leer. Wir setzten uns an einen Tisch mit Blick auf das Schneewetter vor dem Fenster und dem Überblick über ein großes Goldfischaquarium auf der anderen Seite. Die Schleierschwänze huschten munter hin und her, als gäbe es nichts, worüber sie sich Sorgen machen müssten. Was sollte das auch sein?

Sicherheitshalber ging ich gleich hinaus zum Telefonieren, als wir bestellt hatten. Es gab jedenfalls nichts Neues vom Bladet.

Hos Currysuppe war wie geschaffen für so einen Tag. Wir blühten beide auf, als hätten wir den ganzen Tag am sonnigen Strand in Spanien gelegen. Wir griffen gleichzeitig nach dem Rotwein.

»Hast du das Bladet angerufen?«, fragte Ehlers.

»Ja.«

»Das hättest du gar nicht machen müssen. Ich habe Bescheid gegeben, dass ich hier bin, falls was passiert.«

»Den gleichen Bescheid habe ich auch gegeben.«

»Opfer des Pflichtgefühls, was?«

»Nun ja, du weißt schon – wenn man nicht aus der Staatskasse bezahlt wird ...«

»Wie läuft es eigentlich mit deiner Anwältin?«

»Warum?«

»Warum nicht? Das ist doch eine ganz normale Frage. Du hättest ja ebenso gut nach meiner Familie fragen können.«

»Die kenne ich nicht, aber ich hoffe, es geht ihr gut in Hillerød. Es ist leider etwas spät für eine Führung durch das Schloss.«

»Aber ich kenne *sie*. Ich kann mich noch daran erinnern, wie ihr euch kennen gelernt habt – in Rodby. Du bist ein anderer Mensch geworden.«

»Sicher nur eine vorübergehende Verbesserung.«

»Was ist eigentlich los mit dir?«

»Worauf willst du hinaus? Willst du einen Kummerkasten mit guten Ratschlägen für einsame Herzen eröffnen?«

Er schaute mich leicht vorwurfsvoll an, so verwundert, dass ich selbst feststellen konnte, wie verdammt dumm ich doch war, also erzählte ich ihm von dem momentanen, zum technischen Knock-out führenden Problem, Gittes heranwachsendem Fötus. Ich holte nicht besonders weit aus, möchte ich zu meiner Verteidigung anführen. Einer der Vorteile des Journalistendaseins ist – wie früher schon gesagt –, dass man lernt, seinen Fall in so wenigen und so konkreten Sätzen wie möglich darzustellen.

Sogar mit Ho Ling Fungs Chopsuey im Mund und hereinbrechender Dunkelheit, die sich, wie ein großer, ruhiger Raubvogel an einem Felsabgrund, über der Vesterbrogade senkte.

»Möchtest *du* gern ein Kind?«, fragte Ehlers, direkt und ohne Umschweife, als hätte er nach einem technischen Detail in einer Zeugenaussage gefragt.

»Ja«, antwortete ich.

»Warum?«, fragte er, mit einer Autonomie, die in der Sprache selbst verankert war.

»Ich weiß es nicht«, erklärte ich. »Und das sage ich nicht, weil ich so schüchtern bin. Ich habe einfach nur keine Ahnung, und es ist mir auch egal. Zu wissen »warum« macht nichts wirklich besser oder schlechter, das Wort kann die Kopenhagener Universität gern für sich behalten ...

Du weiß ja, ich bin nicht der Typ für Urschreie oder so, aber ich habe verdammt nochmal nicht so viel, auf das ich stolz sein kann, abgesehen davon, dass ich immer noch am Leben bin ... Und du weißt, wie das ist (jetzt hatte ich zu viel Rotwein intus, oder lag es an der Reihe schnell aufeinander folgender Whiskys am Nachmittag, die einen langen amerikanischen Lift heraufgesaust kamen?) – zehn Jahre lang ist man fünfundzwanzig Jahre alt, und dann ist man plötzlich vierzig ... Es könnte das Beste sein, was man jemals gemacht hat. Und nicht, weil die Konkurrenz so groß ist.«

»Mein Gott, ich glaube, du wirst erwachsen!«

»Aber Kind, ja oder nein, das ist ihre Entscheidung. Und sie kann zu keinem Entschluss kommen.«

»Sie kann sich nicht entscheiden?«

»Nein.«

»Motiv?«

»Viele, Herr Oberlandesgerichtsrat: Rücksicht auf die Karriere. Verpflichtungen gegenüber den Nachkommen. Zweifel an dem Wert einer Ehe oder eines Zusammenlebens. Zweifel am Wert des möglichen Partners in diesen Zusammenhängen. Sowie Angst vor dem Verlust der durch harte Arbeit erkämpften Freiheit.«

»Das klingt vernünftig.«

»Sie ist sehr vernünftig. Sie ist ein Ausbund von direkt unmenschlich vernünftigem Denken.«

»Aber wenn sie sich nun einmal nicht entscheiden kann, dann musst eben du für sie entscheiden.«

»Weißt du, wie man so etwas hier in der Stadt nennt?«

»Unterdrückung und männlicher Chauvinismus – sogar wir Bullen lesen manchmal Zeitung. Aber täusch dich nicht, das geht in beide Richtungen. Ich weiß das, ich habe bald fünfzehnten Hochzeitstag. Prost!«

Wir tranken.

»Was weißt du?«, fragte ich.

»Ich weiß, dass man manchmal einfach gezwungen ist, einen Entschluss für den Partner zu treffen«, sagte Ehlers. »Um ein kleines – ganz aktuelles – Beispiel zu nehmen: Es war die Idee meiner Frau, heute Abend mit den Kindern zu ihrer Schwester zu fahren und dort zu übernachten.«

Mit sanfter Zärtlichkeit fügte er bescheiden hinzu: »Sie hat noch nie dort geschlafen.«

In einem kurzen Aufblitzen sah ich hinter dem Beamten Ehlers den Liebhaber Ehlers. So einer war er also auch. Nicht zum ersten Mal überlegte ich, wie seine Frau wohl aussah und war.

Inzwischen war es ganz dunkel geworden. Nur der Schnee, die Straßenbeleuchtung und die Autoscheinwerfer erleuchteten die Vesterbrogade.

Ho kam mit dem Fingerschälchen und dem Kaffee und – auf Ehlers Wunsch, noch einem Cognac. Wir lehnten uns ein wenig auf unseren Stühlen zurück, jetzt, nachdem die Messer- und Gabel-Arbeit glücklich überstanden war und das Programm Drinks & Tabak hieß. Wir saßen und unterhielten uns über »den Fall«. Und während wir über den Fall sprachen und ruhig und entspannt dasaßen, wie zwei Herren, die gut gegessen hatten und sonst keinerlei Sorgen verspürten, jeder mit seiner Zigarette in der Hand, schauten wir so vor uns hin und warteten auf ein Telefonsignal.

Ich erzählte Ehlers – in erster Linie, um die Zeit totzuschlagen, mein Kopf war so leer wie der eines Examenskandidaten – von dem Song des Hübschen Jørgen. Ehlers lächelte – vorsichtig. Dann erzählte er im Gegenzug von einem der schlimmsten Fälle, die er je gehabt hatte: Ein Mann in Herlev war Amok gelaufen. Die Frau war ihm untreu gewesen – unterbrechen Sie mich, wenn Sie die Geschichte schon gehört (oder erlebt) haben, aber so war es nun einmal – und der Mann lief daraufhin Amok.

Aber das Besondere an diesem Mann war nun laut Ehlers, dass er seiner Frau nichts angetan hat. Er tat auch weder seinen Kindern noch dem Liebhaber seiner Frau etwas an. Er tat überhaupt niemandem etwas an, nur Dingen: Er zertrümmerte ganz einfach die gesamte Wohnung. Während die Frau und die Kinder am Strand waren, hatte er, an einem Sonnentag, an dem auch Ehlers' Familie am Strand war, als ihm alles klar geworden war, sämtliche Fenster zerschlagen, den Stühlen die Beine herausgerissen, jede einzelne Leitung aus den Wänden gerissen, sämtliches Porzellan zerschlagen und die gesamte Kleidung in Fetzen gerissen und zerschnitten – bevor er sich im Schlafzimmer erschoss, auf den Resten der Bodenplatte des Betts, mit einem einzigen gut platzierten Schuss.

»Seine Welt war zusammengebrochen«, fuhr Ehlers fort, »und daraufhin hat er sie verlassen. Aber ich sage dir, der Selbstmord, die Leiche, deren Kopf fast abgerissen war, das war bei weitem nicht so unheimlich wie dieses Heim, dieses Leben, das minutiös in Fetzen gerissen worden war. All diese aufgerissenen Decken, Charlie Brown ohne Kopf, Woody Woodpecker mit einem Messer aufgeschlitzt ...

Ich glaube, das fällt mir jetzt ein, weil ich eigentlich mit deinem Freund, dem Sänger, einer Meinung bin, unser Mann muss ein reichlich frustrierter Mann sein, einer der, aus irgendeinem Grund, genauso enttäuscht ist wie der, von dem ich gerade erzählt habe. Psychologisch kann ich das gut verstehen, das ist ja wie aus dem Lehrbuch: Ein Mann wird von einer oder mehreren Frauen enttäuscht –

oder er fühlt sich jedenfalls enttäuscht, das macht keinen Unterschied – und dann rächt er sich an anderen Frauen, weil Frauen ja nun einmal Frauen sind, genau wie Deutsche nun einmal Deutsche sind für jemanden, dessen eigener Vater während der Besatzungszeit umgebracht wurde. So weit, so gut. Was ich aber nicht verstehe – abgesehen von der eiskalten Art und Weise sie umzubringen, er würde ja fast schon menschlicher erscheinen, wenn er sie vergewaltigt oder die Leichen geschändet hätte – das ist die Frage, wie er Kontakt mit ihnen hat aufnehmen können? Monica Lykke muss auf jeden Fall mit in die Seitengasse am Colosseum gegangen sein, Anne Lise Lund mit auf den Parkplatz. Sie haben also keinerlei Verdacht ihm gegenüber geschöpft. Er hat also weder merkwürdig noch krankhaft aggressiv, betrunken oder nur erregt gewirkt. Möglicherweise ist er wie ein Kavalier aufgetreten – wenn man das in dieser Gegend kann –, aber nicht wie ein Mörder. Wie hat er das nur geschafft?

Das eine sage ich dir«, sagte Ehlers, »abgesehen von all den Tatsachen, und als ob die nicht genug wären, so gibt es da etwas, das mich psychologisch am meisten ärgert. Ich weiß – erinnerst du dich an die Geschichte mit dem Søborg-Würger? –, dass Frauen instinktiv Angst haben vor Männern, die Angst vor Frauen haben. Ihn haben wir geschnappt, weil vier, fünf Frauen jeweils unabhängig voneinander fanden, dass er sich merkwürdig verhalten hat, jedes Mal, wenn sie ihn sahen, ganz gewöhnliche Alltagsfrauen – und es stellte sich heraus, dass da was dran war, er dachte an Mord, wenn er sie sah, er ermordete die Frauen, weil er Angst vor ihnen hatte – der Psychiater nennt das den ›Ödipus-Komplex‹ –

und das strahlte er aus, und das konnten sie fühlen, wie ein Hase einen Fuchs riechen kann. Und das ist auch meine Erfahrung, dass Frauen das immer können. Die fühlen sich wie ein Fisch im Wasser, wenn sie spüren, dass ein Mann Frauen mag und sie versteht, ganz gleich, ob es sich um seine Frau oder seine Sekretärin handelt – aber die anderen, die durchschauen sie sofort. Doch dieser hier, der kriegt sie einfach rum. Das verstehe ich nicht!«

Er leerte sein Glas. Das war eine lange Rede gewesen.

»Nun, genug der Theorie.«

Wie zur Bestätigung seiner Aussage klingelte das Telefon wie aufs Stichwort. Wir spitzten beide die Ohren.

Ho nahm ab.

Ehlers gewann. 1 : 0 beim Spiel Polizei gegen Presse.

»Das war Kaspersen«, erklärte er, als er zurück war. »Die Leute sind ums Rondell von Nørrebro verteilt. Wir haben die Gegend so weit es geht abgedeckt. Es sind so an die zwanzig, offiziell als Übung deklariert. Alle laufen herum, warten, fluchen, frieren und schauen sich genau um, verdächtigen alle und träumen von ihren gemütlichen Häusern und Wohnungen und fragen sich, warum sie nicht Zollbeamte geworden sind. Wollen wir raus zu ihnen?«

»Noch einen Cognac«, sagte ich. »Noch einen Kaffee und einen Cognac.«

Das bekamen wir. Wir riefen unsere jeweiligen Sponsoren an und teilten mit, dass wir von hier verschwanden – mit einer leicht bubenhaften, pfadfinderartigen Ferienkoloniekameradschaftlichkeit warteten wir artig auf das Gespräch des anderen. Wir bezahlten Ho Ling Fung und bedankten uns für den schönen Abend. Wir warfen einen letzten neidischen Blick auf die Schleierschwänze im Aquarium.

Und dann setzten wir uns, im andauernden Schneegestöber, in ein Taxi und fuhren aus der Vesterbrogade zum Nørrebro Rondell, um 22.30 Uhr am Montag, dem 27. Januar, wie der Bericht es zeigen würde.

20

Die Fahrt verlief wortlos, wie Fahrten verlaufen, wenn alles gesagt worden ist. Ehlers war offenbar in seine Meditationen über die Psyche des Mörders versunken. Ich hatte schon lange aufgehört, mich über Ehlers' Art zu denken zu wundern. Es war mir schließlich, nach einigen Jahren der Bekanntschaft, klar geworden, dass er – ganz gleich, was man nun von ihm hielt – ein vielköpfiger Mensch war, ein Mann, den man schwer festnageln konnte.

Ich lehnte mich im Autositz zurück, während Ehlers meditierte. Ich schloss nicht die Augen, aber ich träumte dennoch. Als wir am Nørrebros Rondell angekommen waren, einem ganz anderen Rondell als beim letzten Mal, einem Rondell, das von Schneemauern umgeben war, so wie in alten Zeiten Kopenhagen von Wällen umgeben war, Schneemauern, auf die noch immer neue Flocken fielen, da war ich mindestens dreißig Jahre hinter der Zeit und dem Taxi zurück.

So, ganz genau so hatte es hier ausgesehen, als ich als Kind mit Vater und Mutter am Heiligabend zu den Großeltern kam, wenn ihre kleine Wohnung zur Hälfte ausgefüllt war von dem in alle Richtungen ausgezogenen Esstisch und vom Tannenbaum, dessen Weihnachtsschmuck jedes Jahr wieder aus dem Keller, wo er übersommerte, heraufgeholt wurde (und jedes Jahr mit begeisterten Rufen von den Enkelkindern wieder erkannt wurde: »Oh, da ist der Engel mit der Trompete! Er ist immer noch da, Mama!«) ... So hatte es ausgesehen, wenn man im Sessel saß und sich über die kleine Fensterbank vorbeugte, um aus dem Fenster gucken zu können, wenn das Essen – dessen Duft die zwei kleinen Zimmer noch tagelang erfüllte – überstanden war und die Erwachsenen Kaffee tranken, sich unterhielten und einen mit seinen Geschenken in Ruhe sitzen und einfach nur in tiefer Zufriedenheit aus dem Fenster gucken ließen ... So hatte damals der Schnee gelegen. Das hier war ganz genau der Blick aus dem Fenster der Großeltern.

Aber es war nicht Heiligabend. Ich bekam keine Geschenke. Ich bekam einen Ellbogen in die Seite.

»Schläfst du?«, fragte Ehlers.

»Nein«, antwortete ich. »Mir ist nur eingefallen, dass ich hier mal Familie hatte.«

»Wir wollen raus hier.«

Wir wendeten und hielten an der Ecke gleich gegenüber der Zigeuner-Halle Prater, direkt vor dem Asyl für Kinder. Ehlers bezahlte, und wir gingen zum Parkplatz. Sobald das Taxi fort war, kam eine Gestalt aus dem Dunkel.

»Na, Schmidt?«, fragte Ehlers.

»Nichts«, antwortete Schmidt lakonisch, aber die

kurze Bemerkung genügte, um seine Stimme wieder zu erkennen. Kriminalassistent Steffen Schmidt war mir schon früher begegnet. Kriminalassistent Steffen Schmidt hatte mich sogar einmal festgenommen und einen ganzen – für uns beide unbequemen und unfreiwillig so gestalteten – Abend mit mir in meiner Wohnung verbracht, wo ich ihn höflich so gut ich konnte unterhalten hatte, unter anderem mit einem Krabbenomelett und ein wenig Musik.

Jetzt war keine Musik aus dem Prater zu hören. Das Orchester hatte wohl seine im Tarifvertrag festgelegte Pause.

»Es ist fast leer drinnen«, sagte Schmidt und deutete auf diesen lustig funkelnden Tempel der Lebensfreude. »Und fast kein Verkehr, es gibt nicht viele, die heute Abend raus wollen. Die da hinten, das sind die Einzigen, die es nicht zu Hause hält.«

Jetzt zeigte er zur Jesus-Mission auf der anderen Seite des Jagtvej. Dort war es noch hell, aber die Kirchenlieder waren verstummt.

»Sie sind alle zusammen vor einer Stunde gegangen«, erklärte er. »Da sind nur noch welche zum aufräumen.«

»Oh Mann!«, sagte ich. »Das die sich überwinden! Wie viele kommen an so einem Abend?«

»Vierzig, fünfzig Stück, denke ich mal«, antwortete Schmidt sachlich. »Meistens Frauen, die meisten älter.«

»Oh doch, die packen das«, sagte ich.

»Und meistens kommen immer die gleichen, Abend für Abend«, fuhr Ehlers fort. »Nun ja, hinter denen sind wir ja nicht her. Bis dann, Schmidt. Ach ja, übrigens – von den anderen auch nichts Neues? Nichts über Funk?«

»Eine Wirtshausprügelei auf 7«, sagte Schmidt. »Nielsen hat die übernommen – hat keine fünf Minuten gebraucht. Und ein einzelner Raubüberfall vor kurzem auf der 3. Junger Typ, der einen älteren Herren auf dem Heimweg überfallen hat. Konnte ja nicht ahnen, dass Hesselmann im Hauseingang genau daneben stand, der ist gleich hinter ihm her. Hesselmann hatte so ein breites Grinsen, dass man es fast über Funk sehen konnte.«

»Okay.«

Ehlers bog an dem roten Licht der Apotheke Sankt Stefan auf den Jagtvej ein. Ich folgte ihm wie ein wohlerzogener kleiner Hund, der wusste, dass er keine allzu großen Schwierigkeiten machen durfte.

Irgendjemand in den Mietshäusern an der Ecke war so freundlich, die Fenster zu öffnen, um *Strangers In The Night* erklingen zu lassen. Wirklich nett.

Ein weiterer Schatten löste sich aus der Zufahrt zum Apothekenhof – ein Riese, der selbst die Ratte bei lebendigem Leib noch wie einen jämmerlichen, schmächtigen, unterernährten Schwächling hätte wirken lassen. Wie er da in dem roten Licht stand, erinnerte er mich an eine Frankenstein-Gestalt aus den ersten Stummfilmen.

»Guten Abend, Hesselmann!«, sagte Ehlers. »Ich habe gehört, dass du dich gut amüsiert hast?«

Der Mund des Hünen verzog sich zu einem breiten Grinsen. Er sah aus wie ein Mann, der einen Witz gehört hat, der für den Rest der Saison reichen wird.

»Oh Mann, das war vielleicht witzig!«, sagte er. Er schien sich vor Vergnügen geradezu auf die Schenkel zu schlagen, aus rein unschuldigem, kindlichem Vergnügen. »Auf die Idee zu kommen, einen alten

Mann nur zwei Meter von einem versteckten Bullen überfallen zu wollen! Das wird eine Gaudi, es den Jungs zu erzählen!«

»Hast du ihn eingebuchtet?«

»Ja, was denn sonst? Das war ein widerlicher Schleimer, dieser Kerl. Ich kann nicht begreifen, wie ein gesunder junger Bursche dazu kommt, sich über einen schwachen alten Mann herzumachen. Das kapier ich einfach nicht!«

Er sah aus, diese gewaltige Gestalt, als wäre eine Welt für ihn zusammengebrochen. Pearl Harbour, nun ja, Hiroshima, was soll's, Auschwitz, schon schlimm – aber das hier! Junge Männer, die ältere überfallen!

»Du hast dir immer noch deine gesunde Pfadfindermoral bewahrt, Hesselmann«, erklärte Ehlers. »Okay. Wir machen weiter.«

Hesselmann nickte und verschwand wieder in seiner dunklen Toreinfahrt. Der Riese bewegte sich in der Dunkelheit wie ein Katzenjunges.

»Der macht auf jeden Fall weiter«, sagte Ehlers. »Das tut er immer.«

Auf der anderen Straßenseite der Nørrebrogade, auf halbem Weg zum Café Halvmånen, stand eine große, magere Person, die uns aus dem Dunkel entgegenkam. Die Gestalt schien in einem anonymen Auto gesessen und geschlafen zu haben, wachte aber auf, stieg aus und kam uns entgegen.

Es war Kaspersen.

»Ich halte den Funkkontakt«, erklärte er. »Nichts Neues zu melden – abgesehen von einem Einbruch in der Mimersgade und einigen Familienstreitigkeiten in der Thorsgade. Die üblichen Kleinigkeiten.«

»Arbeit für die Müllabfuhr«, kommentierte Ehlers

lakonisch. »Alltagskost. Gutes Training. Wir hätten heute Abend einige der Praktikanten mitnehmen sollen.«

»Die hätten alles durcheinander gebracht«, widersprach Kaspersen resolut.

»Es ist noch gar nicht so lange her, dass du auch Praktikant gewesen bist, oder?«

»Ja, deshalb weiß ich es ja so genau, Herr Inspektor.«

Beide grinsten sich an. Es sah wirklich so aus, als könnte Kaspersen mit einer viel versprechenden Karriere bei der Kriminalpolizei in Kopenhagen rechnen.

»Aber ich glaube nicht, dass er kommt«, sagte er bedauernd, nachdem sie kollegial zu Ende gegrinst hatten – kopfschüttelnd, mit sanfter Stimme, als sprächen sie über einen gemeinsamen Freund, der leider krank geworden war.

»Das wäre doch nach dem ganzen Zeitungszirkus Wahnsinn.«

Jetzt warf er mir einen vorwurfsvollen Blick zu.

»Er ist wahnsinnig«, erklärte Ehlers entschlossen.

Das Funkgerät in Kaspersens Wagen begann verführerisch zu piepsen. Er lief hin.

»Ehlers«, sagte ich. »Und was ist, wenn du das Ganze umdrehst? Was ist, wenn er nun gerade nicht geisteskrank ist? Was ist, wenn er einen guten Grund hat, eine der Frauen umzubringen – einen klaren, eiskalten, logischen Grund –, und dann tarnt er sich mit der anderen Frau, damit niemand darauf kommen soll – wie ein Zauberkünstler, der die Leute ablenkt, du weißt: Er bringt das Publikum dazu, auf seine rechte Hand zu schauen, während er seine Tricks mit der linken macht?«

»Du liest zu viele Kriminalromane. So etwas macht niemand in der Realität. Es gab keinen, der einen ›klaren, eiskalten, logischen‹ Grund gehabt haben könnte, die Frauen umzubringen. Bei ihnen war nichts zu holen, ehrlich gesagt, und es ist auch kein Eifersuchtsdrama zu erkennen: Die eine hatte einen Einzigen, mit dem sie zusammen war, die andere hatte zehn, mit denen sie nicht zusammen war. Ich glaube nicht, dass er eine von ihnen kannte. Ich glaube auch nicht, dass die Frauen einander kannten. Er ist wahnsinnig, oder besser gesagt: Seine Motive sind nicht so einfach, als dass jeder sie sofort benennen könnte.«

Kaspersen kam zurück. Er zog enttäuscht die Schultern hoch.

»Jugendbande amüsiert sich in der Gormsgade. Zertrümmert Scheiben und Flaschen und schlitzt Autoreifen auf. Die Anwohner sind in Angst und Schrecken. Ich habe einen Wagen hingeschickt.«

»Vom Revier?«

»Ja.«

»Gut. Wir anderen machen weiter.«

Und weiter machten, bzw. gingen wir. Einen nach dem anderen trafen wir die zwanzig Männer, die Ehlers diskret im Viertel verteilt hatte. Aus einer Gasse nach der nächsten, einem Hinterhof nach dem anderen, einer Einfahrt nach der anderen tauchten Beamte in Zivil auf, jeder mit einem Sender und mit seinem Revolver, beides so diskret verborgen, dass ich es erst beim vierten oder fünften Mann bemerkte.

Zwanzig Männer. Zwanzig erwachsene, gut trainierte Männer, versehen mit Waffen und untereinander in Kontakt durch drahtlose Kommunikation. Zwanzig ernste, professionelle Männer, die schon so einiges ausprobiert hatten und für die das hier nicht nur ein Spiel oder eine Story für die Zeitung war. Zwanzig verbissene, konzentrierte Männer, die gleichzeitig Jäger und Wächter in der Kopenhagener Winternacht waren. Zwanzig Männer, die ein feinmaschiges Sicherheitsnetz bildeten, durch das keiner würde schlüpfen können.

Während wir von einem zum anderen liefen und mit jedem Einzelnen drei, vier kurze Bemerkungen austauschten, verschwanden meine finsteren, alkoholgetränkten Vorahnungen der letzten Nacht. Während wir durch den Schnee stapften, eine Straße nach der anderen entlang, fühlte ich die gleiche Sicherheit, die ich als Kind bei meinen Großeltern am Heiligabend empfunden hatte. Alles war in Ordnung. Alles war unter Kontrolle. Es konnte gar nichts passieren.

Und dann – passierte es.

21

Es passierte ohne jede Form von Schockwirkung. Es gab faktisch keinen Grund zu glauben, dass überhaupt etwas geschehen war. Es waren nur ein paar vage, ungenaue Worte in einem Funkgerät.

Ehlers und ich waren zum zweiten Mal im Laufe unserer gesunden, stärkenden, die Kondition verbessernden Rundwanderung in der Manege bei Kaspersen und dem Funkgerät angekommen.

»Etwas Neues?«

»Das ist die große Frage der Nacht«, sagte Kaspersen mit einem müden Lächeln. »Alle fünf Minuten fragt jemand an, ob es etwas Neues gibt. Sie erwarten alle, dass bei einem der anderen doch etwas passiert sein müsste – als ob sie das nicht selbst mitkriegen würden. Und als ob sie es nicht selbst feststellen würden, wenn etwas geschähe, und zwar sofort!«

»Jagdfieber«, sagte Ehlers. »Ausgezeichnet. Nein, Kaspersen: Lass es uns lieber Arbeitsfreude nennen.«

Sie zwinkerten einander zu wie zwei Betriebsräte bei einer Kantinenversammlung.

Ich fror wie ein Schneider. Selbst die beste Currysuppe, selbst die von Ho, hält die Wärme im Körper nicht länger als drei, vier Stunden – zumindest nicht im mitternächtlichen Kopenhagen im Januar.

Der Sender piepste. Kaspersen lächelte ihn zärtlich an.

»Elf, Borch«, sagte er. »Sagt, dass etwas auf dem Friedhof vor sich geht.«

»Was?«

»Er hat sich da drinnen was bewegen sehen.«

»Ein Liebespaar, das da herumturtelt?«

»Auf einem Friedhof? Wäre das ein Ort, den du dir dafür aussuchen würdest?«

»Es gibt nicht besonders viele Möglichkeiten hier in der Gegend«, sagte ich. »Und nachts auf dem Friedhof ist man jedenfalls ungestört, wenn man gern vertraulich miteinander reden will. Mein Gott, ihr wisst doch selbst, wie schwer es für ein junges Paar sein kann – ach, was soll's, für jedes Paar, ganz gleich, welchen Alters – nur ein ruhiges Plätzchen zu finden.«

»Ja, ruhig, nicht wahr? R. I. P.!«

»Bist du etwa katholisch?«

»Spinnst du? Übrigens, ist der Friedhof jetzt nicht abgeschlossen?«

»Warum fragst du? Ich konnte schon über die Mauer am Jagtvej klettern, als ich sechs Jahre alt war.«

Die Sätze sprangen hin und her, quer durcheinander. Ehlers übernahm den Job als Diskussionsleiter.

»Wo ist Borch? Was macht er?«

»Er wollte seinen Posten an der Nørrebrogade nicht verlassen, gleich hinter der Fyensgade, weil da eine Kneipe liegt, und die schließt gleich. Den ganzen Abend ist es da drinnen ziemlich laut hergegangen, wie er sagte, und er rechnet in einer Viertelstunde mit einigem Streit. Noch zehn Minuten, und dann ist nach dem Gaststättengesetz Feierabend, und da gibt es so einige Typen, die er nicht so recht leiden kann. Høyer auf Fünfzehn und Würtz auf Dreizehn sind in Bereitschaft, wenn es wirklich zum Handgemenge kommen sollte.«

»Borch ist nicht gerade der Geeignetste für Kneipenprügeleien.«

»Aber er war nun einmal da, Chef. Und mit Høyer in der Nähe sollte das schon klappen.«

»Dann schau ich selbst auf dem Friedhof nach, melde mich danach. Und lass ja von dir hören, wenn ...«

»Chef, das sagen sie alle die ganze Zeit: ›Lass ja von dir hören!‹ Verflucht, warum bin ich denn hier?«

»Entschuldige«, sagte Ehlers. »Natürlich.«

»Entschuldige«, entgegnete Kaspersen. »Aber das muss die Müdigkeit sein. Und es passiert einfach nichts!«

Er sah aus, als würde er vor zurückgehaltener Energie gleich platzen.

Wir wanderten einträchtig zum Friedhof und Rondell und sahen unterwegs Hesselmanns beeindruckende Gestalt vorgebeugt in der Toreinfahrt stehen, zum Sprung bereit, falls etwas passieren würde, allzeit bereit.

Zwei Motorradfahrer in Lederjacken donnerten an uns vorbei. Eine alte Frau ging schwer beladen, dabei geduldig vor Kälte zitternd, in einen Hauseingang. Ein Pfarrer, ein richtiger, echter Pfarrer in Soutane, ging mit schnellem Schritt auf dem gegenüberliegenden Bürgersteig entlang. Aus einem einzelnen Fenster drang Rock 'n' Roll – *Whole Lotta Shakin' Goin' On* – und laute Rufe, begleitet von rhythmischem Stampfen und hektischem Flaschenklirren. Nørrebro erschien im Großen und Ganzen ruhig.

Der Friedhof erschien auch ruhig. Es war etwas schwieriger, auf die rotbraune Mauer zu kommen und sich über sie zu schwingen, als ich es von vor dreißig Jahren in Erinnerung hatte. Vielleicht lag es aber auch nur an den dreißig Jahren.

Aber über die Mauer kamen wir, und in eine andere Welt – eine Welt der Stille, der vollständigen, gefrorenen Stille und der erstarrten Monumente. In dem Augenblick, als wir auf dem Boden landeten, schien selbst der Straßenlärm weiter entfernt zu sein.

Wir standen still und lauschten wie die Jagdhunde mit gespitzten Ohren. Es gab keine verdächtigen Geräusche.

Ehlers legte einen Finger auf die Lippen. Es verletzte mich ein wenig, dass er immer noch glaubte, so etwas wäre nötig.

So diskret wie möglich schlichen wir gespensterhaft in dem immer noch frischen Schnee voran. Wir gingen die nächstgelegene kleine Gräberallee mit niedrigen, feierlichen Zypressen und Eiben entlang, die alle instinktiv mit dem Tod verbinden, weil man sie nirgends sonst als auf Friedhöfen sieht. Es gab viele weiße Tauben und viele großherzige Wünsche, in Frieden zu ruhen.

Wir kamen zu einem Hauptweg. Ich stieß aus Versehen mit dem Fuß gegen ein bewusst hinterhältig verstecktes Grabgitter und beherrschte heroisch meinen natürlichen, spontanen Drang, laut zu fluchen.

Ehlers schaltete eine Taschenlampe ein und richtete sie auf den Boden.

Wie zwei Grabräuber gingen wir vorsichtig und gravitätisch wie die Pinguine ein wenig hin und her, blieben alle zwanzig Meter stehen, um auf irgendwelche Geräusche zu lauschen, die wir nie hörten.

Nach ungefähr zehn Minuten blieb Ehlers stehen und packte mich am Arm.

Dann führte er sich höchst merkwürdig auf. Er lehnte sich zurück, sodass jeder Muskel seines Rückens angespannt war, wie ein Boxer, der all seine Kraft für einen Schlag sammelt, und streckte den Kopf direkt nach vorn.

Einen Augenblick lang ähnelte er aufs Haar einer altmodischen Slapstick-Nummer aus einem Varietee mit Eis- und Zigarettenverkäuferinnen. Dann wurde mir klar, was der Mann tat.

Er witterte. Er witterte wie ein Tier.

Ich folgte seinem Beispiel und roch es bald selbst, auch wenn es nicht Colgate war. Es war gar keine Zahnpasta. Es war Parfum. Ein schwerer, betäubender Parfumduft. Entweder hatte jemand großzügig eine halbe Flasche Chanel no. 5 für einen lieben Verstorbenen geopfert, oder jemand mit einem größeren Verbrauch an Galanteriewaren hatte einen Teil seiner knappen Freizeit in der Nähe verbracht. Gerüche halten sich lange bei Frost.

Ehlers' Taschenlampe huschte suchend die kleinen Pfade und Nischen entlang. Dann hatte er einen Treffer: Es waren Reste von Spuren im Schnee zu sehen.

Sie waren aber schon so verweht, dass sie ganz unförmig aussahen, dennoch konnte man sehen, dass jemand hier gewesen war. Die kleinen Vertiefungen in der ansonsten gleichmäßigen Schneedecke waren deutlich genug.

Wir bogen in den Seitenweg hinein, nachdem Ehlers sorgfältig die Fußspuren betrachtet hatte. Sie war lang, diese Allee. Sie war dunkel. Sie war einförmig, mit diesen immer wiederkehrenden Grabsteinen und den dunklen Baumsilhouetten.

In einer letzten hektischen Anstrengung heulte hinter der Mauer der Verkehr auf. Es war 1 Uhr, Kehraus für alle, die unterwegs gewesen waren, um sich zu amüsieren, die aber andererseits noch so viel Verstand beieinander hatten, dass sie den nächsten Tag erleben wollten.

Wir schauten uns zwischen den Grabsteinen um. Ich könnte jeden Augenblick auf meine Familie stoßen.

Hol der Teufel die Friedhöfe. Sie sind einfach viel zu still. Weil sie so still sind, fängt man unweigerlich an nachzudenken, und weil man nun einmal auf einem Friedhof ist, fängt man unweigerlich an, an ganz bestimmte Dinge zu denken.

Es geschehen merkwürdige Dinge auf einem Friedhof – Dinge der verschiedensten Art, sehr viel alltäglichere als Vampire oder Werwölfe. Wenn ich hätte reden dürfen, hätte ich Ehlers von einem Dealer erzählen können, den ich früher einmal gekannt hatte, der hatte die Angewohnheit, all seinen Stoff, sein ganzes Lager, vollkommen risikofrei auf einem Friedhof zu deponieren, zwei Meter links von einer bekannten Grabstätte, zwanzig Zentimeter unter der Erde. Oder ich hätte ihm von einer Geschichte erzählen können, an der ich vor langer Zeit einmal dran gewesen war, von einer sehr aktiven Teenagerbande aus der Gegend, die einen Teil ihrer Zeit damit verbrachte, die leichteren Grabsteine auf den Friedhöfen um Gentofte und Lyngby zu versetzen, genau wie es andere in ihrem Alter wahnsinnig witzig finden, Straßenschilder zu vertauschen und damit einige Autofahrer in die Irre zu leiten.

Aber jetzt war keine Zeit, aus meinen Erinnerungen zu berichten. Es war an der Zeit für eine neue.

Ehlers blieb am Ende des kleinen Seitenwegs stehen und ließ sein Licht über die Grabstätte schweifen, die am Ende lag. Ein schmiedeeiserner Zaun von einem halben Meter Höhe umfasste ein Areal mit Blumenbeeten im Vordergrund und einem großen, bombastischen Stein, der verkündete, dass sich hier die Familiengrabstätte des Grossisten Jacob Knudsen befand. Neben Jacob selbst lagen dort noch Elisabeth, Hans Peter und Margarethe Knudsen. Es war fünfzig Jahre her, seit das letzte Mal Kundschaft in Jacob Knudsens Familiengrabstätte gekommen war.

Abgesehen von der neuen Kundin, der man ganz großzügig einen Platz eingeräumt hatte. Sie lag direkt gegen den Stein gelehnt. Sie war blond und trug einen unverschämt teuren weißen Lammfellmantel. Sie sah etwas verwundert aus, wie sie da lag. Ihre rot lackierten Nägel hielt sie gespreizt.

Und das Parfum hing an ihr wie eine Wolke zerstäubten Dufts, die über dem Grab schwebte.

Ich ziehe den Gingestank vom letzten Mal vor. Der war trotz allem vertrauter.

»Da sind wir also wieder«, sagte Ehlers. Die Schweigepflicht war gebrochen. Steine, Eiben und Zypressen schauten ihn vorwurfsvoll an.

»Ja«, bestätigte ich. »Da sind wir also wieder.«

Und das waren wir ja auch.

22

Ich muss zugeben, es war eine angenehme Abwechslung im ansonsten so streng durchgearbeiteten Programm, die Leiche zusammen mit jemandem zu finden – und diesmal ausgerechnet mit Ehlers, genau dem Mann, dem sich anzuschließen ich jedem nur empfehlen kann, der unbedingt eine Leiche finden will.

Es dauerte keine fünf Minuten, bevor die ersten herbeigerufenen Leute eintrafen, drei Mann hoch. Jeder von ihnen schaute einen Moment lang auf die Leiche, dann in eine andere Richtung, ballte die Fäuste und fluchte leise vor sich hin, einer nach dem anderen, wie in einer Pantomime. Sie hatten ihre Arbeit schlecht gemacht, und das wussten sie.

Es gab nicht viel hinzuzufügen. Es hatte auch niemand besonders viel Lust dazu.

»Und auch diesmal keine Papiere!«, knurrte Ehlers.

»Ich glaube, ich kenne das Gesicht«, sagte einer der Beamten. »Ich habe sie schon einmal gesehen.«

Ich schaute mir das Mädchen noch einmal näher an. Auch ich hatte das Gesicht schon einmal gesehen, irgendwo. Die hohen Wangenknochen und die kleine, regelmäßige Nase hatten etwas Vertrautes an sich, ja sogar der ausgeprägt geschwungene Mund. Doch, das war ein Gesicht, das man kannte. Nicht eines, dem man schon mal begegnet war, sondern genau eines, das man schon einmal gesehen hatte.

Allmählich wurde die Spur heißer. Es war eine, die man gesehen hatte, auf Fotos. Eine Zeitschriften-Prominente? Nein, von denen weiß man die Namen. Nein, auch keine Filmschauspielerin oder Sängerin, aber irgend so etwas in der Richtung. Ein Zeitungsfoto? Viele Zeitungsfotos? Auf jeden Fall schon oft gesehen, fast wie der Blick aus einem vertrauten Fenster ...«

»Verdammt!«, rief ich. »Das ist doch das Lilien-Mädchen!«

Der Beamte schaute noch einmal hin.

»Das stimmt«, bestätigte er. »Das ist sie. Ich wusste doch, dass ...«

Auch die anderen guckten sie noch einmal an, und einer nickte zustimmend.

»Darf ich mitspielen?«, fragte Ehlers. »Wer ist das Lilien-Mädchen?«

»Liest du eigentlich nie Zeitungen oder Illustrierte? Das Gesicht war im letzten halben Jahr in allen Blättern halbseitig oder ganzseitig abgedruckt. Und auf Plakaten, und in Werbespots – ich habe sie erst gestern noch gesehen! Du hast sie bestimmt selbst tausend Mal gesehen. Das ist das Mädchen, das man in der Werbung für die Lilien-Seife sieht. ›Sanft wie eines der Meisterwerke der Natur, duftend wie eine Meeresbrise ...‹«

»Ach, halt's Maul.«

»›Die Seife für die moderne Frau, für die eine Seife nicht nur eine Seife ist, sondern eine wichtige Entscheidung. Eine Frage des Lebensstils.‹«.

»So was schreiben die?«

»Sie schreiben es nicht nur, sie kriegen sogar noch Knete dafür. Ich wette, deine Frau kauft auch Lilien-Seife!«

»Sie kauft Lux.«

»Dann hinkt sie eine Generation hinterher, was die Seife betrifft. Das ist auch eine Frage des Lebensstils.«

»Zum Teufel mit dem Lebensstil. Dann war sie also Fotomodell?«

»So nennt man das wohl.«

»Du kennst nicht zufällig ihren Namen?«

»Zufällig nicht. Ich bin zu alt, um noch hinter Fotomodellen her zu sein. Oder nicht alt genug, wer weiß. Aber es gibt eine beim Bladet, die das garantiert in fünf Minuten herauskriegt. Soll ich mal versuchen?«

»Das kannst du gern. Wir müssen hier sowieso auf Bang und seinen Krankenwagen warten. Das ist das erste Mal, dass ich erlebe, dass eine Leiche vom Friedhof zum Leichenschauhaus gefahren wird. Das ist doch sonst immer umgekehrt.«

»›Abwechslung hält die Langeweile in Schach‹, wie Oscar Wilde zu sagen pflegte.«

»Hat er das gesagt?«

»Das weiß ich nicht genau, aber denkbar ist es schon, oder? Das kann er doch wirklich gesagt haben.«

»Versuche den Namen rauszukriegen.«

»Okay, über die Mauer und zur Telefonzelle.«

»Ihr braucht nicht über die Mauer zu klettern«, sagte einer der Männer hinter Ehlers. »Die Gitterpforte ist offen. Wir sind einfach hineingegangen.«

»Sie war offen?«

»Um ganz korrekt zu sein: Sie war geschlossen, aber sie war nicht abgeschlossen.«

»Das sollte sie aber.«

»Einer der Friedhofsarbeiter hatte wahrscheinlich einen schläfrigen Abend.«

»Ja, und natürlich ausgerechnet heute Abend.«

»So sind die Leute. Das hat er bestimmt mit Absicht gemacht. Vielleicht könnt ihr ihn wegen Mittäterschaft rankriegen.«

»Sieh zu, dass du wegkommst und telefonierst, damit du auch mal nützlich bist, deine Scherze kannst du dir für die Zeitung aufheben.«

»Bringt nichts – der Chef vom Dienst streicht sie immer wieder raus. Aber ich verstehe schon den Wink mit dem Zaunpfahl. So long.«

Ehrlich gesagt war ich gar nicht böse, den Friedhof zu verlassen. In einem größeren biologischen Zusammenhang haben Eiben und Zypressen zweifellos ihre sonnenklare Existenzberechtigung, und die Grabsteine sind sicher ein hübscher Ausdruck der aufrichtigen Liebe gegenüber den Verstorbenen, oder auf jeden Fall der ehrlichen Erleichterung, aber ich war der Meinung, dass mir genug von diesen Phänomenen geboten worden war, zumindest für die nächsten ein oder zwei Vierteljahre.

Ich ging in ein für die Nacht auffallend ruhiges Central-Café und bekam einen großen Whisky. Diese ewigen Frauenleichen haben etwas an sich, was unwillkürlich einen großen Whisky erfordert.

Das Lilien-Mädchen! Das Mädchen, das auf tausenden von Fotos in klassischer Positur gestanden und seinen Oberkörper und die Schultern mit Seife eingerieben hatte, genau bis zum obersten Teil der Brüste. Das Lilien-Mädchen – ermordet auf dem Assistens Friedhof! Otzen musste beim nächsten Mal einen ganzen Ozeandampfer für die Zigarrenkisten anheuern.

Ich hatte Glück. Aufgrund einer Highsociety-Hochzeit zwischen einem der wohlhabenden Schiffsreeder und einer im Rampenlicht stehenden Politikerin, beide durch ihre engen Beziehungen zum Königshaus bekannt, war Mavis noch in der Redaktion.

Mavis ist, was der Chef vom Dienst Bladets »Gossip«-Mitarbeiterin nennt. Sie selbst nennt sich die Klatsch- und Tratschtante, gerade heraus, wie sie nun einmal ist, und betrachtet das als eine solide Einkommensquelle, was es ja auch ist. Mavis weiß alles über alle, die scheinbar etwas sind, und nichts über jemanden, der tatsächlich etwas ist. Oder besser gesagt: genau das, was die anderen nicht wissen.

Auch wenn sie mit unendlicher, unnötiger Sorgfalt ihre gern gelesene tägliche Kolumne »News and Names« schreibt, machen die Neuigkeiten, die sie nicht zu Papier bringt, eigentlich ihren größten Einsatz für das Bladet aus. In der Kantine pflegten wir zu sagen, dass der politische Mitarbeiter möglicherweise wusste, welche politischen Motive hinter der plötzlichen Reise des Außenministers nach Brüssel lagen, aber Mavis war diejenige, die wusste, wo und mit wem er dort im Bett liegen würde.

Das Lilien-Mädchen war kein Problem für sie. Sie musste nur schnell mit »einem Bekannten« aus der Werbebranche sprechen. Mavis' Welt war voller solcher »Bekannter«. Sie fand, wie sie oft kundtat, dass »Verbindungen« doch zu geschäftsmäßig klang.

Als ob ihre Bekannten nicht geschäftsmäßig wären – zumindest geschäftsmäßig genug, um nachts um zwei angerufen zu werden.

»Ich rufe dich in fünf Minuten zurück«, sagte sie, hilfsbereit wie immer. »Ist das eine Story richtig mit Pep, die dahinter steckt?«

»Genug an Pep für das halbe Land ein halbes Jahr lang, mein Schatz. Genug Pep fürs Titelblatt, die Schlagzeile, Kommentar und Hintergrundartikel und eine Schriftgröße, wie wir sie seit dem Tag der Befreiung nicht mehr benutzt haben.«

»Zigarren?«

»Zigarren, mein Schatz? Kingsize-Zigarrren! Castro-Zigarren! Churchill-Zigarren!«

»Okay und viel Glück ... Ich stelle dich zu Otzen durch.«

Otzen hörte sich meine Geschichte vollkommen schweigend an. Höchst ungewöhnlich. Nicht einmal ein ›verdammt nochmal!‹ unterbrach meinen Bericht.

»Das war's«, schloss ich ab. »Ich gehe zurück zum Friedhof, nachdem ich wieder mit Mavis gesprochen habe, und hinterher komme ich zum Bladet. Warum sagst du nichts? Sitzt du mit gefalteten Händen da und dankst deinem Gott für einen neuen Zacken in deiner Krone?«

»Nein«, erwiderte er. »Ich habe eine Gänsehaut. Es fehlt nicht viel, und ich fange an mich zu fürchten. Ich habe zufällig auch eine Tochter.«

»Davon sind viele im Umlauf.«

»Nett gesagt und hübsch formuliert. All right – *business as usual*, und einmal Journalist, immer Journalist und so weiter und so weiter. Sieh zu, dass du vor der Deadline hier bist. Ich werde Mavis bitten, ein Hintergrundportrait von dem ›Mädchen hinter den Fotos‹ zu machen.«

»Ja«, stimmte ich zu. »So etwas wie: ›Jeder Däne hat dieses Gesicht gesehen, jeden Tag hat es uns von zahllosen Fotos und Plakatwänden angelächelt. Heute Nacht ist das Mädchen von diesem Foto gefunden worden, brutal ermordet …‹, so in dieser Richtung?«

»Was sonst?«

»Nur dass es nicht so brutal ist. Es sieht fast nett aus. Wenn man sagen könnte, dass jemand nett mordet, dann der hier. Nichts zerwühlt oder umgestoßen. Kein Blut. Kein Schweinkram. Nett, einfach nett und sauber. Er muss einen Nebenjob als Zimmermädchen irgendwo haben.«

»Okay, Mavis ist soweit. Tschüs.«

Mavis war wirklich so weit. Das Mädchen hieß May Rizzi – ein Name, für den sie hatte zahlen müssen –, und sie war Schauspielerin, oder, wie Mavis sagte, zumindest auf dem Weg, eine zu werden. Sie hatte ein paar kleine Rollen gehabt, aber im Augenblick war sie aufgrund der Lilien-Seife kaltgestellt worden.

»Du weißt schon, die Theaterdirektoren und Filmfritzen können so etwas nicht ausstehen. Das nennen sie den Peter-Horn-Effekt.«

»Wer ist Peter Horn?«

»Ein Schauspieler vor deiner Zeit, mein Kleiner. Vor dreißig Jahren hatte er eine fantastische Karriere am Laufen mit vielen guten Jobs. Aber dann hat er einen Werbespot für Zahnpasta gemacht, bei dem er so richtig seine blendend weißen Zähne zeigen konnte, und danach dachten alle Leute nur noch an Zahnpasta, sobald sie ihn sahen. Er hat tatsächlich keinen Job mehr gekriegt.«

»Du meinst, die Leute haben die ganze Zeit Hamlet oder Macbeth zähneputzenderweise vor sich gesehen?«

»Genau. Nun ja, sie ist ja erst vierundzwanzig, sie hat noch alles vor sich, und ihr Aussehen spricht für sie, und außerdem hat sie in Verbindung mit der Seifenkampagne richtig dick abgesahnt. Vorher hat sie ganz bescheiden in Nørrebro gelebt, aber als die Seifenkugeln so langsam hereinkullerten, da ist sie nach Hellerup gezogen. Sie wohnt mit einem jungen Kunstmaler zusammen, einem mit so einem spitzen Bart. Er heißt eigentlich Erik Sørensen, malt aber unter seinem Künstlernamen Boró abstrakt und expressionistisch.«

»Wieso ein Künstlername?«

»Das weiß ich nicht – so etwas tun Kunstmaler nun einmal. Genau wie Fotomodelle. Fräulein Rizzi ist eine geborene Berg.«

»May Berg?«

»So kannst du es nennen.«

»Sonst noch etwas?«

»Nicht richtig, noch nicht so ganz. Es gibt Gerüchte über eine Affäre mit einem Regisseur, aber so was machen ja alle. Und, ach ja, die Adresse: Strandvænget 5. Erster Stock einer Villa.«

»Danke, du bist ein Schatz.«

»Nur eine ganz kleiner, viel zu schlecht bezahlter, deutlich zur zweiten Klasse gehörend. Aber es ist trotzdem schön zu hören.«

»Wenn ich jemals etwas für dich tun kann ...«

»Finde einen Mann, der es mit mir aushalten kann. Nein, das ist zu viel verlangt. Vergiss es und gib mir eine Tasse Kaffee aus – aber bitte ohne Milch und Zucker –, wenn wir uns das nächste Mal in der Kantine treffen. Tschüs.«

»Tschüs.«

Zurück am Grab fand die erwartete Aufführung statt. Die Sanitäter trugen ihre rechtmäßige Beute über den Hauptweg davon, und Dr. Bang stand zufrieden im Schnee als Mittelpunkt der Gesellschaft und sah aus, als hätte er den Vorsitz eines internationalen Ärztekongresses. Er wedelte mir munter mit seiner Zigarette zu.

»Bei diesem Frost ist der Zeitpunkt schwer festzustellen«, sagte er. »Der konserviert Leichen fast so gut, wie er ihren Geruch einfriert. Aber ich glaube, es war so gegen Mitternacht.«

»Während zwanzig Mann hier waren«, sagte Ehlers lakonisch und atmete schwer in die immer noch parfumerfüllte Luft.

»Nun ja«, sagte Dr. Bang, nachsichtig lächelnd wie ein Lehrer gegenüber einem Schuljungen. »Zwanzig können zu wenig als Schutz sein, und einer kann ausreichen, um jemanden zu ermorden. Also – ich fahre mit dem Krankenwagen. Gute Nacht!«

Er trippelte schnell und fröhlich hinter der Trage her, als joggte er nur ein wenig in einem Park, um seine Kondition zu erhalten.

Das Fest war vorbei, die Gesellschaft löste sich

auf. Der Friedhof leerte sich langsam und zögerlich von Polizisten.

Ehlers fuhr zum Strandvænget 5 hinaus, um den Maler Boró zu treffen. Er war vollkommen verkniffen und in sich zusammengesackt.

Ich wäre gern mitgefahren, aber ich hatte eine Deadline.

Es gibt immer eine Deadline.

23

Nachdem ich meinen Artikel abgeliefert hatte, rief ich Ehlers an, um das Neueste zu erfahren. Ehlers sei immer noch in Hellerup, sagte man mir am Halmtorvet.

Ich ging ins Archiv und schlug unter Boró nach, um zu sehen, ob wir etwas über ihn hatten. Ich hätte unseren Kunstmitarbeiter fragen können, wenn er da gewesen wäre, aber das war er nicht. Kunstmitarbeiter liegen nachts sicher und friedlich schlafend in ihrem Bettchen, wenn sie das nicht tun, dann haben sie es sich selbst zuzuschreiben. Kunstmitarbeiter haben es in dieser Beziehung einfacher als beispielsweise Kriminaljournalisten. Dafür sind sie gezwungen zu diversen Ausstellungen zu gehen und müssen außerdem mit Künstlern verkehren, weshalb ich trotz allem nicht tauschen möchte.

Nicht, dass der Kunstmitarbeiter des Bladets, Moritz, seinen Job besonders ernst nimmt. Er hat schon immer eine deutliche Schwäche für weibliche Künstler gehabt, und am liebsten mag er die, die sich bei ihm zu Hause interviewen lassen. Dabei kommt ihm die Frauenbewegung der letzten Jahre besser zupass als den meisten Männern, weil er jetzt sein Hobby als ein eisenhartes geschlechtspolitisches, medienbewusstes Prinzip verkaufen kann.

Aber durch das Archiv erzählte Moritz doch das eine und andere. Erik Sørensen war 30 Jahre alt, er hatte unter seinem eigenen Namen bei der Herbstausstellung debütiert, hatte drei, vier Jahre lang Ausstellungen in den kleinen Innenstadt-Galerien gehabt, deren Existenz in der Regel nur den Besitzern und ihrem engsten Freundeskreis bekannt war, und er hatte als Höhepunkt einen 20 000 Kronen-Auftrag für Kunst am Bau an einer Gemeindeschule in Valby bekommen.

Das war das Letzte, was das dänische Kunstmilieu von Erik Sørensen gehört hatte. Dann hatte er offensichtlich ein Stipendium für einen Aufenthalt in New York bekommen, und als er nach Kopenhagen zurückkam, war er plötzlich Boró und interessierte sich hauptsächlich für okkulte Motive. Er malte Skelette, Schädel, Himmelskörper und sonderbare Zeichen. »Rituell religiös-übernatürliche Kunst, die einen an die indische und arabische Auffassung vom Universum erinnern kann«, hatte Moritz über Borós letzte Ausstellung geschrieben, bei der bereits zum Zeitpunkt der Besprechung die Hälfte der Bilder verkauft war. Diese Ausstellung fand in einer der großen Galerien in der Bredgade statt, und Höhepunkt war eine gewaltige elektrisch durchleuchtete, bewegliche Skulptur mit den zwölf Sternzeichen und ihren gegenseitigen Relationen. »Boró ist einer der wenigen, auf die eine zukünftige visionäre dänische Kunst bauen kann«, schrieb Moritz.

Es lief offenbar prima für die jungen Menschen am Strandvænget. Es war zumindest bis jetzt prima gelaufen.

Ehlers war immer noch nicht zurück. Ich beschloss, die letzte halbe Stunde bis zur alleraller-letzten Deadline noch zu warten – je länger er in Hellerup war, umso größer war die Chance, dass etwas passiert war. Früher oder später musste doch etwas passieren, sogar in Hellerup.

Ausnahmsweise ging ich in die Kantine hinunter, die ich ansonsten vermeide, weil sie mich deprimiert. Was, wenn man es genau betrachtet, nicht Schuld der Kantine sein muss – sie ist wahrscheinlich weder besser noch schlechter als die meisten anderen Kantinen. Es liegt sicher nur an mir, der ich eine außergewöhnlich gut entwickelte angeborene Veranlagung habe, deprimiert zu werden.

Mavis saß am Redaktionstisch, groß und üppig, Michelsen ihr gegenüber. Nachdem ich mich pflichtschuldigst mit meinem Porter versorgt hatte (der Betriebsrat hatte vor zwei Jahren ein Verbot von starken alkoholischen Getränken in der Kantine beschlossen, was ein wichtiger Grund für meine Kündigung gewesen war), holte ich Kaffee für sie. Wieder ein Schuldposten aus der Welt.

»Du Natter!«, sagte sie. »Warum hast du mir nicht gesagt, dass sie tot ist?«

»Ich hatte es eilig«, antwortete ich.

»Du und eilig!«, empörte sie sich. »Und was meinst du, wie ich es hatte? Den ganzen Abend im Langelinie-Pavillon zusammen mit Gräfinnen und Baronessen, Botschaftern und Hofleuten, die ich auf den ersten Blick erkennen soll, abgesehen davon, dass ich mich an alles über ihre Kinder erinnern soll, wie sie heißen, ob sie zum Reiten gehen oder auf ein französisches Internat. Und dann soll ich noch darauf achten, welche verfluchten Pasteten und Mousse sie in sich hineinschaufeln und welche erlesenen Tröpfchen irgend so ein *Chevalier du Tastevin* – richtig ausgesprochen? – aus irgend so einem blöden französischen Weinkeller ausgegraben hat. Das nächste Mal fordere ich unseren gastronomischen Mitarbeiter als Begleiter an!«

Dennoch sah sie aus, als hätte sie sich prächtig amüsiert. Wenn dem nicht so gewesen wäre, säße sie bestimmt jetzt nicht mehr in der Kantine, zumindest nicht zusammen mit Michelsen, der so konsequent langweilig aussah wie immer. Es war nicht das erste Mal, dass ich darüber spekulierte, mit was für einer Frau er vier Kinder bekommen haben konnte. Ich wusste, es gab eine, aber was für eine?

Vielleicht war Michelsen ihr gegenüber ja auch ganz anders und prickelnd unterhaltsam. Vielleicht war sie blind. Vielleicht hatten sie immer das Licht im Schlafzimmer gelöscht. Es gab viele Möglichkeiten.

»Lieber Langelinie-Pavillon als Assistens Friedhof«, widersprach ich Mavis.

»Ich denke, der Unterschied ist nicht besonders groß«, erwiderte sie. »Einige dort sahen jedenfalls so aus, als wären sie auf dem besten Weg dorthin.«

Sie setzte gutmütig ihre internen Berichte über die letzten Entgleisungen der Highsociety fort. Sie war voller Geschichten, die nicht für den Druck geeignet waren, und sie erzählte sie mit überzeugendem Enthusiasmus. Das Geheimnis hinter Mavis' Erfolg als Kopenhagens absolut führende Klatschreporterin, die ihre Wände mit Angeboten der anderen Zeitungen, unserer Konkurrenz, tapezieren konnte, lag darin, so unwahrscheinlich das auch klingen mochte, dass sie sich für ihre Arbeit interessierte. Sie ging wirklich auf in den Geschichten über diese Menschen, genau wie es eine Hausfrau in Herlev machen würde.

Das tat ich nicht. Als die unwiderruflich letzte Deadline überschritten war, ging ich nach Hause – fast. Ich bekam noch einen Gute-Nacht-Whisky im Stjernecafé, das – zur Verblüffung aller Stammkunden – immer noch seine Schankerlaubnis bis zum frühen Morgen behalten hatte. Der Hübsche Jørgen war nicht da. Es waren sowieso nicht viele Leute da. Es gab keinen richtigen Grund, weshalb man so lange sitzen sollte.

Ich ging nach oben. Ich konnte nicht schlafen. Sobald ich die Augen schloss, sah ich Friedhöfe vor mir.

Ich kochte mir einen Kaffee und starrte aus dem Fenster. In regelmäßigen Abständen versuchte ich Ehlers zu erwischen. Erst gegen Morgen gelang es mir.

»Du? Schläfst du noch nicht?«

»Macbeth hat den Schlaf getötet. Macbeth wird nie wieder schlafen. Du warst aber lange in Hellerup, oder?«

»Ich habe gewartet. Da gab es nichts anderes zu tun. Der junge Künstler war nicht zu Hause, also haben Kaspersen und ich stramme zwei Stunden am Kantstein vor dem Haus Wache gehalten. Dann kam er die Straße entlanggetorkelt. Er war gut angeschickert. War auf einem Fest bei einem Kunden am Strandvejen gewesen. Der Schock machte ihn fast nüchtern.«

»Was hat er gesagt?«

»Er hat gesagt, dass sie verabredet hatten, den Abend jeder für sich zu verbringen. May wollte mit einer Freundin ins Theater, und hinterher wollten sie noch ein wenig ausgehen, deshalb hatten sie den Wagen zu Hause gelassen, und er wollte eben zu diesem besagten Fest – das sich wohl darum drehte, neue Käufer für seine Bilder zu finden. Das ganze Haus war voll, halb mit seinen Bildern, halb mit Fotos von ihr in allen möglichen Kleidungsstücken und aus allen Perspektiven.

Dann ist er weinend zusammengebrochen, und wir mussten bei ihm bleiben und ihn trösten, und schließlich haben wir dann auch herausgekriegt, wo er gewesen ist. Das war nicht so schrecklich weit weg, und er meinte, das Fest würde immer noch laufen, also sind wir mit ihm gleich dorthin. Du meine Güte! Ich habe wirklich gedacht, schon reichlich Gelage hier in Vesterbro gesehen zu haben, aber geh mal nach Hellerup, da kannst du sehen, wie Ärzte, Architekten und Kaufleute sich amüsieren, mein Junge, da tanzen die Puppen!

Nun ja, aber sie konnten noch reden, zumindest einige. Sie sagten uns, dass er seit dem Essen um 20 Uhr dort gewesen war, bis er nach Hause ging, eine Viertelstunde bevor wir ihn trafen. Es gab acht Menschen, die das bestätigten, acht Staatsbürger mit hoch bezahlten Posten, alles zusammen feine Leute, die Letzten, die es mit ihren Drinks noch aushielten, und sie konnten Namen und Adressen von noch einmal so vielen angeben, die gerade gegangen waren, zusammen mit oder kurz nach Boró. Da gab es nichts dran zu rütteln, wenn nicht die ganze Bande nach Absprache gelogen hat, und dazu waren sie zu besoffen, es sei denn, sie wären neben ihren Brotjobs noch alle am Königlichen Theater engagiert.

Nicht, dass ich etwas davon erwartet hatte. Ich denke, so langsam erkenne ich den Mörder an seinem Stil. Und das ist nicht der dieses Kunstmalers. Kaspersen gefallen seine Bilder.«

»Dir nicht?«

»Dafür habe ich kein Auge. Die einzige Gelegenheit, wo ich mal was mit Kunst zu tun habe, das ist, wenn ich meinen Kindern sage, dass ihre Zeichnungen hübsch sind.«

»Er hat Erfolg.«

»Und sie hat dickes Geld als Fotomodell für Seife verdient. Das macht es noch unwahrscheinlicher, dass er damit etwas zu tun haben könnte. Er hat Frau und Goldesel gleichzeitig verloren. Und seine Tränen, die waren echt. Ich möchte wetten, dass er immer noch zu Hause sitzt und heult.«

»Wenn er ein richtiger Maler ist, dann malt er sie bestimmt auch.«

»Das hat er schon mindestens zehn Mal gemacht. Ich habe ihm mit der Identifikation bis morgen Zeit gelassen. Das ist ja nicht so brandeilig. Alle Krankenschwestern in Dr. Bangs Klinik haben sie sofort wieder erkannt. Sie benutzen alle die gleiche Seife. Bang wieherte vor Lachen, als er mir das erzählt hat.«

»War sie ...«

»Nein, war sie nicht. Gott sei Dank, sie war nicht die Spur von schwanger. Ganz im Gegenteil – wenn du unbedingt alle intimen Details hören willst – sie hatte ihre Menstruation. Und hat kräftig inwendig geblutet, so wie bei einigen die Blase sich entleert, wenn sie sterben.«

»Die Eltern?«

»In Århus. Sozialarbeiter. Habe schon mit ihnen gesprochen. Sie hat zwei Brüder, auch in Århus. Es gab keine Konflikte in der Familie. Sagen sie zumindest.

Und damit ist auch der letzte Faden gerissen.«

»Was meinst du damit?«

»Langsam hatte ich geglaubt, dass diese Schwangerschaft dahinter steckt. Die ersten beiden waren schwanger, und zwei schwangere Frauen, das ist heutzutage ein hoher Prozentsatz, wo niemand mehr Kinder haben will. Es hätte ja sein können, dass sie sich an eine Stelle gewandt haben, an einen Arzt, ein Krankenhaus, einen Studienkreis für werdende Mütter, was weiß ich, und dass dort ein gut getarnter Würger sie sich ausgesucht hat. Aber das klappt jetzt auch nicht mehr.«

»Falsche Logik, Ehlers. Es gibt noch eine Möglichkeit: Sie kann geglaubt haben, schwanger zu sein.«

»Dafür fehlen die Fakten. Sie war vertraglich verpflichtet, nicht vor Ende der Seifenkampagne schwanger zu werden, hat der Maler uns erzählt.«

»Benutzen Schwangere keine Seife?«

»Offenbar verkaufen sie Seife nicht so gut.«

»Und sonst nichts?«

»Nur noch eine winzige Kleinigkeit. Wir haben einen Hinweis von einem von Anne Lise Lunds Kommilitonen erhalten, der angegeben hat, dass er sie früher an dem Abend, an dem sie ermordet wurde, allein gesehen hat.«

»Warum hat er das nicht früher mitgeteilt?«

»Er hat sie auf dem Weg zum Hauptbahnhof getroffen. Er wollte den Abendzug nach Paris nehmen, wo er an einem Seminar teilgenommen hat. Er ist erst gestern zurückgekommen und dann zufällig auf ein paar alte Zeitungen gestoßen. Sein Pass bestätigt die Daten, es sei denn, er hätte fünf französische Gendarmen bestochen.«

»Und was hat er genau gesagt?«

»Er habe sie gegen acht Uhr getroffen, das heißt gleich nachdem sie sich auf den Weg gemacht hat, am Aaboulevard, gleich bei der Griffenfeldsgade. Sie haben sich ein paar Minuten unterhalten. Sie wirkte deprimiert, was ihr ansonsten gar nicht ähnlich sehe, wie er erklärte, aber er habe nicht weiter nachgefragt, weil er ja seinen Zug erreichen musste, schon verspätet war, mit seinem Koffer in der Hand dastand und nach einem Taxi Ausschau hielt. Sie habe nicht nach Gin gerochen. Noch nicht.«

»Gin gegen Depressionen.«

»Gin wird mir nicht bei meiner Depression helfen, wenn ich morgen dem Polizeidirektor gegenüberstehe.«

»Komm her und teile eine Kanne Kaffee mit mir.«

»Nein danke. Ich suche mir ein Sofa in einem Hinterzimmer, auf das ich mich für zwei Stunden legen kann, dann werde ich die Augen schließen und so tun, als schliefe ich.«

»Ich versuche das Gleiche. Gute Nacht.«

Wir versuchten es beide wirklich. Oh ja, ich schwöre, das taten wir tatsächlich.

24

Auch wenn so viele ihr Bestes gegeben hatten – von Franz von Assisi bis zu Martin Luther King – so reichte es doch nicht.

Ich ermordete Mädchen. Ich schlich in Nørrebro herum und ermordete gegen Mitternacht Mädchen. Das gefiel mir. Ich hatte Fuchs- und Kaninchenjagd ausprobiert, aber das hier war sehr viel spannender und befriedigender. Es war herrlich, sie zwei Minuten, nachdem sie noch so unverschämt provokant verführerisch lebendig gewesen waren, tot daliegen zu sehen. Damit wurden sie sozusagen an ihren Platz verwiesen, und das geschah ihnen nur recht. Ein Mädchen am Tag erwürgen, das war's einfach – das Rezept für ein langes, glückliches Leben.

Das einzige Problem dabei war Ehlers. Wir waren auf einem Friedhof, wo ich meine Jagdbeute zu deponieren pflegte, und er schlich um und hinter den Gräbern herum, um mich zu erwischen. Das war unfair von ihm, und außerdem dumm. Er hätte doch einsehen müssen, dass es auch für ihn von Vorteil wäre, wenn einige von diesen allzu zahlreichen, allzu lebendigen und irritierenden Wesen entfernt würden.

Ich erwachte schweißgebadet, mitten in dem härtesten Winter, den Kopenhagen seit zehn Jahren erlebt hatte.

Es waren zwei Stunden vergangen. Die würden zumindest nicht zurückkehren, und es gab auch – von meinem Standpunkt aus gesehen – keinen offensichtlichen Grund, dass sie sich darum hätten bemühen sollen.

Ich schlief wieder ein. Ich malte Bilder. Ich malte Bilder von erwürgten Frauen, das war meine Spezialität. Alle Kunstkritiker waren sich darin einig, dass niemand erwürgte Frauen so gut malen konnte wie ich, mit dieser Lebendigkeit und Brillanz, diesem Gefühl, dass man fast noch die tötenden Hände spüren konnte, die sich gerade erst vom Hals gelöst hatten. »Wie schafft er das nur?«, wurde gefragt. »Wieso kann er das?«

Aber ich bewahrte mein Geheimnis. Mich sollten sie nicht schnappen, niemals. Es machte mich nur etwas nervös, die ganze Zeit all die Augen um mich schweben zu haben, vorwurfsvolle Frauenaugen, die überall in der Luft kreisten, wo ich ging und stand. Das brauchten sie nun wirklich nicht. Das war nicht in Ordnung.

Als ich zum zweiten Mal aufwachte, waren noch drei Stunden vergangen, und ich stand auf, um mich ein wenig zu erholen.

Ich mochte nicht mit meinen Träumen allein in meiner Wohnung sein, also nahm ich meine Post, holte die Zeitungen und ging hinunter zu Ronnie, um dort allein mit meinen Träumen zu sein. Es gibt nichts, was solche makabren Albträume so effektiv mindestens einen halben Meter weit wegschieben kann wie der Anblick von Kaffee und mit dänischem Meiereikäse belegten Brötchen im Gasværksvej. Nehmen Sie ruhig einen guten Rat von jemandem an, der es ausprobiert hat.

Ich wünschte, ich würde ein paar elegante Tiere sehen, einen geschmeidigen Panther, einen bunten Pfau, eine so unglaubliche Schöpfung wie einen Elefanten. Ich wünschte, ich könnte wie ein zweiter Buddha über eine Blume meditieren oder über irgendetwas, das mich einen flüchtigen Moment lang hätte glauben lassen, dass Gott ab und zu auch einmal einen guten Tag gehabt hatte. Ich wünschte mir eine Aussicht auf Schönheit und Frieden.

Ein Mann im Blaumann kam herein, bestellte sich eine Tasse Kaffee und einen Kopenhagener, aber das reichte nicht, um das siebte Chakra und Das Reine Licht zu erreichen, also trank ich einfach meinen Kaffee und schaute mir die Zeitungen an. Ich habe einmal gelesen, Kaffee solle aufmunternd und stimulierend wirken, aber andererseits habe ich auch gelesen, die Dänen wären ein gebildetes, vorurteilsfreies und humorvolles Volk.

Ich rief Gitte an und erfuhr – von einer Sekretärin, die nach Hornbrille und Dutt klang und ihre Nachricht mir verkündete, als handle es sich um eine himmlische Gnade –, dass sie in einer Besprechung sei. Ich überlegte eine Sekunde, während ich mit Ronnies Hörer in der Hand stand, dass ich noch nie ihr Büro gesehen hatte, sie höchstens einmal davor abgeholt hatte. Aber ich verfolgte den Gedanken nicht weiter.

Ich trank noch mehr Kaffee. Ich überlegte, was ich tun könnte. Wozu ich am meisten Lust hatte, ganz ohne andere mögliche Alternativen, war, auszugehen und mich voll laufen zu lassen, eine absolut ehrliche Sache, die ich jederzeit mit der Waffe in der Hand verteidigen würde. Aber es war noch nicht einmal elf Uhr, ich hatte zu wenig geschlafen, und jetzt anzufangen zu trinken, das wäre das Dümmste, was ich hätte tun können.

Trotzdem tat ich es nicht. Ich ging in die Sauna, ich nahm diverse kalte Bäder, lief im Dampfraum längere Zeit hin und her und vollzog einige regelmäßige Bewegungen, die von einer nicht allzu kritischen Natur als eine Art Gymnastik hätten charakterisiert werden können.

Während ich im Dampf hin und her wanderte, fiel mir die letzte Affäre des Lilien-Mädchens ein, der Filmregisseur. Das war eine Untersuchung wert. Damit hatte ich jedenfalls etwas zu tun. Besser als gar nichts.

Nachdem der Masseur mir systematisch den Rücken gebrochen hatte, mit den üblichen glaubhaften Versicherungen, wie gut mir das doch tun werde, und nachdem ich mich gewogen und ein weiteres Mal bestätigt bekommen hatte, dass man von Whisky nicht besonders viel zunimmt, rief ich vom Kopenhagener Herrenbad aus Mavis an.

Sie war noch nicht aufgestanden, diese Nachteule. Am helllichten Vormittag lag sie noch im Bett und schlief. Und vielleicht sogar ohne einen einzigen Albtraum.

Wahrscheinlich schnarchte sie auch noch dabei, bei dem Leibesumfang.

Das war äußerst unsolidarisch. Ja, fast empörend.

Erst beim dritten Anruf wachte sie auf. Ihre Stimme klang, als wäre sie mit Veronal oder zumindest mit einer Überdosis Fenemal-Tabletten gegen Abstinenzsymptome belegt.

»Ja ...«, sagte sie. Es gelang ihr, diese einzelne Silbe wie eine olympische Marathon-Leistung klingen zu lassen.

Meine Menschlichkeit war mit einem Schlag wieder da. Ich fühlte mit ihr. Trotz allem war das eine Situation, in die ich mich gut hineinversetzen konnte.

Ich erklärte ihr schonend die Lage. Ich bekam den

Namen: Joseph Roug. Mavis gab bekannt, wenn sonst nichts wäre, sie hätte Bürozeit nach 14 Uhr, und jetzt wolle sie umgehend wieder ins Bett. Ich bat sie, es von mir zu grüßen. Sie erwiderte, es würde sich sicher über den Gruß freuen, es treffe so selten neue Menschen. Ich überlegte einen Augenblick, ob das vielleicht eine Einladung sein sollte.

Teils aus Rücksicht auf die Kälte, teils aus Rücksicht auf die öffentliche Wohlanständigkeit und die im zwanzigsten Jahrhundert in Kopenhagen dominierende Moral zog ich meine Kleider an, bevor ich vom Bad aus zum Halmtorvet ging.

Ehlers war da. Oder besser gesagt: Ehlers Reste waren da. Ein zusammengesunkener, bleicher, erschöpfter, unrasierter Ehlers, ein Ehlers, der aussah, als hätte er drei Tage in der Todeszelle verbracht und inzwischen den Traum von der Begnadigung durch den Gouverneur in letzter Minute aufgegeben.

Er trank gierig seinen Kaffee und schielte vorwurfsvoll auf den Dienstplan an der Wand. Dieser Plan hatte ihm wirklich etwas zu Leide getan, da gab es gar keinen Zweifel.

Er hielt beide Hände an den Kopf, als ich ihn begrüßte, als wollte er die letzten funktionierenden Zellen in seinem Privatcomputer zusammenhalten. Er breitete nicht gerade die Arme aus, um mich zu empfangen, das konnte man nicht sagen.

»Hast du vom Chef eins übergebraten gekriegt?«, fragte ich einfühlsam.

»Und wie. Bis zur Grenze des Erträglichen. Noch zwei Minuten länger, und ich hätte gekündigt.«

»Ich weiß genau, warum du das nicht getan hast.«

»Und warum? Warum sollte ich das nicht tun? Ich

habe mir noch nie so etwas anhören müssen. Nach so vielen Jahren ...«

»Halt den Mund und jammre nicht herum wie eine sich vernachlässigt fühlende Ehefrau, nachdem ihr Mann einen halbstündigen Seitensprung hatte. Du wirst nicht kündigen, weil du nicht verlieren kannst, und wenn du kündigst, dann hast du gegen den Frauenwürger verloren – und das sage nicht ich, das sagt nicht der Polizeidirektor und nicht die Presse, sondern dein eigenes Gewissen oder Unterbewusstsein oder wie man nun diese Eiterbeule zwischen deinen Händen nennen soll, und das weißt du genauso gut wie ich.«

Er nahm zumindest die Hände vom Kopf. Immerhin ein Anfang.

Ich machte weiter mit der Taktik der kalten Dusche. War ich nicht selbst gerade im Herrenbad gewesen?

»Soll ich rausgehen und nochmal wieder reinkommen und so tun, als wenn nichts gewesen wäre?«

»Ach, hör doch auf. Ich bin einfach nur müde – und das wärst du auch, wenn dein Chefredakteur dich in gleicher Art und Weise zusammengestaucht hätte, wie mein Chef es mit mir gemacht hat.«

»Ja, diesmal bin ich derjenige, der Glück hat. Full house. Mein Chefredakteur liebt mich im Augenblick, und mit ein bisschen Glück kann das ein halbes Jahr lang andauern. Aber hör mal, ich habe eine Idee.«

»Genau das fehlt uns hier, wir brauchen welche, alle, die Sie uns verkaufen können, mein Lieber. Ach, wie schön, dass Sie vorbeikommen konnten. Worauf willst du hinaus?«

»May Rizzi hatte einen Liebhaber, vor Boró oder gleichzeitig, das weiß ich nicht, weil unsere Klatschexpertin einen Kater hat. Name: Roug, R, o, u, g. Joseph mit ph. Beruf: Filmregisseur. Wie wäre es, wenn wir ihn uns ein wenig genauer ansehen. Man kann ja nie wissen ...«

»Du glaubst also immer noch an die Theorie, dass es jemand mit einem kalten, ganz klar nachvollziehbaren Motiv war?«

Langsam hatte er sich ein wenig auf seinem Stuhl aufgerichtet.

»Ich weiß es ja nicht«, sagte ich mit einer Ehrlichkeit, die meine verstorbenen Eltern, soweit ich mich an ihre Einstellung in dieser Sache erinnern kann, äußerst zu schätzen gewusst hätten. »Aber ich glaube, das ist eine Möglichkeit, die man untersuchen sollte.«

»Das mache ich«, sagte Ehlers.

Er stand sogar auf und gab mir die Hand, als ich ging. Die Taktik der kalten Dusche hatte gewirkt.

Mit dem guten Gewissen eines Pfadfinders, der schon für mehrere Tage im Voraus seine gute Taten absolviert hatte, ging ich nach Hause, setzte mich auf meinen besten Sessel und genehmigte mir das, was ich selbst als einen Whisky vor dem Mittagessen bezeichne.

Aber es kam nicht zu einem Mittagessen. Als ich aufwachte, war es dunkel, mein ganzer Körper war steif, als wäre ich nicht am gleichen Vormittag gerade erst zur Inspektion und Reparatur gewesen, und es war das Telefon, das mich weckte, und es war Ehlers, der am Telefon war.

»Neuigkeiten?«, fragte ich mit einer mavishaften Müdigkeit.

»Keine guten Neuigkeiten«, antwortete Ehlers. »Zumindest nicht für uns. Dein Filmregisseur hat nichts mit der Geschichte zu tun. Er ist genauso verdächtig, wie es Anne Lises Kommilitone war, wie es Monicas Bjarne war, wie es Boró ist – das heißt, er ist vollkommen außen vor.«

Ich gab einen Laut von mir. Nur einen äußerst bescheidenen Laut, eher um zu markieren, dass ich immer noch dort war – als ob das irgendeinen Unterschied machen würde.

»Er ist zum Filmfestival in Berlin«, sagte Ehlers, »zusammen mit einem anderen Fotomodell. Die beiden sind schon seit einer Woche dort. Und die halbe dänische Filmwelt ist auch dort – sogar im selben Hotel.

Das wollte ich dir nur erzählen. Du hattest Recht damit, dass es unter allen Umständen untersucht werden musste. Ich fahre jetzt nach Hause. Ich möchte in meinen eigenen vier Wänden sterben. Nochmal gute Nacht.«

»Gute Nacht.«

Gute Nacht, gute Nacht, gute Nacht, ihr reizenden Damen, vielen Dank für die Hilfe und gute Nacht.

Wieder eine Spur, die im Sand versickert war.

VIERTER TEIL

25

Ich lag des Nachts – und außerdem auch während der wenigen Stunden Tageslicht, die mit ein wenig Geduld im Januar in Dänemark zu finden sind – und unterhielt mich mit meinen eigenen privaten Albträumen. Gitte lief mit ihrem höchst persönlichen Albtraum herum und schwankte, ob sie das Baby bekommen sollte oder nicht. Sie fertigte mich am Dienstag ab, um mich dann am Mittwoch zu sich zu rufen und sich bei mir auszuweinen. Sie hatte es nicht leicht, aber wie immer litt ihre Arbeit nicht darunter.

Auch Ehlers hatte es nicht leicht, und sein Albtraum lag ebenfalls auf der Hand. Der Polizeidirektor war hinter ihm her, die Presse war hinter ihm her, und die »Öffentlichkeit«, dieses millionenköpfige Ungeheuer, das sonst nur zu Zeiten der Parlamentswahlen oder der Fussballwettkämpfe existierte, forderte nicht mehr und nicht weniger als seinen Kopf auf dem Silbertablett, ob mit oder ohne Soße und Beilagen. Später – viel später – erzählte er mir, dass er im Laufe einer Woche zehn Kilo abgenommen hätte. Als ich das dem medizinischen Mitarbeiter beim Bladet weitererzählte, meinte dieser, das wäre physisch unmöglich, das ließe sich gar nicht machen. Ich konnte nur erwidern, dass ich es selbst gesehen hatte. Das sagen die Leute, die kleine grüne

Marsmännchen gesehen haben auch immer, wie ich gehört habe.

Aber das waren nur kleine, private Albträume in einem kleinen, begrenzten Kreis. Was am deutlichsten den Alltag prägte, das war der kollektive Kopenhagener Albtraum. Wenn die Bevölkerung nach dem Mord an Anne Lise Lund aufgebracht gewesen war, so war sie nach dem Mord an May Rizzi in Lynchstimmung. Sie mussten jemanden finden. Jemand musste dafür büßen.

Und in der Nacht zum Donnerstag schickte die Firma Dansk Lilie Sæbe A/S, eine Tochtergesellschaft der Scandinavian Cosmetics AB, die wiederum eine Tochtergesellschaft von British Food Manufacturing, Ltd. war (weiter vermochte ich den Ausführungen unseres Wirtschaftsfachmanns nicht zu folgen) zwei Dutzend Arbeiter in die Nacht hinaus, um – gegen doppelte Bezahlung – jedes einzelne Plakat mit dem Lilien-Mädchen aus der Stadt zu entfernen. (Die Aktion wurde später auch auf die Provinz ausgedehnt, aber dort war ich nicht.) Gleichzeitig schickten sie nach einer eilig einberufenen Vorstandssitzung Telegramme an alle Zeitungen, um augenblicklich die Annoncen zu stoppen. Der Verkauf war tatsächlich innerhalb von drei Tagen drastisch gesunken, und die Witze über die »Leichenseife« in den Kneipen und an den Straßenecken trugen nicht gerade zum Image bei, das die Firma sich wünschte. Das einzige Ergebnis dieser Aktion war – wie jeder hatte voraussehen können –, dass die Plakate mit dem Lilien-Mädchen zu einem kostbaren und gesuchten Sammlerobjekt wurden.

Ein junger, unbekannter Dichter schrieb ein Gedicht über die schönen, betörenden Augen des Lilien-Mädchens und die unfassbare Grausamkeit des Daseins – wie eine gebrochene Blume – und sicherte sich damit die nächste Monatsmiete. Medienbewusste Pfarrer nahmen sie in ihre Predigten auf und erinnerten an König Salomon und an seine positiven Worte über die Lilien auf dem Felde. Das Begräbnis fand vor der versammelten Illustriertenpresse statt – bei der Familie in Århus, nicht auf dem Assistens Friedhof, wo Monica Lykke lag.

Ein wahnsinniger Vorschlag jagte den nächsten, jeden Tag ein neuer, und die Zeitungen wie die Bevölkerung nahmen sie auf und diskutierten jeden einzelnen. Okkultisten sahen eine einzigartige Chance, ihre Kenntnisse über Werwölfe zu verkünden, im Eifer des Gefechts übersehend, wie selten Wölfe doch jemanden erwürgen, und ein Verlag versuchte taktvoll eine Serie von Horrorromanen unter dem Schlagwort »Apropos die Ereignisse der letzten Zeit …« zu verkaufen. Die Werbeaufsicht griff ein, und der Verlag änderte in der nächsten Woche seinen Namen. Das tat auch die Lilien-Seife – Monate später, auf Anweisung aus England hin. Aber der Schaden war eingetreten; der bisherige Marktanteil wurde nie wieder erreicht.

Wahrsager behaupteten, sie könnten die Ausstrahlung des Mörders spüren, konnten aber aus irgendeinem Grund nie Kontakt zu ihm aufnehmen. Astrologen traten öffentlich auf und beschäftigten sich unter allgemeinem Interesse damit, dass Monica Lykke im Zeichen der Fische geboren worden war, Anne Lise Lund in dem der Zwillinge und May Rizzi in dem der Waage, was besagte, dass alle drei Sternzeichen aufwiesen, die als Doppelzeichen bekannt waren, Zeichen, die aus zwei Figuren bestanden, entweder zwei Fischen, Zwillingen oder zwei Waagschalen. Außerdem hatten zwei von ihnen den Krebs im Aszendenten und die dritte den Gegenpol des Krebses, den Steinbock. Sie hegten keinen Zweifel daran, dass das signifikant war. Sie meinten, die Polizei sollte mehr auf die Astrologen hören.

Ehlers und ich legten uns in den kommenden Tagen eine neue gemeinsame Gewohnheit zu. Jeden Nachmittag trafen wir uns und unterhielten uns eine Stunde lang, während wir durch den Schnee zu einem ruhigen Plätzchen unten am Enghave Plads stapften, wo wir uns aufwärmten. Das war Ehlers' einzige Pause am Tag, und die mochte er nicht am Halmtorvet verbringen. Wir tranken immer schwarzen Kaffee mit einem Kurzen dazu – das passte zur Jahreszeit.

Es war Ehlers' Idee, und er gab ganz ohne Umschweife zu, weshalb er es tat: Verschiedene Stimmen in der Gesellschaft hätten angedeutet, es wäre jetzt, wo er nicht mehr als das angesehen würde, was mein Lehrbuch in Latein (für Anfänger) als *persona grata* verzeichnet, seiner Stellung angemessener, wenn er sich nicht so häufig mit gewissen Journalisten aus der Boulevardpresse fraternisierte – genau genommen mit einem.

Allgemeine ehrenhafte menschliche Loyalität ist eine Schwindel erregende tägliche Anforderung. Kein Wunder, dass sich die Leute ununterbrochen scheiden lassen.

»Ich habe die ganze Zeit schon nachgedacht«, sagte Ehlers an einem dieser Tage, und es war nicht das erste Mal, dass er das sagte. Es war an dem Tag, als der Guru eines aussterbenden spiritistischen Vereins öffentlich verkündete, er hätte durch einen

Schutzengel mit May Rizzis Geist gesprochen, der ihm anvertraut habe, dass der Mörder ein kleiner blonder Mann war, der nach Zwiebeln stank. Der Spiritistenprediger selbst war reichlich groß und dunkel und hatte achtunddreißig Zeugen, alle Mitglieder seiner Gemeinde, für das Gespräch. Er meinte, das würde endlich die Tyrannei des Materialismus entlarven und vielen Menschen die Augen öffnen, für Erlebnisse jenseits eines verschleierten Grenzlandes.

Nun ja, so hatte Ehlers also nachgedacht. Da war er nicht der Einzige.

»Jeder Fahrradbote hat seine eigene Theorie«, erklärte ich. Vielleicht klang das nicht besonders ermunternd.

»Ich habe versucht, ob ich nicht auf irgendeine Art die Opfer miteinander verknüpfen kann, einen Hinweis in dieser Richtung bekomme, aber das ist unmöglich. Und trotzdem sind sie das Einzige, was wir haben, und ich habe die ganze Zeit dieses verfluchte Gefühl, etwas total Einleuchtendes übersehen zu haben.«

»Okay, dann lass uns das Ganze noch einmal durchgehen.«

›Es noch einmal durchgehen‹ – so haben wir es immer in alten Zeiten genannt, wenn wir in der Band geübt haben. Das roch nach Wiederholung und Routine, und immer und immer noch einmal von vorn – aber auch nach einer gewissen Energie. Solange man Lust hat, »es noch einmal durchzugehen«, solange ist noch Hoffnung. Zumindest für eine Band.

»Drei Morde. Drei Frauen. Alle im Alter zwischen zwanzig und dreißig. Alle drei blond.«

»80 Prozent aller Mädchen in diesem Land sind blond.«

»Das weiß ich, aber meine Frau ist trotzdem rothaarig, und du hast eine Schwarzhaarige.«

»Ich *habe* gar keine, hast du das noch nicht mitgekriegt? Man kann einander nicht besitzen, das ist eine männerchauvinistische Betrachtungsweise. Du musst wirklich ...«

»Bitte, bleib ernst, du hast gesagt, du willst es versuchen.«

»O. K. Sorry.«

»Zwei Schwangere, eine nicht. Mit Hinblick auf das, was die Statistik »Zivilstand« nennt, haben wir eine, die verlobt war, aber bei ihren Eltern lebte, eine, die war ...«

»Ein typischer Single?«

»Ein Single und lebte in einer Wohngemeinschaft, und eine, die mit einem festen Partner zusammenlebte, ohne mit ihm verheiratet zu sein. Bringt uns das etwas?«

»Nicht mehr als einen Querschnitt der heutigen dänischen Formen des Zusammenlebens. Es fehlt nur dringend eine verbitterte Geschiedene.«

»Ganz deiner Meinung. Und dann sind da ihre Jobs: eine Arbeitertochter mit Ambitionen, eine Studentin, ein viel versprechendes Fotomodell. Irgend ein Hinweis hier?«

»Es sieht so aus, als würde es mit unserer Gesellschaft aufwärts gehen. Vielleicht wird es beim nächsten Mal ja eine Anwältin oder eine Architektin.«

»Sie sind ungefähr gleichaltrig.«

»Ja, aber dennoch: Es geht aufwärts. Du kannst es selbst sehen: von einer kleinen, engen Nørrebro-

Wohnung über eine akademische Wohngemeinschaft hin zu einer Hellerup-Villa. Das sagt wahrscheinlich genau so viel wie das mit den Astrologen und ihren drei Doppelzeichen.«

»Man findet immer so etwas, wenn man nur will.«

»Man kann es gar nicht vermeiden, so etwas zu finden, wenn man will.«

»Weiter zu den Eltern: zuverlässiges Paar in Nørrebro, Witwe in Ordrup, vollständige Familie in Århus. Geschwister: null, eins und zwei.«

»Wird die nächste also drei Geschwister haben?«

»Sie wird drei Geschwister haben, eine hohe Stellung in der Gesellschaft, und sie wird nobler wohnen als in einer Hellerup-Villa. Sowie bis auf weiteres blond sein und zwischen zwanzig und dreißig Jahre alt. Das Alter ist fast das Beste. Beachte, auch wenn er junge Frauen bevorzugt, so verehrt er doch keine Lolita-Typen. Sie waren alle das, was man erwachsen nennt.«

»Und vergiss nicht Nørrebro. Wir haben uns bisher noch keine hundert Meter vom Rondell entfernt. Er muss dort wohnen, oder er hat dort eine feste Tätigkeit. Wir wissen, dass Monica dort gewohnt hat, aber die anderen beiden haben ihn entweder dort getroffen oder sind dorthin geführt worden. Wir wissen nicht, was sie dort wollten, aber sie waren auf jeden Fall dort.«

»Und sind dort geblieben. Aber warum Montag um Mitternacht?«

»Mitternacht ist ganz einfach praktisch. Und vielleicht hat er nur am Montag etwas in dem Viertel zu erledigen. Hatten wir Vollmond an den Tagen?«

»Ach hör auf, du warst doch selbst jedes Mal dabei. Hol der Teufel diesen ganzen Blödsinn. Der

Mondzyklus korrespondiert jedenfalls nicht mit den Morden.«

»Hast du das etwa auch untersucht?«

»Ich habe alle Möglichkeiten untersucht. Selbst die schwachsinnigsten. Wenn der Mann geisteskrank ist, dann sind das die wahrscheinlichsten. Vielleicht werde ich ja auch langsam verrückt. Das ist gar nicht so unwahrscheinlich. Was würdest du tun, wenn du an meiner Stelle wärst?«

Das war nicht gerade die einfachste Frage, die mir in dieser Woche gestellt worden war. Ich dachte genau darüber nach.

»Ich glaube, ich würde die Mädchen und ihren Hintergrund vergessen«, sagte ich dann. »Sie vollkommen vergessen, würde davon ausgehen, dass die Opfer zufällig vorbeikommende Passantinnen waren, und mich lieber auf die Gegend um das Rondell von Nørrebro konzentrieren. Es durchkämmen. Alles und alle untersuchen. Zehn, zwanzig, dreißig Mann, so viele du hast, würde ich daransetzen. Lass sie in Zivil Tag und Nacht dort herumlaufen, in der Kneipe sitzen, an den einarmigen Banditen spielen, die Straßen entlangschlendern und Zigaretten rauchen. Früher oder später müssen sie etwas sehen, ein Gerücht irgendwo hören, einen Faden finden.«

»Wenn ich die Leute hätte. Genügend Leute.«

»Lieber ein paar als gar keine.«

Dann unterhielten wir uns weiter beim Kaffee. So wie man sich in der ganzen Stadt mehr oder weniger konkret beim Kaffee unterhielt.

Alle rätselten. Nur einer wusste etwas.

26

Und dann rückte der eine plötzlich näher, fast in Reichweite.

Es geschah gar nichts Dramatisches. Nicht einmal ein Spielzeugrevolver war involviert. Es war nur eine dieser totalen Banalitäten, die jeden Tag passieren und die – worauf Ehlers schon unzählige Male hingewiesen hat – in der Regel zur Aufklärung eines Verbrechens führen.

Es geschah am Samstagmorgen im Hauptbahnhof.

Am Samstagmorgen ist dort wohl so ziemlich am meisten los, die Leute fahren ins Wochenende, und der Hauptbahnhof ist so voll gestopft mit Leben wie sonst nur während der Rushhour an den Wochentagen, wenn die ganze Stadt nach beendetem Arbeitstag in die Vororte will.

Trotz des Gewühles hatte ein Angestellter an der Gepäckaufbewahrung, ein Herr H. C. Andreasen, der – wie er selbst sagte – zwischen seinen Routinearbeiten immer gern ein Auge auf alles hatte, von seinem Schalter aus bemerkt, wie sich ein Mann dort herumtrieb.

»Das tun natürlich viele und zu jeder Zeit«, hatte Andreasen Ehlers erzählt. »Es gibt viele, die auf den Zug warten, viele, die jemanden abholen wollen und auf ihn warten, es gibt Gruppen Jugendlicher, die nur so herumlaufen und warten, dass etwas passiert, es gibt Leute, die nichts zu tun haben und die hierher kommen, weil es hier warm, hell und belebt ist – besonders jetzt im Winter ... Aber man kriegt mit der Zeit so eine Art Instinkt dafür, man weiß sofort, wer wer ist. Und dieser Kerl schlich hier die ganze Zeit um die Schließfächer herum, mir gefiel einfach nicht die Art, wie er seine Mütze trug. Es sah aus, als wollte er vermeiden, dass man sein Gesicht sehen konnte. Und dann die Schließfächer …«

»Die Schließfächer kriegt man doch mit einem Zahnstocher auf«, hatte Ehlers erwidert.

»Na, so einfach ist es ja nun auch nicht«, hatte Andreasen widersprochen, im Namen der Bahn ein wenig pikiert. »Aber man kriegt es hin, wenn man weiß, wie man es machen muss, und ich gebe ja zu, dass es auch während meiner Dienstzeit schon häufiger passiert ist.«

Der flinke, aufmerksame Andreasen hatte mitten in dem hektischen Durcheinander der Züge und Fahrgäste sich die fünf Sekunden Zeit genommen, über Telefon einen Polizisten zu alarmieren. Der Polizist war gekommen, hatte Bescheid erhalten, hatte sich diskret in gewisser Entfernung von dem Mann in einen der langen engen Gänge zwischen den Schließfächern hingestellt und dann genau in dem Moment zugeschlagen, als er hörte, wie eine Tür aufgerissen wurde. Er hatte den Kerl auf frischer Tat ertappt, mit dem Inhalt des Schließfaches 225 unterm Arm und dem Dietrich noch in der Hand, auf dem Weg in die Jackentasche. Da gab es keine Möglichkeit, sich herauszureden.

»Wir kannten ihn schon«, sagte Ehlers. »Das war ein professioneller kleiner Gangster, einer von der Sorte, wie sie sich im Sommer am Flughafen, im Tivoli, auf der Strøget herumtreiben und den Touristen die Taschen leeren. Du weißt schon, überall wo man so nah herankommt, dass man eine

Brieftasche aus einer Tasche ziehen und im nächsten Moment wieder im Gewimmel untertauchen kann.«

Jetzt war es Samstagnachmittag. Wir saßen bei Kaffee und Whisky und schauten über die Stadt, die aussah, als wäre sie ein wenig sauber gemacht worden, als hätte der liebe Herrgott vor kurzem eine Putzkolonne herabgeschickt, um mal gründlich durchzuputzen. Der Schnee hatte bis auf weiteres seine Tätigkeit eingestellt, und jetzt waren nur noch die härtesten, durch und durch gefrorenen Wälle an den Bürgersteigen übrig, doch eine spärliche Sonne war aufgegangen und arbeitete an ihnen so gut sie konnte. Schon mit ein bisschen Fantasie konnte man problemlos einen Hauch von Frühlingsgefühlen bekommen.

»Na dann, herzlichen Glückwunsch«, sagte ich, mich ein wenig über Ehlers' so offensichtlichen Enthusiasmus wundernd. »Dann habt ihr also einen Dieb erwischt.«

»Scheiß drauf«, wehrte Ehlers ab. »Er hat uns so sehr geholfen, dass ich ihn am liebsten auf der Stelle hätte laufen lassen. Ich bin mir nicht sicher, ob er nicht eine Belohnung erhalten sollte. Es hat sich nämlich herausgestellt, dass es sich bei seinem Diebesgut, das er aus dem Schließfach 225 herausgeholt hat, um eine Damenhandtasche handelte. Und als Kellermann – ein Beamter – sie für seinen Bericht untersuchte, hat er herausgefunden, dass sie Anne Lise Lund, Ingemannsvej 28, 1964 Kopenhagen V. gehört hat.

»Ach so.«

»Ach so, ja, genau. Es war nichts weiter drin, nicht deshalb. Es war genau wie erwartet: ein Portemonnaie mit ein paar Hundertern, Krankenversicherungsnachweis, Führerschein, Zigaretten, ein Feuerzeug, ein Taschentuch, ein Lippenstift, ein Taschenspiegel, ein Notizbuch mit Telefonnummern – das war übrigens witzig ...«

»Wieso?«

»Na, sie hatte da offensichtlich ihr eigenes System. Ihre Mutter stand beispielsweise unter A – A für Autos, zusammen mit der Autovermietung, die sie offenbar benutzte, wenn ihre Mutter selbst ihren Wagen brauchte. Und eine größere Anzahl ihrer Freunde und Freundinnen – sie waren nur als Erik, Ole oder Sidse notiert – hatten kleine Sternchen hinter dem Namen, von eins bis vier, so wie es oft bei Filmbesprechungen steht, du weißt, als ob sie ihnen Zensuren gegeben hätte.«

»Willst du jetzt alle anrufen, die in ihrem Buch aufgeführt worden sind?«

»Nicht jetzt. Nur wenn es absolut notwendig ist. Aber siehst du denn nicht, was das bedeutet?«

»Nun red schon.«

»Wenn Anne Lise Lunds Tasche in einem Schließfach ist, dann muss der Mörder – oder zumindest einer, der den Mörder kennt oder auf Anweisung handelt – sie dort hineingelegt haben. Sie kann gestern hingebracht worden sein, es kann in der Nacht, als der Mord stattfand, gewesen sein oder zu irgend einem Zeitpunkt zwischen diesen beiden Daten. Aber derjenige, der sie dort eingeschlossen hat, muss auf jeden Fall zurückkommen, um zu bezahlen oder sie zu holen.«

»Wenn er nicht gerade will, dass sie gefunden wird.«

»Warum hätte er sie dann nicht einfach neben der

Leiche liegen gelassen, wenn sie ihm sowieso nichts bedeutet hat?«

»Wie funktioniert das eigentlich mit diesen Schließfächern?«

»Hast du noch nie eins genommen?«

»Doch, natürlich, zum Beispiel, wenn ich ein großes Paket hatte, das ich nicht in der ganzen Stadt herumschleppen wollte, oder auch wenn ich eine halbe Stunde auf den Zug warten musste und gern einen Drink ohne zwei große Koffer in der Hand nehmen wollte.«

»Genau. Du weißt, die sind so konstruiert, dass man für bis zu achtundvierzig Stunden Geld reinwerfen kann. Nachdem die achtundvierzig Stunden vergangen sind, sieht der zuständige Bahnbeamte, dass die Zeit ausgelaufen ist. In der Regel wird dann ein Extraschloss vorgeschaltet und das Fach ein paar Tage so belassen, und in neun von zehn Fällen kommt dann ein verwirrter rumänischer Tourist oder ein Mann, der einen Verkehrsunfall hatte, im Krankenhaus war und alles über sein Schließfach vergessen hat. Er bezahlt die Differenz und geht dann mit seinen Siebensachen davon. Manchmal kommt niemand, dann wird der Fachinhalt für einen Monat gelagert, und anschließend kommt er ins Fundbüro. Aber unser Mann hier, sagt der Schließfachkontrolleur, und er ist nicht doof – ich könnte einen guten Polizisten aus ihm machen –, der ist einen Tag voraus mit seiner Miete, mindestens. Das heißt, er hat irgendwann gestern Münzen in den Schlitz geworfen. Das heißt, er muss wieder Münzen in den Schlitz werfen – spätestens irgendwann morgen, am Sonntag.«

Ehlers machte eine Pause. Ich zündete mir eine

Zigarette an und schaute über den Enghave Plads. Mütter und Kinder waren in den blassen Sonnenschein hinausgekommen, und das Viertel atmete so langsam Wochenendfrieden.

Wenn es sein musste, brauchten wir keine zehn Minuten mit dem Wagen zum Hauptbahnhof.

»Und«, fuhr er fort, »wo eine Damenhandtasche ist, da können noch weitere sein. Es gibt Schließfächer genug.

Selbstverständlich könnten wir einfach alle öffnen lassen – und das werden wir auch tun. Aber erst spät in der Nacht, wenn es sich ein wenig diskreter machen lässt – wir wollen ja keinen Menschenauflauf dabei haben. Inzwischen haben wir ein kleines, erlesenes Quartett rund um die Fächer herum verteilt. Kaspersen ist dabei, natürlich in Zivil – der Mann hätte Schauspieler werden sollen, er läuft mit seinem Diplomatenkoffer herum und sieht aus wie ein emsiger Geschäftsmann, der sich mit seinen wichtigen Papieren verspätet hat –, und er hat Kellermann bei sich, der kennt das Gelände nur zu gut, war zwanzig Jahre lang in diesem Distrikt, und er wohnt dort, gleich bei der Dybbøls-Brücke. Der Schließfachkontrolleur – er heißt Iversen – und Andreasen sind tüchtige Helfer, und sie haben noch ein paar der anderen Angestellten dabei, die auch mitspielen dürfen. Kaspersen meint, die Mädchen im Kiosk gegenüber sind ungewöhnlich helle und haben einen guten Riecher. Das heißt, es sind mindestens sieben Augenpaare ununterbrochen auf die Schließfächer gerichtet.

Wenn also jemand kommt, um den Inhalt von Nummer 225 zu holen oder um 225 weiter zu bezahlen, so sind wir da. Aber das ist noch nicht alles: Wir haben die DSB dazu gebracht – das hat reichlich Überredungskünste gebraucht, auf höchster Ebene, wie es so schön heißt – der Polizeidirektor war ins Wochenende gefahren, aber es ist uns trotzdem gelungen –, eine jährliche Schließfächerkontrolle einzuführen, und zwar heute. Jeder, der mit einem Schlüssel kommt und seine Sachen holen will, muss sich ausweisen und den Inhalt seines Schließfaches vorweisen. Unter dem Vorwand, dass es sich herausgestellt hat, dass die Fächer oft zur Aufbewahrung von Diebesgut und Schmuggelware benutzt worden sind. Was übrigens gar nicht wirklich ein Vorwand ist, dem ist wirklich so.«

»Ja, aber dann …«

»Dann was?«

»Dann verstehe ich nicht, wieso du hier sitzt?«

»Kaspersen ist bereits ein großer Junge. Er darf schon allein in der Stadt herumlaufen. Aber ich wollte dich auch gerade fragen, ob du nicht mit zum Hauptbahnhof willst. Du weißt, wie das ist – das wird eine unendlich langweilige, tagelange Überwachung. Natürlich könnte auch schon in den nächsten zehn Minuten was passieren. Aber ich dachte, weil du jetzt schon so lange mit dabei bist …«

»Mit dabei? Mein Gott, schließlich war ich es verdammt nochmal, der jede einzelne verfluchte Leiche gefunden hat!«

»Ja, ja, das habe ich ja damit gemeint. Und wenn nichts im Laufe des Nachmittags oder Abends passiert, dann haben wir noch die Nacht, auf die wir uns freuen können, dann werden alle Schließfächer geöffnet.«

»Du meinst, das wird eine richtige Weihnachtsbescherung?«

»Mit oder ohne Geschenkpapier und roten Schleifen.«

»Das wird eine Geschichte, eingewickelt in Geschenkpapier und mit roter Schleife – und allem Drum und Dran – zumindest von Otzens Standpunkt aus gesehen.«

»Vergiss es ... zumindest bis auf weiteres.«

»Okay.«

Wir tranken aus.

»Wenn es drauf ankommt«, sagte ich, während ich meinen Mantel anzog, diesen Mantel, der mich immer etwas nervös machte, weil ich fürchtete, des Diebstahls aus dem Nationalmuseum beschuldigt zu werden, »dann ist der Hauptbahnhof einer der besten Plätze, um einen ganzen Tag lang zu warten. Zumindest gibt es dort die ganze Zeit neue Zeitungen und Bücher in Reichweite und unzählige Restaurants und Bars.«

»Ja«, stimmte Ehlers zu. »Und die Chance, alte Schulkameraden zu treffen oder alte Kollegen oder Mädchen, mit denen man einmal zusammen war, die man aber seit zehn Jahren nicht mehr gesehen hat.«

Womit er zweifellos Recht hatte. Nichts ist perfekt auf dieser Welt, nicht einmal der Kopenhagener Hauptbahnhof.

27

Ehlers ging schnell und beschwingt den ganzen Weg vom Enghave Plads bis zur Istedgade hinauf. Nie hatte ich ihn einer Bewegungsform, die man als Tanz bezeichnen könnte, näher kommen sehen. Er war erleichtert: Zumindest war etwas passiert. Das war immerhin ein Schritt.

Es war kurz vor 17 Uhr, als wir den Hauptbahnhof erreichten und hineingingen. Das schlimmste Getümmel der Regionalabfahrten war überstanden, und das internere Kopenhagener Samstagabendgewühl war noch nicht so recht in Gange. Wir waren in der sanften, weichen, abwartenden Zwischenzone.

Ehlers blinzelte einem Typen hinter einem Schalter diskret zu, einem trocken aussehenden Mann mittleren Alters mit schütterem Haar und Brille.

»Das ist Andreasen«, sagte er. »Der besagte Andreasen, der uns auf die Spur gebracht hat. Er hat eigentlich seit 16 Uhr frei, da war Schichtwechsel, aber er ist so gespannt, dass er seinen Kollegen gefragt hat, ob sie nicht die Schicht tauschen könnten. Der bekam damit einen Samstagabend frei und verstand natürlich kein Wort.«

»Natürlich«, nickte ich. »Samstagabend, Sonntag ... das müssen die schlimmsten Schichten sein.«

»Ja, wir sind nicht die Einzigen, die Tag und Nacht auf Achse sind«, erwiderte Ehlers locker, mit einem Optimismus, als wünschte er sich nichts sehnlicher, als Tag und Nacht arbeiten zu dürfen. Der Mann hatte wirklich einen Schuss Naturamphetamin gekriegt.

»Ich gehe oben auf die Galerie, dann bin ich nicht im Weg«, sagte ich.

»In Ordnung«, sagte Ehlers. »Ich komme nachher hoch. Vielleicht kommt Kaspersen auch zuerst auf eine Tasse Kaffee, dann löse ich ihn so lange ab und komme später – falls nicht vorher etwas passiert.«

»Falls nicht vorher etwas passiert.«

Die Zeitungsfrau schaute mich äußerst aufmerksam an, als ich meinen ganz unschuldigen Einkauf verschiedener Zeitungen tätigte. Es lag etwas in der Luft.

Von der Galerie aus, dem ultimativen Selbstbedienungscafé, das mindestens die Hälfte der Etage über dem eigentlichen Bahnhofsgelände einnimmt, hat man einen Blick auf das gesamte Bahnhofsgeschehen. Zwei der drei Ausgänge, den zur Istedgade und den zur Vesterbrogade, kann man voll einsehen, und der dritte, den zum Tivoli und zum Taxistand hin, liegt direkt darunter.

Ich musste eine Viertelstunde auf einen Fenstertisch warten, aber es hätte keinen Sinn gehabt, sich an einen anderen Tisch ohne Fensterplatz zu setzen. Schließlich bekam ich einen kleinen viereckigen Tisch mit Platz für zwei zu fassen, der direkt an die Scheibe grenzte. Von diesem Tisch aus sah der Hauptbahnhof aus wie ein riesiges Aquarium oder vielleicht wie so eines dieser Kaspertheater, das die Kinder vor zwanzig, dreißig Jahren aus Pappe und Holzstäben gebastelt haben. Ein Puppentheater. Ein Marionettentheater. Nein, Pantomime, ja, das war es – es war Pantomime, denn man konnte alles sehen, aber nichts hören. Wie in einem Aquarium. Die Goldfische gab es schon vor dem Fernsehen.

Ich setzte mich mit Kaffee und Bier hin – um auch

lange genug sitzen bleiben zu können – und mit meinem großen Stapel Zeitungen und versuchte auszusehen, als hätte ich mehrere Stunden totzuschlagen wegen dieser verdammten Verspätung des Zugs nach Stockholm, wodurch die internationale Konferenz von IBM in ernste Schwierigkeiten geraten würde.

Von meinem Platz aus war die Aussicht über den Bahnhof großartig. Er wirkte wie eines dieser fantastischen mittelalterlichen Gemälde, die aussehen, als hätte der Maler Jahrzehnte daran gearbeitet, diese zehn Meter langen Hieronymus-Bosch-Gemälde, wo auf jedem einzelnen Quadratzentimeter etwas vor sich geht, neue Teufel, neue Öfen, neue verzerrte Gesichter, neue verzehrte Fische, neue Folterformen, neue reproduzierende Beischlaforgien, alles zusammen geht gleichzeitig in allen Formen des Zusammenlebens vor sich. Käfer krabbelten und krochen hin und her, berührten sich und liefen wieder voneinander weg, kreuzten ihre Bahnen mit ihren kleinen Täschchen und Fahrkarten in der Hand. Weit genug von oben betrachtet, war das unglaublich vergnüglich anzusehen. Man bekam fast Lust, hinunterzugehen und seinen Platz zwischen ihnen einzunehmen und zum Muster der Bewegungen beizutragen.

Von der Galerie aus gesehen bildeten die Schließfächer eine Science-fiction-Landschaft: Reihen grauen Metalls, unbewegliche, gleichförmige Monolithen.

An dem Biertresen direkt am Eingang zur Gepäckaufbewahrung vergnügte sich eine junge Gesellschaft, während ein nur wenige Jahre älteres Ehepaar aussah, als würde es sich streiten. Ein großer, schwerer Mann saß allein auf einer Tonne und war anscheinend eingeschlafen.

Wenn es nicht all die Menschen gegeben hätte, die von den Zügen weg und zu neuen Zügen hin wuselten, wäre das alles halbwegs überschaulich gewesen.

»Gestatten Sie?«, fragte eine Stimme höflich, während sich der Körper seinen Weg zu meinem Tisch bahnte.

Hinter einer Zeitung verborgen, murmelte ich irgendetwas.

Jemand setzte sich.

»Entschuldigen Sie, Sie haben nicht zufällig Feuer?«, fragte jemand.

Es war ein adretter junger Businessmann in beigefarbenem Anzug mit gepunktetem Schlips und Diplomatenkoffer. $ ç £ Fr Pts Y schwebten deutlich über ihm.

Es war Kaspersen. Seine Augen lächelten wie die eines Kindes beim Fasching, aber sein Mund war sachlich zusammengekniffen.

»Noch nichts«, sagte er leise und vertraulich, während er sich über eine Tasse Kaffee und ein Sandwich beugte. »Reden Sie nicht zu laut!«

»Wir spielen hier doch nicht Räuber und Gendarm.«

»Es gibt keinen Grund, ein Risiko einzugehen. Hier gibt es viele Menschen, und die Tische stehen dicht beieinander. Sehen Sie Ehlers!«

Ich sah Ehlers. Er befand sich hinter einem Tresen, auf der anderen Seite der Gepäckaufbewahrung, rechts von den Boxen. Er saß mit einem Bleistift hinter dem Ohr und einem Bündel Gummibändern da und sammelte kleine gelbe Pappstückchen zusammen, die er alle mit einem Kreuz versah, nachdem er sich mit einem großen Stück Papier auf dem Tresen beraten hatte.

Ab und zu machte er eine Bewegung, als hätte er Rückenschmerzen und müsste sich einfach einmal strecken, und so kam er dazu – scheinbar unfreiwillig und desinteressiert –, das Gelände zu überblicken.

»Ich selbst habe den ganzen Nachmittag da gesessen«, erklärte Kaspersen verschmitzt. »Wir machen Inventur über das Reisegepäck, das seit Januar letzten Jahres in die Provinz gegangen ist. Wir machen uns nützlich.«

Er lächelte. Ich musste zugeben, dass Ehlers nicht der Einzige war, der Kaspersen gut leiden konnte. Es war wirklich etwas dran an dem Mann.

»Der da unten an der Bar, das ist Kellermann«, sagte er.

»Der Dicke, der aussieht, als schliefe er?«

»Das ist seine Lieblingsnummer. Wenn er so dasitzt, sieht er total friedlich aus, wie so ein typischer Däne, der zu viel gegessen und getrunken hat und sich nur für eine Weile ausruhen will. Er sieht aus wie Ib Schønberg oder Karl Stegger oder wie der durstige Mann auf diesem Tuborgplakat, er sieht nach Schrebergartenessen mit Schnaps und Hering aus. Und dabei ist er gefährlich wie eine Klapperschlange! Seit er gekommen ist, hat er nicht eine Sekunde die Augen geschlossen – und hat genau ein Bier während der Stunde getrunken, um bei Unbeteiligten keinen Verdacht zu erregen. Der Barkeeper kennt ihn.«

Kellermann sah mit seinen großen, dummen, toten Dorschaugen aus, als schnarchte er.

»Auf diese Art und Weise hat er einmal einen internationalen dicken Fisch geschnappt«, erzählte Kaspersen voll kindlicher Begeisterung weiter. »Am

Flughafen Kastrup. Er saß frühmorgens mit ihm ganz allein in der Wartehalle des Flughafens und sah so besoffen und verschlafen aus, dass der Idiot seinen Revolver entsichert hat!«

Kaspersen aß sein Sandwich, spülte mit Kaffee nach und zwinkerte noch einmal zum Abschied.

Später kam Ehlers – ebenso diskret und auch ohne jede Neuigkeit. Auch er gönnte sich ein Sandwich und eine Tasse Kaffee. Genau wie Kaspersen schaute er die ganze Zeit nach unten und kaute sein Brot entschlossen und schnell.

Dann begann eine Wache, die lang werden sollte.

Als es auf 20 Uhr zuging und ich drei Stunden da gesessen, Zeitung gelesen und abwechselnd Bier und Kaffee, Kaffee und Bier getrunken hatte – Bier, um nicht vollkommen koffeinisiert zu werden, Kaffee, um nicht vollkommen im Bierrausch zu enden, beides in Ermangelung von Besserem –, waren hunderte von Menschen mit ihren Taschen und Koffern durch die Galerie gewandert. Die Leute verabschiedeten sich, küssten einander und klopften sich auf die Schulter und erzählten sich, dass sie es gut machen, sich amüsieren oder auf sich aufpassen sollten.

Und ich saß dabei nur glotzend da, während all das hinter meinem Rücken geschah. Selbst die emsige Kassiererin begann mich langsam skeptisch zu beäugen. Es war nicht üblich, hier so lange herumzuhängen. Vielleicht würde sie bald, nur sicherheitshalber, jemanden anrufen, genau wie H. C. Andreasen es gemacht hatte.

Unten setzten Ehlers, Kaspersen, Kellermann, Andreasen und der Gepäckaufbewahrungsmensch Iversen, von dem ich immer noch nicht wusste, wer es war, ununterbrochen ihre heimliche Treibjagd fort. Und hier saß ich, ihr einziger, exklusiver Zuschauer auf dem Logenplatz.

Ich rief Gitte an und erzählte ihr aus der Telefonzelle einen Teil der Geschichte. Sie kam freiwillig vorbei, um mich »zu besuchen«, als ob ich im Krankenhaus wäre.

Sie war unglaublich schön in ihrem Wolfspelz, und ihre Augen funkelten vor Vitalität, dieser tierischen, alles an sich ziehenden Lebensenergie, bei der ich mich immer wie ein Fels fühlte, der gnadenlos Meter für Meter vom Meer unterspült wurde.

Wie so oft zuvor hätte ich vor ihr auf die Knie fallen können.

Stattdessen holte ich ein Glas Weißwein, während sie sich auf den Stuhl mir gegenüber setzte, Ehlers' Stuhl, Kaspersens Stuhl. Mein Besucherstuhl.

Der Nachbartisch war endlich frei, so konnte ich ihr ohne allzu viele Gesten die Geschichte erzählen.

»Es ist einfach viel zu leicht zu morden«, sagte sie nur.

Bestimmt hatte jemand anders vor kurzem das Gleiche gesagt, ich meinte mich daran zu erinnern. Das war keine wirklich neue Beobachtung.

Was es ja nicht weniger wahr werden ließ.

Ich konnte nicht anders, ich musste etwas erwidern. »Viel zu leicht zu morden, ja. Und das Gegenteil, das ist so verdammt schwer, nicht wahr?«

»Das Gegenteil?«

»Du weißt genau, was ich meine.«

»Ich habe einfach Angst. Kannst du das nicht verstehen?«

»Doch.«

Näher kamen wir nicht an eine Entscheidung heran. Wir kamen anscheinend nie näher an eine Entscheidung. Während die Zeit einfach verging, und eines Tages würde die Entscheidung uns abgenommen worden sein. Oft ist es so mit Entscheidungen. Oder hoffte ich das einfach nur?

Gitte blieb, und wir aßen unser Abendessen, wenn man das so nennen konnte, zusammen, wenn man das so nennen konnte, auf der Galerie – wobei wir einander eifrig und solidarisch versicherten, dass Menschen, ganz gleich, was auch passieren mochte, essen mussten.

Um 22 Uhr gab ich ihr einen Abschiedskuss, versprach ihr unaufgefordert (hast du das mitgekriegt, Petrus?), sie anzurufen, und nahm meine einsame Wacht wieder auf.

Die Kassiererin schaute nicht mehr so misstrauisch. Ich kannte eine hübsche, präsentable Dame mit Pelz und aufrechter aristokratischer Haltung. Ich war tatsächlich nur ein hoffnungslos verspäteter Geschäftsmann.

Draußen musste es inzwischen herrlich kühl und erfrischend sein. Draußen musste Kopenhagen vor Lust und Leben und Samstagnachtfieber prickeln. Draußen lud Kopenhagen zum Schlussverkauf aller Möglichkeiten ein, die eine Großstadt so bieten kann.

Aber Ehlers, Kaspersen, Kellermann, Andreasen und Iversen kannten momentan kein »draußen«, und zu meiner eigenen Verblüffung ging es mir genauso, obwohl ich mich doch im Kino immer langweile. Jedenfalls solange, bis das hier überstanden war.

Das Leben ist doch ein Wartesaal.

28

Gegen 23 Uhr kam Kellermann hoch zu mir. Er ließ sich mit einer Schwere auf den Stuhl fallen, als trüge er alle Sorgen der Welt auf seinen Schultern – plus einen Sack Kartoffeln noch dazu.

»Ich glaube nicht, dass er heute Nacht noch kommt«, sagte er.

»Wieso reden wir eigentlich die ganze Zeit von *ihm?*«, fragte ich. »Könnte es nicht auch eine sie sein?«

»Nein«, widersprach Kellermann. »Frauen bringen keine Frauen um. Das sind Männer, die die Frauen ermorden.«

Das sagte er mit zwanzig Jahren Routine auf dem Buckel, als stellte er eine unerschütterliche und unanfechtbare chemische Gleichung auf.

Seine Augen waren sehr blau. Meine geschiedene und verstorbene Frau Helle hatte immer behauptet, dass blaue Augen verdächtig seien – sie sähen immer aus, als lögen sie, meinte sie. Sie selbst hatte blaue Augen, also wusste sie vermutlich, wovon sie sprach.

Aber Kellermann log nicht. Trotz aller Stichproben und Kontrollen kam niemand zum Schließfach 225, und niemand versuchte sich Zugang zu einem Schließfach zu verschaffen, ohne zufrieden stellend über dessen Inhalt Auskunft geben zu können.

Der Abend schlich nur langsam dahin. Wieder so ein Abend.

Gegen Mitternacht kam der letzte wilde Schwung an Menschen, die noch den allerletzten Zug in die Vororte erreichen wollten. Viele von ihnen waren reichlich blau, und von meinem festen Aussichtspunkt aus sah ich, wie Kaspersen einen kleinen Zusammenstoß mit einem großen, dicken Kerl hatte, der sein Springmesser bereithielt. Es schien, als hätte Kaspersen ihm irgendetwas gesagt, woraufhin das Messer sofort gezückt wurde.

Von oben gesehen war Kaspersens Technik einfach imponierend. Er trat dem Mann zwischen die Beine, und als der nach vorn knickte, drehte er ihm die Arme nach hinten und zwang ihn so zu Boden. Dort ließ er ihn einfach liegen, bis er von allein wieder auf die Füße kam und ohne jeden Mucks zum Bahnsteig ging. Kaspersen verfolgte die Sache nicht weiter. Er hatte wichtigere Dinge zu beobachten als einen Besoffenen mit Messer.

Die Kassiererin begann sich langsam an mich zu gewöhnen. Als ich zum fünfzehnten Mal Bier und Kaffee holte, lächelte sie sogar. Vielleicht glaubte sie, ich wäre hier nur in der Hoffnung hängen geblieben, sie nach Arbeitsschluss vielleicht nach Hause bringen zu dürfen.

Vielleicht glaubte sie auch, ich wäre ein getarnter Mitarbeiter des Guide Michelin und wollte vollkommen begeistert der Galerie sieben Kochmützen verleihen. Vielleicht glaubte sie, ich wäre einer der zehntausend Menschen auf der ganzen Welt, die versuchten, ihren Namen ins Guinness Book of Records zu kriegen – als am längsten aushaltender Cafégast.

Um 0.30 Uhr, nachdem der letzte Regionalzug den Bahnhof verlassen hatte, kam Ehlers wieder hoch. Dieses Mal nahm er ein Bier.

»In einer halben Stunde öffnen wir die Fächer«, sagte er. »Und zwar alle.«

»Ich freue mich schon drauf«, sagte ich. »Das war ein verdammt langer Samstag.«

»Na, du musstest jedenfalls nicht die Quittungen für die Gepäckaufbewahrung zählen.«

»Na, dafür bekommst du dein gutes Gehalt.«

»Mein gutes Gehalt? Weißt du denn überhaupt, wie viel ein Polizeiinspektor im Monat kriegt?«

»Nein.«

Er erzählte es mir. Das waren ungefähr 5000 Kronen weniger, als ich gedacht hatte, also spendierte ich ihm ein Bier.

»Wir schließen jetzt«, sagte die Frau an der Kasse bedauernd, als ich es bezahlte. »Aber wir öffnen morgen früh um 8 Uhr wieder.«

»Das ist schön«, sagte ich. »Dann komme ich gern.«

Es wunderte mich, dass ich mir noch keinen Wolf gesessen hatte. Sieben Stunden auf dem gleichen Stuhl, damit ist nicht zu spaßen.

Eine Gruppe lärmender Teenager sang eine schräge Version von *Roll Me Over*, während sie sich entschlossen ihren Weg zu dem unwiderruflich letzten Roskilde-Zug bahnten.

Ehlers schaute ihnen verkniffen nach.

»Kannst du dich nicht mehr erinnern – damals?«, fragte ich.

»Doch«, antwortete er. »Leider nur zu gut.«

»Du wirst langsam alt.«

»Das kommt von ganz allein. Ich habe keine Schuld daran. Ich habe nur gerade gedacht, dass meine Kinder in drei, vier Jahren auch hier herumlaufen werden.«

»Du und deine Kinder!«

»Weißt du, ich arbeite in einer schrecklichen Branche. Ich war oft dem Tod verdammt nahe. Ich wate buchstäblich gesprochen jeden Tag in Gewalt und Wahnsinn. Das Einzige, was ich dagegen zu setzen habe, das ist meine Familie.«

»Und ehe du dich recht versiehst, kann dein Sohn ein Springmesser im Bauch haben und deine Tochter erwürgt an einer Straßenecke in Nørrebro liegen.«

»Ja«, nickte er. »Ja, ich weiß das nur zu gut – glaubst du nicht, dass mir diese Gedanken schon tausendmal gekommen sind? Aber daran lässt sich nichts ändern. Das Leben muss gelebt werden, es gibt keine andere Möglichkeit. Man muss einfach sein Glas leeren und seinen Müll runterbringen. Als ich jung war, habe ich alle diese französischen Autoren gelesen, die damals alle lasen, die über nichts anderes als Depression und Lebensmüdigkeit geschrieben haben und darüber, welche Bürde es darstellt, ein Mensch zu sein, und dass der Selbstmord der einzige anständige Ausweg ist.«

»Ja, und?«

»Und das endete damit, dass ich dachte, es gibt darüber eigentlich gar nicht so viel zu sagen. Entweder man kriegt Kinder, wie jedes andere Tier auch, oder aber man begeht Selbstmord. Der Rest ist nur Gerede und Studentengelaber, und inzwischen bin ich zu alt, um darauf zu hören. Also – wollen wir runter und ein paar Fächer knacken?«

Die Kassiererin schaute mir lange nach.

»Entweder man kriegt Kinder, oder aber man begeht Selbstmord.« Ehlers war mit seiner Philosophie so wohltuend barmherzig wie ein offenes Rasiermesser.

Vielleicht sollte ich ihn dazu bringen, sich einmal mit Gitte zu unterhalten.

Der Hauptbahnhof leerte sich allmählich. Auf den Bänken hingen nur noch ein paar professionelle Saufköpfe und schliefen in den merkwürdigsten und verdrehtesten Stellungen.

»Wir müssen sie rausschmeißen, wenn sie sich hinlegen«, erklärte Andreasen mir. Er wartete auf uns, während er sich vor lauter Erregung darüber, die Fächer öffnen zu dürfen, die Hände rieb. »So lauten die Vorschriften. Aber solange sie nur sitzen, ist es in Ordnung.«

Sitzen, ich sitze, ich saß, ich habe gesessen. Das Verb »sitzen« bietet viele physische Nuancen. Jeder saß auf seine eigene Art und Weise, jeder versuchte Arme und Beine und den verdrehten Hals auf eine einigermaßen bequeme Weise zu platzieren, ohne dass es allzu sehr auffiel. Aber der Ehrenkodex von Andreasen und der DSB wurde eingehalten: Niemand lag.

Dann machten wir uns daran, die Fächer zu öffnen.

Es war eine merkwürdige Veranstaltung. In dem bleichen, gelblichen Winteroberlicht standen wir da, sechs Mann hoch, sechs erwachsene Steuerzahler mit oder ohne Bart, mit oder ohne Familie, sechs Mann, die zumindest bis jetzt noch keinen Selbstmord begangen hatten, und öffneten die Boxen. Während die Betrunkenen so lautlos wie möglich schliefen und vereinzelte Nachtschwärmer sich hierher verirrten, während die Kioske und Cafés um uns herum schlossen und die Bahnbeamten stempelten und nach Hause gingen, öffneten wir Schließfächer. Ungefähr fünfhundert Schließfächer. Eins nach dem anderen.

Das System sah so aus: Iversen öffnete mit seinem

Universalschlüssel ein, zwei, drei Fächer gleichzeitig, Ehlers, Kaspersen und Kellermann übernahmen dann jeweils eins, während Andreasen und ich mit großen, flackernden, neugierigen, eichhörnchenähnlichen Blicken hinter ihren Rücken standen.

Wir schauten auf Koffer und Taschen, Koffer und Taschen aus allen existierenden Materialien, jeglicher Stilart, für jeden Geschmack – das reinste Museum an Koffern und Taschen. Aktenkoffer. Rucksäcke. Netze. Chinesische Falttaschen. Schultertaschen. Kleine Schrankkoffer.

Wir – oder zumindest Ehlers, Kaspersen und Kellermann – wühlten in Schlipsen, Herren- und Damenunterwäsche, Kleidern, Hemden, Kosmetik, Rasiercreme, Menstruationsbinden, Bibeln – eben die sieben, acht Dinge, die die Leute mit sich schleppen, wenn sie wirklich gezwungen sind, sich einzuschränken.

Einige der Schließfächer verrieten so einiges über ihre Besitzer. Zum Beispiel das, in dem eine Plastiktüte mit zwölf Flaschen französischen Jahrgangsweins und ein riesiger Parfum-Flakon stand – und sonst nichts. Oder das mit einem Koffer, der bis zum Platzen mit benutzten und voll onanierten pornografischen Heften aus den Liveshows der Istedgade gefüllt war.

»Ein Schwede«, bemerkte Andreasen trocken.

Da gab es eines mit einer Schreibmaschine, einer alten Underwood aus den Dreißigern, die es mich in den Fingern jucken ließ, ein schönes, schwarzes, blank gewetztes, glänzendes Unikum von einer Maschine, eine, die aussah, als hätte Dashiell Hammett persönlich ihre Tasten flach und schief gehämmert.

Da gab es eines mit einer ganzen Menge glitzernder Schmuckteile, die die drei Polizisten verschworen einander zuzwinkern ließ.

»Strandvejen 308«, sagte Ehlers nur. »Bingo! Das wird den amerikanischen Botschafter aber freuen – oder zumindest seine Ehefrau.«

»Könnte vielleicht für eine Studienreise reichen?«, fragte Kaspersen ironisch.

»Nicht noch mehr von der Bang'schen Sorte!«, meinte Kellermann. »Da drüben werden sie zu zynisch.«

»Aber sie lernen auch viel.«

Es gab nicht weniger als drei Schließfächer mit Drogen: einen wahren Supermarkt an Stoff. Eines mit Heroin, ordentlich abgewogen und verpackt in durchsichtige Plastikröhrchen, wie man sie aus der Apotheke kennt; eines mit mehreren hundert gelben Pillen, die aussahen wie Preludin und das auch enthielten und von denen wir alle gut und gern ein paar hätten gebrauchen können; und eines mit einem großen Klumpen des fettesten, fast wie Honig triefenden Nepals, den ich seit Jahren gesehen hatte. Meine Finger zuckten, aber ich musste gute Miene zum bösen Spiel machen und Haltung wahren. Schließlich war ich bei der Arbeit.

Doch, es gab fast alles in den Schließfächern, alles, was der Mensch so brauchen kann. Es gab etwas zu essen, Kleidung, Bücher, Getränke, Narkotika. Und es gab die Behälter für diese Art von Eigentum, Behälter jeglicher Art, wie sie sich ein gewitztes menschliches Gehirn nur ausdenken konnte. Hunderte von Containern, die wir von innen nach außen kehrten.

Und zwischen all dem befand sich auch – in

Schließfach Nr. 125 – Monica Lykkes alte, abgetragene Schultasche und – in Schließfach Nr. 325 – May Rizzis elegante, teure Krokodilledertasche.

Aber Nr. 425 war noch leer.

29

Jetzt wäre es doch zu nett, wenn diese Taschen so gütig wären, uns eine Geschichte zu erzählen«, meinte Ehlers mürrisch, während er verdrossen die Schultasche und das Krokodil anstarrte.

»Das werden sie aber nicht tun«, entgegnete Kaspersen.

»Ich habe ja auch gesagt: es wäre«, konstatierte Ehlers seufzend.

Es war 3 Uhr, und wir waren am Ende des Weges angekommen. Selbst der eifrige Andreasen hatte müde, gerötete Augen.

Die einzige Geschichte, die uns die Taschen erzählten, besagte, dass May Rizzi einen halben Kosmetikladen mit sich geführt hatte, während Monica Lykke sich von einem halben Dutzend Lehrbüchern und einer leeren Thermoskanne hatte begleiten lassen, die immer noch nach dem eingetrockneten Tee der letzten Jahre duftete. Monicas Papiere lagen vollzählig in ihrer Brieftasche. Sie hatten beide Geld bei sich gehabt. Und May nicht wenig.

»Er ist nicht mal in der Lage, eine Spinatwachtel zu beklauen!«, sagte Kellermann mit einer Art unterwürfiger Ehrfurcht.

»So einer ist er nicht.«

Ich hörte nicht, wer das sagte, aber wir redeten auch alle gleichzeitig.

Die Gesellschaft brach auf. Ehlers und Kaspersen packten den Schmuck und die Drogen zusammen, ohne dabei in sichtlich guter Laune zu sein.

Andreasen und Iversen wurde überschwänglich gedankt und sicher die eine oder andere Form einer dienstlichen Anerkennung versprochen.

»Permanente Überwachung«, sagte Ehlers, eher zu sich selbst. »Drei Drogenfälle mittlerer Größe, ein großer, dicker aristokratischer Schmuckraub und ein dreifacher Mörder, der diese Fächer benutzt. Die Boxen sollten verboten werden.

Verdammt, wenn die jetzt alle auf einmal angekommen wären!«

»Er wird nicht kommen«, sagte Kaspersen.

»Warum nicht?«

»Warum sollte er kommen? Die Taschen sind doch nichts wert.«

»Trotzdem hat er sie den Leichen abgenommen und hier deponiert. Warum sollte er so etwas tun?«

»Weil er geisteskrank ist«, erklärte Kellermann kurz.

»Und wenn er geisteskrank ist, dann ist durchaus möglich, dass er kommt«, entgegnete Ehlers. »Das wäre dann wirklich geisteskrank.«

So liefen die Gedanken hin und her, wie die wahnsinnigen weißen Tanzmäuse auf dem Jahrmarkt, die nicht aufhören können zu laufen – aber auch nie ankommen, und nie wegkommen.

Falls nicht ein einzelner Mann sie alle erlöste.

Und das tat er – während wir alle auf unseren Posten waren.

Er kam am Sonntagnachmittag, an einem frostklaren Tag, nachdem wir alle ein paar Stunden Schlaf bekommen und unsere Vorbereitungen getroffen hatten. Er war ungefähr vierzig Jahre alt, ungefähr 180 cm groß, wog ungefähr 75 kg und war bartlos. Seine Haare und Augen wurden durch einen braunen Hut verborgen. Er ging langsam und ruhig durch den Hauptbahnhof, als dieser am ruhigsten war, und bewegte sich auf die Schließfächer zu.

Er hatte das Geld in der Tasche eines großen, braunen Mantels bereit. Er bezahlte für Schließfach Nr. 125, und dank eines schlauen kleinen Senders, den die Polizei im Laufe der vergangenen Nacht an gewissen Fächern installiert hatte, ging diese Meldung sofort weiter an Kaspersen, der darauf bestanden hatte, seine angefangene Revision der Quittungen für die Gepäckaufbewahrung weiterzuführen.

Als das Klicken in Kaspersens Sender wiedergegeben wurde, klang es, wie er später berichtete, wie die Posaunen des Jüngsten Gerichts.

Währenddessen bog der Mann in den nächsten Gang der Schließfächer ein, wandte sich Nr. 225 zu und bezahlte auch dort mit einem weiteren Klick. Kaspersen gab in aller Ruhe eine Reihe von Befehlen über ein unschuldig aussehendes kleines Mikrofon weiter.

Bevor Nr. 325 bezahlt war, war bereits die gesamte Maschinerie in Gang, eine äußerst sorgfältig durchdachte und gut geschmierte Polizeimaschinerie.

Zwar hatte man nicht die Freundlichkeit gehabt, auch mich mit einem Miniempfänger auszustatten, schließlich gehörte ich nicht zur Mannschaft, aber ich sah das Ganze von oben, von meinem Aussichtsplatz auf der Galerie aus, wo die Kellnerin inzwischen ganz sicher war, welche Art von Gefühlen ich ihr gegenüber hegte.

Ich sah den Mann zu den Schließfächern gehen. Ich sah Kaspersen erstarren und seine Befehle geben. Und einen Moment später sah ich, wie in einem Ballett vier, fünf zufällig auftauchende Gestalten, die aussahen, als wollten sie irgendwo hin, sich zusammenschließen und sich alle, aber jeder auf seiner Umlaufbahn – auf die Boxen zu bewegen.

Der Kreis war geschlossen. Der Mann war umringt.

Als er fertig mit seinen Fächern war, sah ich, wie er langsam den Bahnhof durchquerte und sich auf den Haupteingang zu bewegte.

Er ging ruhig und würdevoll. Etwas in seinem Gang ließ ihn älter erscheinen, als er war.

Und er wurde auf die reizendste Art bis zur Tür begleitet. Kaspersen war nur wenige Meter hinter ihm, und er versuchte so nonchalant wie nur möglich auszusehen – fast wie man sich einen Mann vorstellt, der gerade gewissenhaft über sein Mittagessen nachdenkt.

Ihm folgte ein weiterer Mann, die Hände auf dem Rücken verschränkt. Selbst von der Galerie aus konnte man sehen, dass er pfiff.

Für alle anderen waren es nur drei Männer, die den gleichen Weg einschlugen – ein ganz gewöhnliches Phänomen im heutigen Kopenhagen, und wahrscheinlich auch im früheren. Und auch kein Phänomen, das nur für Kopenhagen typisch ist.

Aber für mich – als den einzigen Zuschauer, der wusste, was da vor sich ging – war es etwas anderes.

Für Ehlers war es wahrscheinlich ein Fall. Für

mich eine Story. Aber für den Mann dort unten war es blutiger Ernst, ein Ernst, der in seinem eigenen Fleisch und um ihn herum wütete. Er war ein verurteilter Mann. Er war auf Jagd gewesen, und jetzt wurde er selbst gejagt. Die Treiber standen um ihn herum bereit.

Er war der Henkersknecht gewesen – wenn er derjenige war, aber das machte keinen Unterschied, wenn man das Bild von der Galerie aus sah – und jetzt war er das Opfer mit zwei Henkersknechten im Rücken.

Einen Augenblick lang stand die Welt still, wie auf einem Gemälde einer mittelalterlichen Prozession, eine ewige Reihe von Verfolgern und Verfolgten. Das würde immer so sein. Es würde immer jemanden geben, der verfolgt wurde. Die Welt war dazu verurteilt – oder verdammt – diese gleichen banalen Bewegungen ununterbrochen zu wiederholen, immer und immer wieder, die gleichen automatischen Reflexe. Jagen und gejagt werden. Umbringen und töten.

Wann hatte das angefangen? Mit Kain und Abel? Gab es damals noch keine Polizisten?

»Am Anfang schuf Gott die Polizisten, die Polizisten und die Feuerwehrmänner ...«

Nein, da war wohl keiner dabei gewesen.

Die drei verschwanden aus meinem Blickfeld, einer nach dem anderen, in einem regelmäßigen, rhythmischen Takt näherten sie sich dem Rundbogen über dem Ausgang. Das war wie ein Zeitlupenfilm, bei dem jedes einzelne Bild von einem eigensinnigen Filmvorführer zurückgehalten wird, weil er sie nicht zeigen will.

Zuerst war der braune Mantel weg. Dann war Kaspersen weg. Dann sein Verfolger – und erst da entdeckte ich noch einen weiteren Verfolger.

Sie wollten ihn wohl draußen verhaften, um zu großes Aufsehen zu vermeiden. Es gab keinen Grund, Verwirrung zu verbreiten, indem ich auch noch hinunterging.

Das Café wurde gerade wieder voller, und die Welt wie der Hauptbahnhof und mein gesamtes Körpersystem zogen sich zusammen und atmeten aus. Das Tempo war wieder herabgesetzt worden.

Ich hatte Krämpfe. Ich hatte in einer verrückten Stellung gesessen und aus diesem verfluchten Aquariumsfenster stundenlang in der gleichen pervertierten, körperschädigenden Position hinausgeglotzt.

Ich richtete mich auf, während ich einen dieser schweren, dumpfen, affenartigen Laute ausstieß, die aus irgendeinem Grund so befreiend auf die Wirbelsäule wirken: M-m-m-m-m-m.

In der Zwischenzeit hatte ich Gesellschaft bekommen. Ehlers saß mir direkt gegenüber. Seine Augen glänzten wie die einer Katze im Dunkeln, als er aufstand und mir einen Blick zuwarf.

»Dann lass uns mal loslegen«, sagte er nur.

Die Kassiererin schaute mir lange nach, als wir gingen.

30

Er geht«, sagte Ehlers, als wir auf die Straße gekommen waren, wo dichte Flocken frischen Schnees unsere Mäntel bedeckten, als hätten sie nur auf der Lauer gelegen und auf ihre Chance gewartet. »Er geht, und wir folgen ihm.«

»Verdammt, warum das Risiko eingehen? Und was ist, wenn er abhaut?«

»Er haut nicht ab.«

Sein Taschensender piepste. Die Elektronische Polizei. Bald würden sie sicher die ganze Stadt via Bildschirm überwachen.

»Hier entlang«, sagte Ehlers und packte mich am Arm. »Zur Vesterbrogade. Komm.«

Es war 17 Uhr, und die Dunkelheit setzte langsam ein. Es war gerade noch hell genug, um auf die vorbeigehenden Passanten scharf zu stellen, von denen es selbst für einen Sonntag nur sehr wenige gab. Kopenhagen blieb heute Abend zu Hause. Kopenhagen setzte auf Fleischtöpfe, Kaminfeuer, Fernsehen und Kartenspiel.

Aber wir begannen unsere Jagd durch die Stadt.

Es ging in ruhigem Tempo vorwärts. In regelmäßigen Abständen, jede zweite Minute, bekam Ehlers eine neue Meldung. Alle waren kurz und präzise. »Biegt nach rechts in die Bagerstræde zum Gl. Kongevej ein.« »Geht den Gl. Kongevej weiter.« »Vom Gl. Kongevej in den Vodroffsvej.«

Wir folgten brav Kaspersens Angaben.

»Er ist umringt«, sagte Ehlers. »Von allen Seiten. Die Fliege sitzt mitten im Spinnennetz. Er kann gar nicht entkommen.«

»Warum machst du das?«

»Ich will sehen, was passiert – wir haben nichts zu verlieren. Wir haben bis jetzt nicht den Schatten eines Beweises, abgesehen davon, dass er die Miete für die Schließfächer bezahlt hat, und er kann immer noch einen wieder abgereisten Vetter aus Australien haben, der ihn gebeten hat, das zu tun. Deshalb können wir lieber die Chance nutzen.«

»Ich glaube nicht, dass der Polizeichef mit dir da einer Meinung wäre.«

»Ob du es glaubst oder nicht, aber in letzter Zeit habe ich mehr als einmal daran gedacht, dass es noch andere Jobs auf dieser Welt gibt als nur welche bei der Polizei ...«

Wir bogen gerade vom Vodroffsvej in die Rosenørns Allé ein, als wir erfuhren, dass unser Mann in den H. C. Ørsteds Vej eingebogen war. Die Gestalten auf der Straße erschienen fast fluoreszierend, als die Lichter angingen. Es begann zu dämmern, das elektrische Licht und der fallende und alles bedeckende Schnee bildeten zusammen eine Märchenwelt, eine groteske, unwirkliche Welt, in der alles geschehen konnte. Als ob das nicht schon immer so in der wirklichen gewesen wäre.

Wir überquerten den Aaboulevard und gingen zur Griffenfeldsgade hinunter bis zur Nørrebrogade. Hier bog unser Mann nach links ab.

Wir waren wieder zu Hause, wie schön, als würden die Steine eines Schachspiels alle gesammelt und für eine neue Partie auf ihre Startpositionen gestellt werden. Da waren wir also wieder, mit direktem Kurs auf das Nørrebro Rondell.

Zu diesem Zeitpunkt hatten wir einen Teil des Hauptfeldes eingeholt, wie man es auf der Radrennbahn im Forum nennt, Ehlers und ich konnten nicht mehr als ein paar hundert Meter hinter ihnen sein. Wie eine lange, gerade Schnur bewegte sich eine Reihe von Männern die Nørrebrogade hinunter, immer mit dem gleichen, sorgfältig gehaltenen Abstand, alle einander aufmerksam folgend bei ständiger Beachtung der Gangart des Führers: des Mannes in dem braunen Mantel, dessen Gesicht wir bis jetzt noch nicht gesehen hatten, dem Kaspersen aber ununterbrochen gefolgt war.

Hatte der Mann Verdacht geschöpft? War das überhaupt zu vermeiden? Führte er uns nur mit einer zwecklosen Verzögerung an der Nase herum?

Bis jetzt sah seine Route sehr logisch aus – wenn er wirklich zum Nørrebro Rondell wollte.

Und das wollte er. Als wir kurz vor der Ecke angekommen waren, an dem am schlechtesten beleuchteten Teil der Mauer zum Assistens Friedhof, trat Kaspersen aus der zunehmenden Dunkelheit hervor und hielt uns direkt vor dem Eingang an.

»Er ist da drüben«, sagte er.

Er zeigte routiniert diskret zu einem Haus auf der anderen Straßenseite hinüber, einem großen, soliden, fünfstöckigen braunen Klotz. Im ersten Stock lag das Beerdigungsinstitut »Begravelsesforretningen Danmark«. Im Erdgeschoss das Dänische Krematorium. Rechts daneben teilte ein Kleidungsgeschäft mit großen, grellroten Buchstaben quer über die Fassade mit: »500 Hosen müssen raus!«

Mir fiel ein, dass ein Premierminister einmal die Nation als »Forretningen Danmark«, als der Laden Dänemark bezeichnet hatte. Er war schon auf dem richtigen Weg, aber hier war die konsequente Weiterführung: »Begravelsesforretningen Danmark«.

In fast allen Wohnungen war Licht. Beruhigend saubere weiße Gardinen und gut gepflegte Blumentöpfe sangen ihr süßes Lied von dänischer Gemütlichkeit im zwanzigsten Jahrhundert.

»Wo?«, fragte Ehlers mit Frostatem. Nicht ein Wort zu viel.

»Vierter Stock rechts«, sagte Kaspersen. »Adamsen.«

Adamsen. Ein Name.

So werden die Dinge real. Eine physische Tatsache wie ein Mord beispielsweise setzt einen Mörder voraus. Der Mörder ist ein Traum, ein Zwerg, ein Elfenmädchen, kann wer auch immer sein.

Aber dann bekommt der Mörder einen Körper. Dann bekommt der Mörder einen Namen. Dann bekommt der Mörder eine Adresse.

Und wie auf Kommando, wie bei einer Militärübung, sahen Ehlers und ich gleichzeitig zum vierten Stock rechts. Das Viereck wurde plötzlich vollkommen ausgefüllt. Es war wie das, was man beim Film einen Zoom nennt. Das übrige Haus verschwand, und die Fenster im vierten Stock rechts leuchteten mit einer eigenen, unerklärlichen Glut auf, einer boshaften unterirdischen Glut, die keine andere elektrische Birne im Haus aufweisen konnte.

Der Schnee fiel mit unvergleichlicher Disziplin. Einzelne späte Trauernde huschten mit tapferem Schluchzen aus der Friedhofspforte, von jüngeren, stärkeren Verwandten gestützt. Sie sahen wohl kaum die drei Männer, die dort standen und zu einem Fenster hinaufschauten und vielleicht alle darauf warteten, dass jemand aus dem Fenster zu ihnen hinunterschauen würde.

»Alles unter Bewachung?«, fragte Ehlers.

Ich kannte ihn in diesem Stadium, in dem seine Sätze zu Telegrammen wurden. Dann war er der aktive, handelnde, resolute Ehlers. Hinterher, wenn es überstanden war – was immer es auch sein mochte, aber auf jeden Fall ein Zustand der Anspannung – wurde er locker und geradezu redselig. Aber jetzt war Effektivität angesagt. Ich erkannte seine Zeichen so sicher wieder, wie ich früher die Zeichen der anderen in der Band erkannt hatte, als ich noch Musiker war. Ich erkannte sie, wie ich wusste, dass der Pianist mein Zeichen erkannte, ein Anziehen der Schulter ein wenig nach hinten links und das Instrument um 45 Grad angehoben. Das bedeutete noch sechzehn Takte.

»Alles«, sagte Kaspersen, so ruhig und tonlos wie die Schneeflocken. »Alles. Haupteingang. Küchentreppe. Stockwerk unter der Wohnungstür. Stockwerk unter der Hintertür zur Küche.«

»Und der Dachboden? Viele dieser Dachböden haben einen Durchgang zum nächsten Haus.«

»Keiner auf dem Dachboden. Aber der Posten im zweiten Stock wird gleich informiert.«

Es war unmöglich zu erraten, was da hinter den erleuchteten Scheiben im vierten Stock rechts vor sich ging. Es sah aus, als ginge eine Gestalt hin und her (oder war das reine Einbildung?), eine Gestalt, die von einem kalten Spaziergang nach Hause gekommen war und jetzt herumlief und ihre Hände vor dem Kamin wärmte. Schnee, Licht und eine Gestalt hinter zugezogenen Gardinen – das sah aus wie ein Bild aus einem Adventskalender.

Die Autos passierten uns ausdruckslos leuchtend. Es war 18 Uhr.

»Nun«, sagte Ehlers, als kämpfte er sich aus einem

Traum, »nun, wir sollten wohl lieber hochgehen und ihn unter Berücksichtigung aller Rechte eines Beschuldigten verhören.«

»Ja«, sagte Kaspersen. »Das sollten wir wohl.«

Beide machten Anstalten zu gehen, die Andeutung eines angehobenen Fußes – und beide hielten mitten in der Bewegung inne, denn im gleichen Moment wurden in der Wohnung im vierten Stock rechts die Gardinen vor dem größten Fenster aufgezogen. Die Gardinen verschwanden langsam, Zentimeter für Zentimeter, und ein Gesicht kam zum Vorschein.

Das Gesicht sah verschwommen gelblich und wachsartig in der Straßenbeleuchtung von unten aus. Nachdem das Gesicht sein Blickfeld einmal durchmessen hatte, wandte es sich direkt unserer Drei-Mann-Gruppe im Schatten der Friedhofsmauer zu. Dann drehte sich das Gesicht wieder zurück ins Zimmer, als müsste es dort etwas nachschauen oder schnell kontrollieren, ob etwas an Ort und Stelle wäre, dann wandte es erneut seinen Blick uns zu, als wollte es sich noch einmal vergewissern, dass wir auch keine Fieberfantasie waren.

Das Gesicht verschwand aus unserem Blickfeld, als wäre es ein wenig unsicher, ob es nicht lieber dort bleiben sollte.

»Jetzt weiß er, dass wir hier sind«, sagte Kaspersen.

»Lass uns gehen«, sagte Ehlers.

Wieder wurden sie an ihrem Versuch gehindert, Klein-Lieschen-hebt-die-Zehen zu spielen. Das Fenster im vierten Stock wurde mit einem widerstrebenden Knirschen geöffnet, das vorwurfsvoll die Luft durchschnitt. Eine Gestalt erschien im Fenster, dieses Mal nicht nur das Gesicht, sondern der gesamte Oberkörper.

Die Gestalt beugte sich, mit der grotesken Langsamkeit eines Marionettentheaters, mit dem ganzen Oberkörper aus dem Fenster. Die Gestalt machte Anstalten, die Knie hochzuziehen.

Die Gestalt kam vollständig auf die Fensterbank.

»Nein! Lass es sein!«, rief irgendjemand. Kaspersen?

Aber es war zu spät, um zu rufen. Die Gestalt hatte sich bereits abgestoßen und ihre letzte Reise ins Nichts angetreten. Wie ein grotesker Zirkusartist schwebte sie aus dem vierten Stock herab, ohne sich zu rühren, ohne ein einziges Glied zu bewegen, fast mit geschlossenen Beinen. Es folgte ein dumpfer Stoß wie von einem Kartoffelsack, der auf der Straße landete, ein grotesker menschlicher Fleischkloß aus einem Raritätenkabinett.

Das war so schnell gegangen, dass nicht einer von uns sich hatte rühren können, bevor die Leiche bereits von dem ersten vorbeifahrenden, vollkommen unbeteiligten Ford Cortina überfahren worden war. Aber nur die Beine der Leiche, die Bremsen des Cortina waren ziemlich neu.

31

Das war's also«, sagte ich.

Keine überwältigend originelle Bemerkung, aber ich hatte irgendwie das Gefühl, jemand müsste etwas sagen.

Niemand antwortete. Offenbar hatte niemand sonst das gleiche Gefühl.

Menschen sind so verschieden.

Ehlers, Kaspersen und ich schleppten die Leiche einträchtig auf den Bürgersteig vor dem Krematorium. Der Besitzer des Cortina, ein großer, rotwangiger Mann, stand am Rinnstein und übergab sich.

Das war nun auch nicht gerade die schönste Leiche, die ich gesehen habe – da waren die Mädchen auf jeden Fall hübscher gewesen. Adamsen hatte beide Beine und mindestens einen Arm gebrochen. Sein Gesicht war kein Gesicht mehr, es war ein zermatschter blutiger Fleischklumpen. Das eine Auge war vollkommen geschlossen, das andere war noch einen Spalt geöffnet, als wartete es auf eine letzte Offenbarung.

Ehlers schloss es diplomatisch.

»Jedenfalls brauchen wir keinen Totenschein«, sagte Kaspersen.

Er versuchte es leicht zu nehmen. Er wirkte nicht sehr überzeugend in dieser Rolle.

»Lass uns ihn von hier wegbringen«, bemerkte Ehlers kurz.

Kaspersen rief einen Krankenwagen. Der eine Sanitäter schaute kurz auf das zerschmetterte Gesicht, dann legte er ein weißes Tuch darüber und murmelte etwas, das wie ein leises Gebet klang.

Schön von ihm. Und vollkommen sinnlos.

Sie trugen die Leiche weg.

Ehlers zuckte mit den Schultern, als wollte er einen Albtraum verjagen. Wir gingen alle drei ins Haus.

Im zweiten Stock stand Kellermann, breit und solide wie die Wachtparade, als Absperrung für die ganze Treppe.

»Ist keiner rausgekommen, Chef«, sagte er.

»Nein«, erwiderte Ehlers mechanisch. »Nur durchs Fenster.«

Kaspersen gab Kellermann einen kurzen, brutalen Rapport, während Ehlers an der Tür zum vierten Stock rechts klingelte. Da stand lakonisch »Adamsen« auf dem Türschild. Das Türschild hatte schon lange an der Tür gesessen. Davon berichteten die Schrauben.

Niemand antwortete.

Ehlers zog brummend ein Schlüsselbund aus der Hosentasche, suchte einen Schlüssel heraus und versuchte es vergeblich.

Beim dritten Versuch ging die Tür auf, und wir traten in einen kleinen, dunklen Flur.

Es roch nach Krankheit, sie schlug uns in massiven Wellen entgegen. Es roch, wie es in Krankenhäusern riecht, in Altersheimen, in Pflegeheimen, ein Geruch nach Medizin, Schweiß und Reinigungsspiritus.

Wir blieben einen Augenblick wie witternde Hunde im Eingang stehen, ohne das Licht einzuschalten.

»Paul, bist du es?«, fragte eine verschleierte Frauenstimme. Sie klang wie unter Drogen, als wäre es eine große Anstrengung, allein diese vier Worte den ganzen Weg von unten aus dem Hals bis zwischen die Zähne hinaufzubekommen.

»Polizei, gnädige Frau«, sagte Ehlers so mechanisch wie eine Spieldose. »Wir haben geklingelt. Ihr Mann hat einen schweren Unfall gehabt.«

»Das ist nicht mein Mann. Paul ist mein Bruder. Kommen Sie doch herein.«

Ehlers öffnete die Tür rechts, aus der die Stimme gekommen war, und wir traten ein.

Es war ein kleines, vollkommen quadratisches Zimmer, das in einer Mischung aus Licht und Dunkelheit dalag, in dem gelblichen Schein einer Deckenleuchte, die allen Staub von den Wänden zu sammeln schien. In der Mitte des Zimmers stand ein großes Bett von der Art, wie man sie in Krankenhäusern benutzt, so eins, das angehoben und abgesenkt werden kann. Am Bett stand ein großer Tisch mit Tee, Blumen und Zeitschriften.

Die Frau in dem Bett war nicht älter als dreißig, oder sie sah jünger aus, als sie war. Sie war blass und schmächtig, mit einer ungesunden Hautfarbe, als hätte sie seit Monaten kein Tageslicht gesehen.

Sie konnte einem Leid tun, das sah man auf den ersten Blick, ohne zu wissen, warum sie einem Leid tun konnte – ihre Augen lagen so tief in den Höhlen, ihre Stimme war eine einzige Qual. Man wusste genau, dass sie gelitten hatte.

Sofort bekam man ein schlechtes Gewissen. So sehr hatte man selbst nie gelitten.

»Setzen Sie sich doch«, sagte sie und deutete auf ein paar Stühle.

Sie versuchte sich zu beherrschen, sie versuchte es wirklich. Aber ihre Hände zitterten, und ihre Stimme vibrierte.

»Ich kann leider nicht aufstehen. Ich bin gelähmt. Ich war schon immer gelähmt. Was ist mit Paul passiert?«

Gelähmt ... immer schon. Das erklärte den Geruch. Das erklärte die Haut und diese Augen.

Das arme Mädchen, für sein ganzes Leben an ein Bett in der Nørrebrogade gefesselt.

Ich beneidete Ehlers nicht um seinen Job.

»Ich sage lieber gleich, was Sache ist«, erklärte er. »Ihr Bruder ist tot. Jetzt dürfen Sie aber nicht …«

Er wollte sicher sagen, dass sie keinen Schreck kriegen solle oder nicht verzweifeln dürfe – als ob das etwas nützte –, als sie bereits ausrief: »Paul? Tot? Ja, aber …«

Sie betonte jede einzelne Silbe. Verzweifelt hob sie ihren Oberkörper, als ob zumindest der – in Ermangelung anderer Möglichkeiten – etwas tun könnte. Dann holte sie tief Luft, fasste sich an den Hals – und fiel in Ohnmacht.

»Ruf Dr. Bang an«, sagte Ehlers. Er war bereits dabei, sie zu massieren. Seine Bewegungen waren sanft und vorsichtig. Er war weit weg.

Ich verließ leise das Krankenzimmer und öffnete eine Tür am hinteren Ende des Flurs. Das musste das Zimmer sein, aus dem Adamsen gesprungen war. Das Fenster stand weit offen und verriet alles mit seinen flatternden Gardinen und dem Schnee auf der Fensterbank.

Ich schloss es und schaute mich um. Das musste Paul Adamsens Zimmer sein.

Hier stand ein Sofa mit einem niedrigen Tisch, ein Esstisch, ein Schreibtisch und einige Regale voll mit Büchern. Die meisten Bücher waren Kriminalromane oder ›Wahre Kriminalfälle aus unserer Zeit‹. Außerdem nicht gerade wenige Hefte der billigsten Groschenromanserie vom Kiosk. Da gab es Gewalt jeder Art, die auf Papier dargestellt und ausgemalt werden konnte, und es gab genug Pornografie für die halbe Istedgade. Sadomasochismus, Perversitäten, Auspeitschen, Vergewaltigung, Sodomie. Eine breite Auswahl. Sven Hazel, James Bond, Rapport und Weekend Sex. Wie viele Bücherregale übers ganze Land verteilt wohl so aussahen? Das Unterbewusstsein wie vieler Menschen? Sage mir, was du liest ...

Gewissenlos wie üblich machte ich mich daran, in den Schreibtischschubladen herumzuwühlen. Sie enthielten große Mengen von all dem alltäglichen Krimskrams, den die Leute automatisch in ihre Schreibtischschubladen werfen: alte Kugelschreiber, ausgediente Mietsquittungen, abgerissene Hemdenknöpfe, zufällige Ansichtskarten von Onkeln und Tanten aus den Ferien. Es hätten die Schubladen von wem auch immer sein können.

Am anderen Ende des Zimmers stand ein großer Mahagoni-Kleiderschrank. Die Kleidung hing ordentlich auf den Bügeln, alles wirkte gepflegt und frisch gebügelt. So weit, so gut. Das Eigenartige daran war, dass er wie ein Gemeinschaftskleiderschrank wirkte, ein Kleiderschrank, den sich mehrere Menschen mit verschiedenen Jobs teilten. Da gab es beispielsweise ein Priestergewand. Da war eine Polizeiuniform. Und da hing ein weißer Arztkittel.

Kaspersen kam herein.

»Guck mal«, sagte ich. »Eine ganze Theatergarderobe.«

Kaspersen betrachtete die Kostüme. Dann pfiff er, brach aber schnell ab.

Ich wusste, warum.

»Ach so«, sagte er. »Ja, dann ist ja alles klar. Klar wie Kloßbrühe.«

»Was?«

»Na, wie er Kontakt mit den Frauen aufgenommen hat. Ein Pfarrer, wer verdächtigt schon einen Pfarrer? ›Könnten Sie mir nicht kurz helfen...‹ Oder ein Arzt, der um Hilfe bei der Behandlung eines Verunglückten bittet, oder eine plötzliche Ohnmacht? Oder ein Polizist ... Ach, das ist so verdammt einleuchtend. Die Uniform macht den Mann.«

Rasche, entschlossene Schritte waren draußen auf der Treppe zu hören. Dr. Bang steckte schnell seinen Kopf durch die Wohnungstür.

»Guten Abend«, sagte er fröhlich. »Mir scheint, die Morde kommen etwas früh heute. Man kann ja nicht einmal sein Essen beenden!«

Ehlers hörte ihn, ging hinaus und zeigte auf die Frau, die trotz seiner Anstrengungen immer noch langsam und schwer atmete.

Bang nickte und ging zu ihr. Er setzte sich auf die Bettkante, fasste sie mit professionellem Griff am Nacken und begann aufmerksam ohne ein weiteres Wort ihre Pupillen zu untersuchen.

Ehlers kam herein zum Kleiderschrank, wo er mit seinem zerzausten Bart nur verbissen in Richtung Uniformen nickte, die Kaspersen ihm zeigte.

»Der Unsichtbare Mann«, sagte ich.

»Was meinst du damit?«

»Das ist eine Geschichte, die ich einmal gelesen habe, eine Geschichte über einen englischen Katholiken. In einem Haus in London war ein Mord begangen worden, und mehrere Menschen hatten den ganzen Tag das Haus beobachtet, und sie schworen alle zusammen, dass niemand hineingegangen sei.«

»Ja, und.«

»Na, da war der Briefträger. Der Briefträger war hineingegangen, aber der Briefträger, das ist doch niemand. Genau wie der Arzt, der Pfarrer und der Polizist, das sind doch keine Personen.«

Ehlers sagte, als spulte er einen Film weit zurück. »Wir haben das letzte Mal einen Pfarrer gesehen.«

»Ja«, bestätigte ich.

Ich erinnerte mich auch an den Pfarrer, der die Nørrebrogade hinuntergegangen war, gleich hier um die Ecke, hinter einer alten Frau, die am letzten Mordmontag hinter zwei Rockern ging.

Ehlers begann mit der gleichen hilflosen Unruhe in den Schreibtischschubladen herumzuwühlen, wie ich es getan hatte.

Kaspersen inspizierte inquisitorisch die Bücherregale.

»Heißer Geschmack, nicht?«, meinte er konversierend.

»Der ist gar nicht so selten«, erwiderte ich. »Frag nur die Verleger.«

Dann kam Dr. Bang herein. In der Tür zündete er sich seine Zigarette mit einer dieser leichten, lässigen Handbewegungen an, die aussahen, als hätte er sie sorgfältig in zehnjährigem hartem Training einstudiert.

»Schock«, sagte er kurz. »Totalschock. Ich kriege nichts anderes aus ihr heraus als ›Was jetzt...‹, ›Wer soll jetzt...‹. Sie macht sich Sorgen um ihre Zukunft, die Ärmste.«

»Wozu sie auch allen Grund hat«, erklärte Ehlers gleichzeitig trocken und voller Mitleid. »Und sonst?«

»Ich denke, dass sie so in einer Stunde mit euch reden kann. Ich setze mich zu ihr und halte Wache, während ihr eure Arbeit macht. Das ist kein Theater: Sie ist wirklich ungemein schwach. Sie hat nicht mehr viel Kraft übrig. Ich werde auch bei ihr bleiben müssen, wenn ihr sie verhört – das bin ich den letzten noch verbliebenen zehn Prozent meines Ärzteeids schuldig. Ich werde euch rufen. Ich wollt doch sicher hier alles durchwühlen, nicht wahr?«

»Ja.«

Ehlers klang nicht, als wäre das etwas, worauf er sich so richtig freute. Ehlers klang, als überlegte er ernsthaft, warum er nicht rechtzeitig Koch auf der Århus-Fähre geworden war.

»Und dann«, fügte Bang hinzu, während er seine Zigarette in einem Blumentopf ausdrückte und sich wieder der Tür zuwandte, »kocht Kaffee und seht zu, ob ihr nicht einen Cognac oder etwas Ähnliches irgendwo findet. Das können wir gebrauchen.«

»Geht in Ordnung«, sagte ich.

Immer der flinke, kleine Pfadfinder. Allzeit bereit, eine Tasse guten, altmodischen Mordkaffee zu kochen.

Jetzt gab es endlich einen Anlass dafür.

32

Es war ganz dunkel geworden, als sie so weit war.

Zu diesem Zeitpunkt war alles unwirklich. Sie lag auf ihrem Bett, schwach und erschöpft, während Bang auf der Bettkante saß, bereit einzugreifen, bereit zu beruhigen und offensichtlich bemüht, nicht allzu erschreckend gesund und aktiv auszusehen.

Ehlers und Kaspersen saßen vor ihr auf den beiden Stühlen des Krankenzimmers. Ich sah nur ihren Rücken. Ich hatte mich fast versteckt, halb im Schatten an der Tür. Ich fühlte mich wie ein Lauscher. Noch schlimmer. Wie ein nekrophiler Lauscher.

Das gelbe Licht schwirrte mir vor den Augen.

Keiner von uns wagte zu rauchen.

Die Szene war so pathetisch, mit vier Männern um einen weiblichen Krüppel versammelt, dass mir aus den Resten meines Gedächtnisses die Worte eines Lieds herausrutschten, ein letzter Überrest der noch vorhandenen Schulzeiterinnerung:

Hier stehn wir nun, vereint in Ruh
um dich, du unser schönes Herzblatt, du

Sie sprach langsam, mit deutlicher Betonung auf jeder einzelnen Silbe. Als drängte sich alles, was sie sagte, jeder Buchstabe, aus ihr heraus, bahnte sich mit aller Gewalt den Weg aus ihrem Körper heraus.

Sie hieß Kirsten. Ihr Bruder war vierzig, sie war fünf Jahre jünger. Sie wohnten seit zehn Jahren zusammen – seit ihre Eltern beide bei einem Autounfall starben.

»Ich habe es ihm so oft gesagt ... Er soll sein eigenes Leben leben ... Er soll sich eine Familie anschaffen, in die weite Welt hinausgehen – nicht immer nur mich pflegen ... Zehn Jahre lang hat er mich gepflegt ... Wie ein Vater.«

Die Sätze kamen stoßweise, mit langen Pausen dazwischen. Ihre Augen waren geschlossen.

Niemand unterbrach sie.

Niemand erwähnte die Morde.

Bang streichelte sie ab und zu beruhigend – wie man ein Kind streichelt.

»Er war immer so still, so nach innen gekehrt ... Wie oft habe ich ihm gesagt, dass er mir doch erzählen soll, was er so denkt, was er macht und tut ... Er hat immer gesagt, dass es da nichts zu erzählen gibt, er sei ja doch die ganze Zeit bei mir ...

Und das stimmte. Er hat alles gemacht. Er hat eingekauft, sauber gemacht und das Essen gekocht und ...«

Erschöpft sank sie zurück.

»Wovon haben Sie gelebt?«, fragte Ehlers. Seine Stimme klang, als käme sie aus einer ganz anderen Welt. Und dem war auch so. Sie kam aus einer Welt, in der Leute einfach gesund waren, heirateten und Kinder bekamen, ab und zu fluchten, einkauften, Essen kochten und den Hund streichelten, den Keller aufräumten und frische Luft schöpften. Eine Welt, die sie niemals erleben würde.

»Unser Erbe«, sagte sie tonlos. »Das Erbe von unseren Eltern ... durch den Verkauf ihres Hauses ... die Versicherung ... und meine Invalidenrente. Wir brauchten nicht besonders viel.«

»Dann hat Ihr Bruder nicht gearbeitet?«

»Er hat studiert. Er hat viel gelesen.«

»Was hat er studiert?«

»Alles Mögliche ... Er wusste so viel.«

Das Fenster stand halb offen. Von einem Fest in der Nachbarschaft drang verzerrt laute Musik herein:

I found my thrill
on Blueberry Hill
on Blueberry Hill
when I found you

Der Tonabnehmer hüpfte in den Plattenrillen. Ein paar Stimmen sangen mit. Rhythmisches Stampfen kündete von einigen Menschen, die immer noch ihre Beine hatten und sie benutzen konnten.

»Wie ... wie ist es passiert?«, fragte sie mit leiser Stimme.

Bang schaute Ehlers an, Kaspersen schaute Ehlers an.

»Das war ... ein Verkehrsunfall«, sagte Ehlers ebenso leise.

Nicht besonders fantasievoll. Vor allem nicht bei ihrem Hintergrund. Sie sah ihn an, als hätte sie den Verdacht, er könnte lügen.

»Wir haben oft darüber geredet ... Was mit mir passiert, falls er ... Aber ich habe geglaubt, dass ich zuerst sterben werde.«

Sie weinte.

Bang schaute Ehlers flehend an. Sein Blick sagte: Lass uns das hinter uns bringen!

»Kommen ... kommen Sie nie hier aus diesem Zimmer raus?«, fragte Ehlers.

Sicher ohne sich dessen bewusst zu sein, wie so eine Krankenhausattitüde, sprach er mit der gleichen deutlichen Langsamkeit wie sie.

»Nein ... nur wenn Paul mir hilft – half, in der Wohnung. Und dann ... montags ...«

Von meiner Position in der Türöffnung sah ich, wie Kaspersens und Ehlers' Nacken synchron erstarrten.

»Montags, da bin ich in der Klinik. ... Sie sagen, dass ich die Hoffnung nicht aufgeben darf ... Ich bin jeden Montagnachmittag dort zur Untersuchung, und Paul kommt immer am Dienstagmorgen und holt mich dort ab ... Das ist der einzige freie Tag, den er hat, der Montagabend.«

Sie wechselte zwischen Vergangenheit und Gegenwart, zwischen einem permanenten Halbschlaf und einem hektischen Zustand des Wachseins gegenüber all dem Neuen und Überraschenden, was passierte. Ihre Finger kratzten ununterbrochen an der Bettdecke, wie ein Kind, das seinen Teddy liebkost.

Sie hatte wohl seit fünfunddreißig Jahren Bettdecken unter den Fingern. Für sie mussten Bettdecken die Wirklichkeit an sich sein. Weiche Bettdecken. Gelbliches Licht. Staub, der sich sammelte.

Und Paul. Paul, der sie alle diese Jahre hindurch gepflegt hatte und den sie nie wieder sehen würde.

»Was hat er denn so an den Montagen gemacht?«, fragte Ehlers vorsichtig.

Bang schaute ihn vorwurfsvoll an.

Die Schwester fand nichts Besonderes an der Frage.

»Er ... er ist spazieren gegangen. Er hat immer gesagt, das sei die beste Unterhaltung auf der Welt, spazieren zu gehen ... Manchmal ist er auch ins Kino gegangen, aber am liebsten ging er einfach nur herum – er sagte, das sei der beste Film, den es gäbe ...«

Die Finger huschten weiter über die Bettdecke. Ich konnte meinen Blick nicht von den Fingern lösen. Sie waren hypnotisierend. Sie sagten alles, was ihre schwache Stimme nicht sagen konnte.

»Wo – wo ist er jetzt?«, fragte sie, als wäre ihr der Gedanke gerade gekommen.

»In meiner Klinik«, sagte Bang schnell. »Und jetzt reicht es mit all dem Gerede. Sie müssen sich lieber ein wenig ausruhen.«

»Mich ausruhen ... Ich ruhe mich doch immer aus ... Ich kann ja gar nichts anderes ... Alle sagen mir immer, ich solle mich ausruhen ...

Kann ich, kann ich ihn noch einmal sehen?«

»Später«, sagte Bang. »Später. Morgen.«

»Aber morgen ist Montag. Da muss ich – in die Klinik ...«

»Das wird sich schon finden«, sagte Bang. »Ganz ruhig ...«

Ruhig machte er sich daran, erst ihre Handgelenke zu massieren, dann ihre Stirn. Er war jetzt derjenige, der die Initiative ergriff, er hatte jetzt sein Heimspiel. Die Polizeibeamten saßen steif da wie Figuren in einem Wachsfigurenkabinett. Sie wünschten vermutlich, dass überhaupt nichts geschehen wäre, dass all das hier niemals passiert wäre. Ich wünschte das Gleiche, aber auch ich wusste, wie wenig das nützte.

Ihre Atemzüge wurden ruhiger und gleichmäßiger.

»Ich kann das einfach nicht verstehen ...«, waren ihre letzten gemurmelten Laute, bevor sie einschlief.

Bang winkte uns hinaus.

»›Ich habe es ihm so oft gesagt ... Dass er sich eine Familie anschaffen soll‹, zitierte Ehlers tonlos, als wir wieder in Pauls Zimmer angekommen waren.

Niemand erwiderte etwas. Darauf gab es nichts zu erwidern.

Wie auf Kommando schauten wir alle zum Fenster.

Bang kam leise herein, als schliche er auf Katzenpfoten. Er warf einen kurzen Blick auf die Bücherregale, dann zuckte er mit den Schultern, als ob er sich das schon lange ausgerechnet hatte.

»Verkorkste Sexualität«, sagte er. »Wahrscheinlich ist der Kerl impotent gewesen. Da haben wir die Erklärung, warum er sie nur ermordet hat. Rache! Rache für alles, was er nicht hat kriegen können. Rache für das Unerreichbare … Vielleicht war er auch in seinem tiefsten Inneren heimlich in seine Schwester verliebt. Das kommt häufiger vor, als man glaubt. Freud …«

»Bitte keine Vorlesung«, sagte Ehlers. »Vergiss Freud. Es ist schon so schlimm genug.«

»Ich verstehe es nur einfach nicht«, sagte Kaspersen. »Und ich werde es auch nie verstehen.«

Eine Stimme, die ich kurz darauf als meine eigene erkannte, sagte zum ersten Mal seit zwei Stunden etwas.

Sie sagte: »Da gibt es auch nichts zu verstehen. Es ist einfach passiert. Das ist schon früher passiert. Und es wird wieder passieren. Es nützt nichts, es zu verstehen.«

Erst als ich es aussprach, wurde mir klar, wie richtig das war. Es hilft nie, etwas zu verstehen.

»Ein Mensch ist ein großes Risiko«, sagte Ehlers.

Ich konnte hören, dass er an seine Kinder dachte.

Wir standen alle vier im Raum und schauten einander an. Es war wie ein gemeinsamer Trancezustand; keiner von uns konnte die Füße bewegen, keiner konnte die Hypnose durchbrechen und in diesem Geruch nach Krankheit und Tod etwas ›Vernünftiges‹ anfangen.

Es vergingen vier, fünf Minuten in vollkommener Stille, abgesehen von der kratzenden Nadel draußen.

Be-bop-A-Lula
She's my baby
Be-bop-A-Lula
I don't mean maybe

Etwas musste schließlich die Stille durchbrechen.

»Verdammter Plattenspieler!«, fluchte Kaspersen. »Die wecken sie noch auf.«

»Ja, was anderes können sie nicht tun«, sagte Bang, ohne jemanden anzusehen. Es schien, als hätte der Kommentar ihn geweckt. Er streckte sich und wurde wieder ganz der praktische Mann.

»Ich lasse eine Krankenschwester kommen – sie darf nicht allein bleiben. Ich werde bei ihr bleiben, bis die Frau kommt. Was habt ihr vor?«

Ehlers und Kaspersen schauten einander nur an. Ich war derjenige, der antworten musste.

»Wir gehen rüber ins Central-Café«, sagte ich. »Dort genehmigen wir uns einen Whisky.«

Ehlers und Kaspersen schauten sich erneut an. Alle schauten einander an. Niemand verabschiedete sich mit Worten.

Dann nickten wir Bang zu und gingen die Treppen hinunter – langsam, schleichend und ohne Lärm zu machen – wie ein Leichenzug.

Verflucht nochmal, wir waren ja auch ein Leichenzug.

Coda

33

Mit unsrer ganzen Schwere ließen wir uns alle im selben Moment auf die abgewetzten Stühle im Central-Café fallen. Der Sonntagabend war ruhig – angenehm ruhig. Draußen vor dem Fenster konnten wir ganz bis zur Zigeuner-Halle gucken, wenn wir Lust dazu hatten. Wir konnten auch zum Assistens Friedhof schauen, wenn wir Lust dazu hatten. Wir konnten hinüber zu dem Fenster sehen, hinter dem Dr. Bang über Kirsten Adamsen wachte. Wir hatten Glück, dass wir so viel sehen konnten. Wir hatten Glück, dass wir überhaupt sehen konnten.

Der Gastarbeiter-Hasser Erik war an diesem Abend im Central-Café. Erik schielte böse zu mir herüber, aber es blieb bei den scheelen Blicken. Ein indirektes Kompliment an meine Tischnachbarn. Habe immer einen Ehlers bei dir, wenn du nach Nørrebro gehst.

Wir tranken jeder zwei Whiskys, bevor einer den Mund öffnete. Einer, das war Ehlers.

»Wir können seinen Namen nicht veröffentlichen«, sagte er. »Das würde sie umbringen.«

Er machte eine vage Handbewegung zum Beerdigungsunternehmen Danmark hinüber.

»Die Leute müssen beruhigt werden«, bemerkte Kaspersen neutral. »Die Hetzjagd muss ein Ende haben.«

Ich rauchte die vierzigste Zigarette des Tages. Sie schmeckte schlimmer als je zuvor, schlimmer als die neununddreißig vorher, aber ich rauchte sie.

Das macht man doch immer. Das machten die meisten anderen im Central-Café auch. Das war nicht unnormal. Das sollte kein Grund sein, dass meine Hand so zitterte.

»Wenn ihr«, sagte ich bedächtig, denn jetzt ging es trotz allem schließlich um meinen Job, »wenn ihr nicht die Wahrheit sagt, die ganze Wahrheit und nichts als die Wahrheit, dann wird kein Schwein in dieser Stadt glauben, dass der Frauenwürger von Nørrebro gefasst und jede Gefahr vorbei ist. Sie werden glauben, das wäre ein Bluff.«

»Das ist zu schnell gelaufen«, sagte Kaspersen. »Und mal ganz ehrlich: Es gibt nicht den Schatten eines Beweises für irgendetwas.«

»Schließfächer reden nicht«, bemerkte Ehlers seufzend.

»Es waren aber die Schließfächer, die geredet haben«, widersprach Kaspersen.

»Schon merkwürdig mit den Schließfächern«, sagte ich. »Die machen das Ganze ja noch einmal unwahrscheinlicher. Warum sollte er denn diese blöden Taschen da versteckt haben?«

»Souvenirs«, entgegnete Ehlers. »Er war bestimmt genauso stolz auf sie wie andere auf ihre kleinen Kuckucksuhren aus Tirol.«

»Der Psychologe an der Polizeischule«, sagte Kaspersen, »hätte behauptet, dass er sich im Unterbewusstsein wünschte, geschnappt zu werden.«

»Auf jeden Fall konnte er sich nicht ›von seinen Verbrechen losreißen‹«, fuhr Ehlers fort.

»Die das Einzige waren, was er tatsächlich selbst

getan hatte, das Wichtigste in seinem Leben und folglich auch das Einzige, mit dem er sich identifizieren konnte«, schloss Kaspersen mit Lehrbuchstimme.

»Und ich habe gedacht, ihr lernt nur, wie man Hausbesetzer auf die richtige Art und Weise zusammenschlägt«, sagte ich. »Ihr könntet ja beide sofort an der Universität anfangen.«

»Da war ich schon«, bemerkte Kaspersen mit einem leichten Lächeln.

»Aber ich denke, dass diese Schließfächer auf eine bestimmte Art seine Schatzkammer waren, so eine, wie man sie als Kind hat – eine geheime Welt, die niemand sonst kennt.«

»Das ist gut möglich, ja.«

»Mir scheint, als würden ihn die Schließfächer irgendwie unschuldiger dastehen lassen.«

»Ein unschuldiger Mann springt nicht aus dem Fenster im vierten Stock.«

»Ein unschuldiger Mann kann – genau wie eine unschuldige Frau oder ein vollkommen unschuldiger Leopard, der von den Jägern bedroht wird – jederzeit auf alles Mögliche kommen. Liest du nie die Zeitung? Menschen sind Tiere. Menschen handeln nicht immer vernünftig.«

»Wir müssen jedenfalls Rücksicht nehmen ...«, murmelte Ehlers.

Die Tür ging auf, herein kam Bang. Er ließ sich nieder und zündete mit seiner üblichen demonstrativen Eleganz eine Zigarette an.

»Jetzt ist sie in guten Händen«, sagte er. »Bis auf weiteres. Und dann müssen wir morgen sehen, was wir mit ihr machen.«

»Was meinen Sie?«

»Hauspflege oder Pflegeheim, das ist abhängig von den finanziellen Möglichkeiten. Von Kronen und Öre. Auf jeden Fall wird das kein lustiges Leben.«

»Es sah nicht so aus, als hätte sie das jemals gehabt.«

»Da gibt es noch drei andere, die es auch nicht gehabt haben.«

»Doch die hatten es, bis ...«

»Wenn ihr das veröffentlicht«, sagte Bang mit der nachdrücklich autoritärsten Stimme, die ich ihn jemals hatte verwenden hören, wenn auch weiterhin kultiviert gedämpft, »dann bringt ihr die Frau da oben um. Und ich werde gegen euch aussagen.«

»Du meinst also auch nicht, dass sie das übersteht?«

»Nein. Und das sage ich mit all meinem fachlichen Wissen. Ich erkläre es in vollem Bewusstsein meines Ärzteeids, und jeder meiner Kollegen wird das Gleiche sagen.«

»Ja, dann ...«, sagte Ehlers.

Drei paar Augen starrten mich an. Ich tat, als verstünde ich die Botschaft nicht.

»Soll ich noch eine Runde bestellen?«, fragte ich.

Kaspersen schaute zweifelnd drein. Skeptisch, könnte man sagen.

Ehlers antwortete mechanisch. »Die letzte. Wir müssen dann los. Verdammt, wir müssen wirklich weg hier!«

»Cognac für mich, junger Mann«, sagte Bang. »Und nicht so einen Blödsinn wie Eis.«

Er lehnte sich zurück und schaute aus dem Fenster, als hätte er schon Schlimmeres erlebt. Und das hatte er zweifellos ja auch. Das hatten sicher tausende von Menschen. Weltkriege und alles so etwas.

Sie hatten sich beraten, als ich von der Bar zurückkam. Sie waren sich einig.

»Bist du einverstanden, den Mund zu halten?«, fragte Ehlers rundheraus. »Das Ganze zu vergessen und mit dem Schreiben zu warten, bis wir morgen eine vage, ungenaue und ziemlich nichts sagende, aber beruhigende Pressemitteilung rausschicken?«

Es gab eine Fünfsterne-Versuchung, Nein zu sagen und zu gehen. Was geschehen war, war geschehen, und die Wirklichkeit war wirklich. Ich hatte gesehen, was ich gesehen hatte, und das, was ich gesehen hatte, war eine gute Story. Verdammt nochmal, das war mehr als eine gute Story. Das war eine Story, von der man mehrere Jahre lang leben konnte.

Ich hatte geglaubt, ich wäre zu alt und zu müde für weitere Gewissenskonflikte, vielleicht sogar dafür, überhaupt noch ein Gewissen zu haben.

Aber der Schuss ging nach hinten los, Kleiner. Noch bist du nicht zu alt und zu müde. Sicher wirst du das einmal, aber bis dahin kommen noch viele hustende Morgenstunden und viele späte Nächte. Das ist nicht dein erster Fall. Das wird auch nicht dein letzter sein. Du musst lernen, damit zu leben. Du musst erwachsen werden.

Ich schaute zur Zigeuner-Halle hinüber. Ich guckte zum Friedhof. Ich schaute in Gedanken direkt durch die schmutzigen Wände des Central-Cafés, hinunter zu der Gasse am Colosseum, wo die Spielautomaten und einarmigen Banditen sicher im Augenblick wild herumblinkten.

Ich schaute ein letztes Mal zu den Fenstern im vierten Stock der Nørrebrogade hinauf.

»Ja«, sagte ich. »Ja, ich habe das schon alles vergessen. Ich weiß gar nicht, worüber du geredet hast. Ich habe heute Abend überhaupt nicht gearbeitet. Ich habe einen langen, erfrischenden und kräftigenden Spaziergang in der kühlen Abendluft gemacht, genau wie der Arzt es mir empfohlen hat, und jetzt habe ich mir einen Whisky genehmigt, bevor ich nach Hause ins Bett gehe. Das nenne ich einen ganz normalen Sonntag.«

Ehlers schlug mir auf die Schulter, dass ich fast vom Stuhl gefallen wäre. Dr. Bang nickte wohlwollend.

»Anatomisch interessant«, sagte er begeistert. »Ein Journalist mit Herz.«

Ich wusste, dass er damit nichts hatte sagen wollen. Aber auch er musste seinen Kommentar abgeben.

Es entstand ein Augenblick voller schuldbewusster, verschworener Stille.

»Wir müssen los«, sagte Ehlers. »Wir haben noch viel zu tun. Findest du allein nach Hause?«

»Ja«, sagte ich. »Ich bin schon ein großer Junge. Ich bin über achtzehn, und ich darf selbst meine Schecks unterschreiben. Ich finde allein nach Hause.«

Keiner von uns konnte sich auf eine angemessene Weise verabschieden.

Nachdem sie weggefahren waren, blieb ich noch sitzen und dachte nach, während die Leere wuchs und während die Dunkelheit immer dichter über das Rondell von Nørrebro fiel und mit ihrem glänzenden, schwarzen, vorbeigleitenden Samtteppich den Schnee ganz und gar bedeckte.

Ich dachte an die Sinnlosigkeit des Daseins. Ich dachte daran, was Paul Adamsen wohl dazu getrieben hatte, drei junge Frauen zu ermorden. Ich wusste es nicht, und ich gab mir auch keine Mühe, es verstehen zu wollen, obwohl es mich weiter begleiten würde. Ich dachte an seine Schwester, und der Gedanke verursachte mir eine Gänsehaut.

Nichts von dem, was ich da draußen vor dem Fenster sah, erinnerte auch nur im Geringsten an die Weihnachtsabende meiner Kindheit. Es erinnerte vielmehr an einen Dschungel, einen Dschungel voller brutaler, dreckiger Ereignisse, die sich mehr oder weniger ziellos ineinander verwoben. Zufälle.

Wenn Monica Lykke nicht an diesem Montag ... Wenn Anne Lise Lund nicht ... Wenn das Lilien-Mädchen nicht ... Wenn diese Gepäckschließfächer nicht, und der zufällige Dieb ...

Wenn ich nicht so tief in meine nutzlosen Spekulationen versunken gewesen wäre, hätte ich bemerkt, dass sich jemand von hinten an mich herangeschlichen hatte. Wenn ich nicht so viel Whisky getrunken hätte, hätte ich schneller reagieren können.

Aber so wurde ich einfach überrumpelt, abwesend und nachdenklich, wie ich war. Ich spürte einen kräftigen Schlag auf den Hinterkopf, einen betäubenden, donnernden Schlag, der mich fast zu Boden geworfen hätte. Ich drehte mich halb um und sah Erik dastehen mit einer Bierflasche in der Hand, zu einem weiteren Schlag erhoben.

Erik meinte es ernst.

»Das ist es, was ihr fremden Schweine verdient!«, erklärte er triumphierend.

Seine Augen sahen sadistisch zufrieden aus, und der Wirt war nicht da. Die übrigen Gäste verspürten nicht die geringste Lust, sich in private Prügeleien einzumischen.

Ich stand ganz allein da.

Seine grüne Flasche spiegelte sich in dem gelben Licht. Genau diese Lichtfarbe erinnerte mich an das Krankenlager, das wir vor kurzem erst verlassen hatten.

Ich überlegte nicht. Ich handelte. Ich hatte nichts anderes, womit ich handeln konnte, als ein Whiskyglas, also nahm ich das.

Ich schleuderte ihm einfach den Whisky in seine aufgerissenen, widerlichen, bösartigen Schweinchenaugen.

Was ihn dazu veranlasste, den Kopf verwirrt zu schütteln und einen Schritt zurückzuwanken. Nur einen Schritt, aber das genügte, damit ich den großen, vollen, soliden braunen Steinaschenbecher mitten auf dem Tisch packen und ihm auf den Kopf schmettern konnte.

Er zerbrach. Erik sank wortlos in sich zusammen.

Es hätte kein anderes Argument geholfen. Er war geisteskrank. Ebenso geisteskrank wie Paul Adamsen.

Es gibt einfach zu viele geisteskranke Menschen auf dieser Welt.

Ich ging zu dem Wirt.

»Es ist schon bezahlt«, sagte er eifrig. Er vermied es, Erik anzusehen.

»Ich will nur das Telefon ausleihen«, sagte ich. »Und bring mir noch einen.«

Ich rief verbissen, extra verbissen, weil ich wusste, wie lächerlich das war, die Polizei an. Sie versprachen mir, ihn abzuholen. Während ich wartete, rauchte ich die letzte Zigarette, die ich noch hatte, trank meinen Whisky, dachte an nichts – als wäre die Welt nur ein absolutes Vakuum, ein Leerraum –

und schaute ab und zu nach Erik, ob er nicht zufällig eine Revanche wollte.

Aber das wollte er nicht.

Kellermann holte ihn ab. Er trug ihn wie ein kleines Postpäckchen, das er mit nach Hause nehmen wollte.

»Gewalt gegen Unbeteiligte?«, fragte er nur.

»Ja«, nickte ich. »Ganz genau. So kann man es nennen.«

»Soll ich Sie irgendwohin mitnehmen?«

Ich fuhr mit Kellermann nach Hause, und auf dem Heimweg im Peterwagen, während wir wieder einmal die Nørrebrogade hinunterfuhren und das Rondell im Rückspiegel sehen konnten, erzählte er, dass die Polizei auf dem Hauptbahnhof einen »netten Fang« gemacht habe, während wir – wie er sagte – in Nørrebro herumgelaufen sind. Sie hatten den Speed-Händler erwischt, als er seine Schätze holen wollte.

Das machte Kellermann fast froh. Nur gut, dass zumindest einer froh sein konnte.

Ich stieg in der Istedgade aus und setzte mich zur Abwechslung mit einer Flasche Whisky und einem neuen Päckchen Zigaretten an mein eigenes Fenster. Ich war müde wie ein Dutzend Altersheime, aber ich wusste, dass es in dieser Nacht keinen Schlaf für mich zu holen gab.

Hinter jedem einzelnen Fenster gegenüber könnten die merkwürdigsten Dinge vor sich gehen, die man jemals gesehen hatte. Hinter ihnen könnte es tausende von Eriks geben, tausende von Pauls – und hunderte von Kirstens. Hinter ihnen konnte was auch immer passieren.

Und auch in Gittes hübschem, leicht gewölbtem, tierartigem Bauch könnte alles Mögliche geschehen.

Es war zum Wahnsinnigwerden. Es war in jeder Beziehung vollkommen sinnlos.

Das war einfach nur das Leben. Und nicht ich hatte es erfunden.

»Schnell. Hart. Präzise. Patterson.«

BILD AM SONNTAG

Alex Cross ist wieder im Einsatz, um gegen das Böse zu kämpfen, und jagt den gefährlichsten Gegner seiner Laufbahn: das »Superhirn«. Der brutale Killer hält ganz Washington in Atem. Die Menschen geraten in Panik und verlieren das Vertrauen in die Polizei. Kann Cross den raffinierten Mörder aufhalten?

ISBN 3-404-15173-9

BASTEI
LÜBBE